講談社文庫

終戦のローレライ Ⅰ

福井晴敏

終戦のローレライ（1）・目次

序章　7
第一章　79
解説　藤田香織　249

主要登場人物

絹見《まさみ》真一《しんいち》　戦利潜水艦《伊507》艦長。日本海軍少佐。43歳。
高須《たかす》成美《なるみ》　同艦先任将校兼水雷長。大尉。36歳。
田口《たぐち》徳太郎《とくたろう》　同艦掌砲長。兵曹長。42歳。
折笠《おりかさ》征人《ゆきと》　同艦乗務員。上等工作兵。17歳。
清永《きよなが》喜久雄《きくお》　同艦乗務員。上等工作兵。17歳。
岩村《いわむら》七五郎《しちごろう》　同艦機関長。機関大尉。51歳。
木崎《きざき》茂房《しげふさ》　同艦航海長。大尉。37歳。
早川《はやかわ》芳栄《よしえい》　同艦乗務員。特殊潜航艇《海龍》艇長。中尉。33歳。

小松《こまつ》秀彦《ひでひこ》　同艦甲板士官。少尉。24歳。
時岡《ときおか》　纏《まとい》　同艦軍医長。軍医大尉。38歳。

フリッツ・S・エブナー　元ナチス親衛隊士官。21歳。
カール・ヤニングス　独潜水艦《ＵＦ４》艦長。43歳。

スコット・キャンベル　米潜水艦《トリガー》艦長。42歳。
エドワード・ファレル　同艦副長。35歳。

おケイ　広島の料亭の内芸者。30歳。
大湊《おおみなと》 三吉《さんきち》　軍令部第三部第五課長。大佐。45歳。
中村《なかむら》政之助《まさのすけ》　海軍大尉。35歳。
浅倉《あさくら》 良橘《りようきつ》　軍令部第一部第一課長。大佐。45歳。

終戦のローレライ I

それほど遠くない昔
まだこの国が〝戦争〟を忘れていなかった頃——

序章

しんと凍《い》てついた空気が、冷たさを感じさせるのか？

内奥《ないおう》の空虚が外に染《し》み出して、空気を凍てつかせるのか？

そんなことを考え、思考中枢がちりちりと圧迫されるのを知覚した時には、なにを考えていたのかも思い出せない空白が「彼女」を支配した。

ずっしりと押し包む水圧をかき分けて、周囲を見回してみる。切り立った岩礁《がんしょう》が前後左右にそそり立ち、粉雪に似た微生物の死骸がその狭間《はざま》に降り積もってゆく。直径十メートルから二十メートル程度、高さは三、四十メートルに及ぶ岩礁の群れは、ひとつとして同じもののない奇怪な形を十重《とえ》二十重《はたえ》に連ね、不ぞろいな針山の地形を闇の底に広げている。数十億の年月をかけて岩肌を撫《な》で、岩礁の形を削り出してきた潮流は、そこここで響きあって乱流を生じさせているのだろう。場所によっては微生物の死骸が音もなく渦《うず》を巻き、吹雪《ふぶき》のように水圧の層をかき回す光景があった。

知らない海だ。岩礁にひっそりと息づくサンゴやイソギンチャク、時おり行き過ぎる魚の動きから、「彼女」はそう再確認した。分厚い海水の被膜が地上の光線を遮《さえぎ》り、すべてを常闇《とこやみ》に溶かし込んだ海底であっても、「彼女」は正確に周囲の事物を観察することができた。深さによって異なる水温は色の違いになって認識され、生物の息吹《いぶ》きは透明な呟《つぶや》きになって感知野《かんちや》を騒がせる。それは気候や海流、海底地形のありようひとつで異なる相を示し、世界中どこへ行っても飽きなかったが、いま「彼女」が感じているのは新しい環境に対する興味ではなく、既視感ともつかないある種の懐《なつ》かしさだった。

触れれば切れそうな岩礁の岩肌も、温暖な海流が流れ込む海面近くの層も、なにかしら馴《な》染《じ》んだ感触を抱かせてやまない。知らない海のはずなのに、なぜだろう？　考えようとして、再び圧迫される感覚を味わった「彼女」は、じっと留まっているからいけないのだ、と微《かす》かにいら立った。

岩礁の狭間に身をひそめ、息を殺し始めてから数時間。停滞は、己を包む闇と静けさを否《いや》応《おう》なく意識させる。日頃は無視している冷たさを思い出させて、無為な思考ばかりを加速させる。一刻も早くここを抜け出し、自由に泳ぎ回りたいという衝動が全身を貫いたが、それは「彼女」の意志でどうにかできる問題ではなかった。自分で自分の行く先を定める術《すべ》は「彼女」にはなく、たとえできたとしても、いまは身をひそめていなければならない理由があった。

岩礁の上をゆったりと回遊する、黒い二つの影。二軸のスクリュープロペラで無遠慮に潮をかき乱し、全長九十メートルを超える巨体を推進させる二つの物体が、「彼女」を岩礁の狭間に押し留めている理由だった。細身の魚と見えなくもないそれらは、互いに一定の距離を取り、大きな円を描いて、岩礁に腹をこすりつけないぎりぎりの深さを泳ぎ回っている。キーン、キーンと甲高《かんだか》い音を立てる金属の鳴き声はやみ、いまは鋼鉄の皮膚の内側で振動する機関の音、プロペラが水を切る音を響かせるのみだが、抜け目なく聞き耳を立てる気配は伝わってくる。外敵を警戒する海棲生物たちが発するものとは異なる、もっと雑で傲慢《ごうまん》な殺気は、この常闇の世界にいるべきではない生き物——人間と、彼らが造り出した〝機械〟が発する独特のものだ。

それは頭上をかすめるたびに「彼女」を緊張させ、恐怖を呼び起こしさえするのだが、長年の経験で身に備わった神経が反応しているだけのことで、「彼女」の意識の全部を支配するほどのものではなかった。こちらを捜し回る二つの物体の動きを注意深く観察する一方、「彼女」は〝感知〟の腕をのばして、物体の硬い殻《から》にそっと触れてみた。

無数の注排水口を穿《うが》った滑《なめ》らかな外板の下に、重油や真水を収めたタンクがあり、耐圧殻《たいあっこく》がある。その内側では、きっと百人を下らない人間たちが息づいており、彼らはそれぞれ与えられた仕事をこなし、この巨大な機械を操《あやつ》っている。誰もが見えない〝敵〟への恐怖を押し隠して、人が覗《のぞ》くにはあまりにも溟《くら》く、あまりにも静かなこの海の底を、手探りで這《は》い進んでいるのに違いなかった。

　そう意識するのは辛く、苦痛という封印した言葉をよみがえらせもしたが、「彼女」は物体の中にある人の存在を意識し続けた。無意味であっても、そうすることが己を維持することに繋《つな》がる。意識するのをやめた瞬間、自分はこの溟い虚無に呑み込まれ、真実の空虚に帰するだろうという本能的な怖れがあった。

　もしくは、人の造った機械と同じ存在……無心に水をかくスクリュープロペラや、金属のソプラノを奏でる探信儀と同等の存在に成り果ててしまう。それは恐ろしいし、申しわけないことだと感じる思考の揺らぎが、「彼女」に物体の中の命を意識させるのだった。

　誰に、なにに対して申しわけないと感じるのか？　いつもの自問にとらわれかけて、圧迫が勢いを増すのを知覚した「彼女」は、思考を閉じた。

　意識せずとも、じきに訪れる嫌な時間がすべてを明らかにする。物体の中に在る命も、なにもできない己の無力も。その瞬間の恐怖と刻苦を予感して、「彼女」は息を吐いた。

　冷たい空気を白く濁らせた吐息は、潮の流れを重く揺らめかせ、「彼女」の手のうちにある二つの物体——敵艦と規定された潜水艦に吹きかかった。事実がどうであれ、「彼女」にはそのように知覚された。

不意に冷たい息を耳元に吹きかけられ、ハーブ・アディは思わずレシーバーに手をやった。

墓穴の下で死者がため息をついたような、毒蛇が威嚇《いかく》の声を上げたような、全身を粟立《あわだ》たせずにはおかない吐息――いや、音か？　水中聴音器《パッシブ・ソナー》と繋がったヘッドフォン型のレシーバーを持ち上げ、耳にへばりついた不快な感触を払おうとしたアディは、傍《かたわ》らに立つ水測長が身じろぎする気配を察して凍りついた。

水中探信儀《アクティブ・ソナー》の管制盤に毛むくじゃらの腕を預けて、水測長はじろりとアディを睨《にら》みつけてくる。赤色灯の陰鬱《いんうつ》な光とあいまって、鬼兵曹《おにへいそう》の典型と言えるこわもてがほとんど地獄の使者の様相を帯び、アディは慌ててレシーバーから手を離した。水測長はなおもこちらを睨みつけていたが、アディが聴音に意識を集中するよう努めると、ふんと鼻息をついて方位指示盤に目を戻した。

年齢も体積もアディの倍近い水測長は、予備のレシーバーをつけてパッシブ・ソナーが拾う音に聞き入り、新米ソナー員の一挙手一投足に目を光らせている。アディが聞こえてしかるべき音を聞き逃しでもしたら、この場では無事に済んでも、後で嫌というほど尻を蹴飛《けと》ばされる羽目になるのは必至。まして任務の途中にレシーバーを外したらどうなるか、想像するだにおぞましい話だった。《ボーンフィッシュ》に乗務する水兵が怖れるものはいくつかあるが、水測長の悪魔的に鋭いつま先は二番目に恐ろしい。一番目はもちろん、背後で魚雷発射管制盤の計器を注視している最先任上等兵曹《チーフ》の、ほうれんそうを食ったポパイ並みに硬い拳《こぶし》だ。

それに較べれば、耳元にへばりつく不快な感触などどうということはない。アディはパッシブ・ソナーが捉《とら》える音に耳を澄まし、せせらぎというより、壁ごしに聞く配水管の音に近い海流音の中に敵の気配を探った。ここでミスを犯せば、チーフたちを怖いと感じることすらできなくなる。宗教に近い厳格さで艦内の規律に盲従する日々、それ自体が消えてなくなる結果になりかねない。実戦――それもとりわけ厄介《やっかい》な敵を相手にしている艦の現状を噛《か》み締《し》め、アディは全身を耳にして外界の状況を探ろうとした。が、音とも吐息ともつかない感触はいつまでも耳元にこびりつき、神経をざわめかせ続けた。

いったいなんだったのだろう。水測長には聞こえなかったのだろうか？　空耳にしては生々しすぎる、奇妙に立体的な音。ひょっとしたら、足もとにひそんでいる魔物の囁《ささや》き声が……。

「ソナー。《トリガー》に動きは？」

低く押し殺した声が司令塔の空気を揺らし、アディは顔を上げた。奥行き二十フィート（約六メートル）少し、幅に至っては七フィート（約二メートル）もない司令塔には、チーフや水測長の他にも航海長、副長を務める水雷長らが立錐《りっすい》の余地もなく立っている。声の主は狭苦しいトンネルにも似た空間の中ほどに立ち、カーキ色の制服の背中に赤色灯の明かりを受けていた。落ち着いた声音とは裏腹に、艦長の背中には焦《あせ》りといら立ちの色がある。微動だにしないうしろ姿を見、一斉にこちらを注視した副長らの視線を受け止めたアディは、「変わりません」と少しうわずった声で答えた。

「方位二四一ないし二四二。距離、速度変わらず」

その声は、内殻《ないこく》の形状に沿って弧を描く天井に跳ね返り、操舵室に繋がる床のハッチに抜けて、無音潜航を厳命された艦内中に響き渡ったのではないかと思えた。緊張を常態にした副長らの無表情がわずかに揺らぎ、赤色灯に染まった目が右舷《うげん》側の壁に向けられる。内殻の壁をすり抜けた先には、外殻《がいこく》の鉄皮があり、艦を包む分厚い海水の膜があり、約二マイル（三・二キロメートル）の距離をあけて潜航する《トリガー》の姿がある。もっとも、仮に窓があったとしても、深度百七十フィート（約五十メートル）の海中で僚艦《りょうかん》の姿を見つけるのは難しい。潜航中は目を塞《ふさ》がれた状態になる潜水艦にとって、外界の状況を探る感覚器官はソナーをおいて他にない。海水と艦内の気温差で汗をかいた内殻の壁と、その表面に密生するパイプやダクト、各種バルブの放列。いくら目を凝《こ》らしたところで、司令塔で望める風景はその程度のものだ。

　他に見えるものと言えば、狭い空間をさらに圧迫して詰め込まれた索敵《さくてき》、攻撃、通信に関する各種装置。床から天井を貫《つらぬ》き、柱のように屹立《きつりつ》する二本の潜望鏡《ペリスコープ》——艦首側にあるのが攻撃用スコープで、約五十センチ後方に並び立つのが夜間及び航行用スコープ。使用時には油圧駆動によって上昇し、艦長の目の高さに接眼部《アイピース》を静止させるペリスコープは、海面下百七十フィートを潜航中のいまは無用の長物でしかなく、ひと抱えもある銀色の心軸《シャフト》に赤色灯の輝きを反射させるばかりだ。その中、艦長は攻撃用スコープのシャフトに手をつき、大小のバルブやボタン、錯綜《さくそう》するパイプ類に覆われた前方の壁をじっと見つめており、副長らも汗と垢《あか》にまみれた顔をどこか一点に向けて、この拷問《ごうもん》に等しい時間が過ぎるのをただ待っている。チーフや水測長の顔にも疲労と焦りが沁《し》み出して、突けば破裂しそうな空気が司令塔に充満していた。

　ほんの数時間前まではこうではなかった。二十歳に満たない新米水測員の気を引き締め、身を委《ゆだ》ねていればよいと思わせる士気の高揚《こうよう》が艦内にはあった。新米を一人前に育て上げるには、ベテランのやるべき仕事をやらせるしかない。その期待に全力で応えるのが自分たち新米水兵の役目で、新米水兵がドジを踏む不安に耐え、うしろで目を光らせるのがチーフたち下士官の役目。そして下士官の判断を信じ、たとえ取り返しのつかない事態になったとしても、甘受《かんじゅ》してみせるのが艦長たち士官の役目。合衆国海軍の伝統を墨守《ぼくしゅ》し、初の実戦配置に抜擢《ばってき》されたアディを受け入れる余裕があった。

　敵艦に袋叩きにされ、艦隊司令部から戦没と誤認されるほどの痛手を被《こうむ》りながらも、九死に一生を得て戦線に復帰することができた。合衆国海軍太平洋艦隊潜水部隊所属、ガトー級潜水艦SS-223《ボーンフィッシュ》には、他の艦に勝るとも劣らない強い結束力がある。死の淵《ふち》から生還した自信、どんな困難にも打ち勝てる精神力が備わっている……はずだった。

　それが四時間ほど前、確実に追い詰めたと思われた〝敵〟を見失い、この持久戦が開始された時から、なにかが狂い始めた。誰もがいら立ちを露《あらわ》にし、内面の焦りを表情に滲《にじ》ませるようになった。バッテリーの節約で空調に電力が回らず、艦内温度が摂氏三十度を軽く超えているからではない。空気中の炭酸ガス濃度が刻々と上がり、息苦しさが喉輪《のどわ》を締めつけているせいでもなかった。その程度の苦しみは、ひと月前の戦闘でまる三日間海底に閉じ込められ、窒息の恐怖にさらされた絶望に較べればなんでもない。いま《ボーンフィッシュ》を支配しているのは、その時とは種類の異なる恐怖。常識では推《お》し量《はか》れない現実、想像の及ばない未知との対峙《たいじ》がもたらす、もっと根源的な恐怖だ。

仇名《あだな》のせいだ、とアディは内心に毒づいた。あんな仇名で呼ばれる〝敵〟が、煙のように姿を消したという話はできすぎている。《トリガー》の連中はどう思っているのだろう？

アディはレシーバーの海流音に意識を凝らし、微《かす》かな不協和音になって聞こえる僚艦のスクリュー音を聞き取ろうとした。《ボーンフィッシュ》同様、ガトー級に分類される《トリガー》は、直径二マイルの円を描いて粛々《しゆくしゆく》と潜航している。同じ円周上を走る《ボーンフィッシュ》とともに、円内の捜索海域にパッシブ・ソナーの聞き耳を立て、〝敵〟が現れたら即座に挟撃《きようげき》態勢に入る構えだった。

噂では、《トリガー》も一度は戦没認定が下された艦だという。単独での隠密行動が基本の上、当たりどころが悪ければ簡単に沈没してしまう潜水艦は、交信が数日間途絶えただけで戦没と認定されることがある。当然、誤認される場合もあり、《トリガー》も後から戦没認定を覆《くつがえ》されたのだろうが、だとしたら、この不可解な作戦に参加した潜水艦は、どちらも一度は〝死んだ〟経験を持つ艦ということに……。

冗談じゃない。〝敵〟に冠された仇名をその事実に重ね合わせたアディは、ふと浮かび上がった想像を慌てて退けた。いくらなんでもバカげている。《ボーンフィッシュ》がこの作戦に加えられたのは、たまたま近くの海域にいたからに過ぎない。たとえ未知の兵装を備えていても、〝敵〟もしょせんは潜水艦。決して魔物というわけではない。さっさと片付けて、今度こそ母港のパールハーバーに帰るだけだ。二ヵ月近く踏みしめていない大地の感触、草木の匂いを記憶の中にまさぐり、アディはつかの間、悪臭と熱気が立ちこめる司令塔から心を遊離させた。

帰港したら、真っ先にポートランドにいる母に手紙を出そう。母さん、戦死したはずの息子から手紙が届いたら、きっと飛び上がって喜ぶ……いや、あまり心臓が丈夫じゃないから、驚きすぎてどうにかなってしまうかもしれない。やっぱり休暇申請を出して直接会いにいった方がいい。この戦争もじきに終わるから、一週間ぐらいの休暇はもらえるだろう。そうしたらしばらくぶりに本土へ、ポートランドへ帰ろう。その頃、オレゴン州の雄大な自然は秋の黄金《こがね》色に包まれていて――。

「……どこに消えやがった」

ぽつりと漏《も》れた艦長の呟きが、アディの心を汗臭い肉体に引き戻した。副長と航海長がぎょっとした顔を振り向け、チーフもすっと細くした目を艦長に向ける。一同の視線に気づく様子もなく、じっと正面を見据えて動かない艦長の背中を確かめたアディは、水測長の顔に目を移した。気にするな、というふうに軽く肩をすくめた水測長は、一瞬だけレシーバーを外し、短く刈り込んだ灰色の頭をごしりとタオルで拭《ぬぐ》ってから、表情を消した顔を前方に向け直した。まずいな……と語っているその目に、アディは胸の重石《おもし》がまたひとつ増える感覚を味わった。

「大方、沈底してがたがた震えとるんでしょう」

軽く咳払《せきばら》いした副長が、ささくれ立った空気を和《なご》ませるのどかな口調で言う。「《トリガー》のキャンベル艦長も、いま頃はさぞ焦《じ》れているでしょうな」

艦長の不安と焦りは、船体上面に瘤《こぶ》のように突き出ているこの司令塔だけでなく、出入りの伝令の口を媒介《ばいかい》にして艦内中に伝染する危険性がある。冗談めかした副長の声に、失言を諫《いさ》める雰囲気を感じ取ったらしい艦長は、苦笑ともつかない顔をわずかに振り向けたが、

「しかし、このあたりは岩礁地帯です。〝敵〟が沈底できたとは思えません」

航海長が生真面目に疑義を挟み、その顔から笑みを拭《ぬぐ》い去った。副長が反論の口を開くより先に、「自殺行為ですよ。潜水艦でこの岩礁の中に入り込むなんて」と航海長は重ねる。

「目隠しで剣の林の中を進むようなものです。アクティブ・ソナーを全開にしたって、岩礁の間の平地にもぐり込めるとは思えない。第一、〝敵〟はまだ一度もアクティブ・ソナーを打っていないんですよ？」

「なら海中に留まって、無音潜航しているのかもしれん。機関を停止してな。日本《ジャップ》海軍の潜水艦には、そういう機能を備えた艦もあると聞く」

潜航中の潜水艦は、絶えず行足《ゆきあし》（慣性）の力を借りて船体のバランスを維持する。前後左右の重量を完全に均一化しない限り、静止した途端に一方の重みに引きずられて転覆《てんぷく》してしまうからで、海中で完全に静止するためには、各部タンクの注排水を自動的に行う装置が不可欠になる。ジャップにそんな技術があるとは初耳だったが、副長が口から出任せを言った

とも思えなかった。「では、〝敵〟はジャップだと？」と返した航海長の横顔を、アディは息を詰めて見守った。

「わからん。だが可能性はある。よもやナチの亡霊が太平洋をうろついているということもあるまい」

艦長が代わりに答える。亡霊という一語が胸に突き立ち、アディはびくりと体を震わせてしまった。副長が小さく息を呑み、艦長自身も口もとをしかめる中、「……わかりませんよ」と誰にともなく呟いた航海長は、昏《くら》い目を壁の一点に向けた。

「相手は〝幽霊《ゴースト》〟だって言うんですから」

艦長の拳がぐっと握りしめられ、硬い怒りの色が目に宿ったが、それだけだった。艦長は再び背を向け、副長は鼻息をついて腕を組む。航海長は一点に固定した目を動かさず、さらに重くなった空気に耐えかねたのか、天井に結露した滴《しずく》がぽとりと床に垂れた。

チーフと水測長は、無言でそれぞれの管制盤に向き合っている。こういう時、彼ら下士官は迂闊《うかつ》に士官の間に割って入ることはしない。兵員室や食堂では率先して野卑《やひ》な言葉を吐き出す口を真一文字に引き締め、士官と下士官を隔てる見えない線から一歩さがって、それが義務であるかのように沈黙を守り通すものだが、いま彼らが口を塞いでいるのは、下士官としての礼節からではなかった。〝ゴースト〟という言葉が重圧になり、その肩にのしかかっている。士官より豊富な経験を持つ彼らにさえ理解できない現実、未知の〝敵〟に対する妄想が膨《ふく》らんで、息をひそめずにはいられないのに違いなかった。

そう、いまは息をひそめ、沈黙を守るのが肝要だ。アディは自分に言い聞かせて、胸中の不安を脇に押し退けた。アクティブ・ソナーを作動させ、探信音波を四方に放射すれば、反射波の計測から〝敵〟の位置を割り出せるかもしれない。しかしそれは、〝敵〟により早くこちらの所在を教える結果になってしまう。〝敵〟がこちらより有利な射点に位置していたら、問答無用で魚雷を叩き込まれる可能性だってある。一分、一秒でも長く沈黙に耐えられた方が勝つ。潜水艦における持久戦の、それが鉄則だった。

だが――そう理性が断じる一方で、不安は際限なく染み出してくる。これはそういった通常の戦訓が通用する事態ではない。〝敵〟は、きっとすでにこちらの位置を割り出している。岩礁の底に身を横たえ、その鋭い牙で《ボーンフィッシュ》を嚙み砕く時期を窺っているのだ。たとえアクティブ・ソナーを使っても、探信音波はその体をすり抜けてしまうだろう。なぜなら〝敵〟はこの世の存在ではないからだ。

愚かな妄想だとわかっている。しかし、そうでなければ〝敵〟は、《海の幽霊《シーゴースト》》と仇名される敵潜水艦は、いったいどうやってその姿を隠しおおせたというのだ……？

――連中は、腐った魚の死体から出るガスを燃料にしてんだ。いちいち面倒な補給なんかする必要ないんだよ。

——魚雷や弾薬はどうする？

——沈めた艦から奪うんだろ。連中にとっ捕まりそうになって、命からがら逃げ出してきたオランダの船員の話じゃ、乗組員はみんな骸骨《がいこつ》だったって言うぜ。潜舵《せんだ》はクジラのヒレみたいにぬめぬめしてて、手すりとか細かい艤装《ぎそう》部品も、みんな骨でできてたんだってよ……。

水雷科員のジャックからそんな与太話《よたばなし》を聞いたのは、いつのことだったろう？　少なくとも、太平洋艦隊司令部から新任務を受領《じゅりょう》した後であることは間違いない。

——本艦はパールハーバーへの帰港を延期し、ツシマ沖にて潜伏待機。東シナ海で作戦行動中のSS-237《トリガー》と連携《れんけい》し、特殊任務を実施する。任務内容は《シーゴースト》の追尾、拿捕《だほ》。不可能な場合は殲滅《せんめつ》することにある。

六日前、艦長の口から任務内容が通達されると、《ボーンフィッシュ》の乗員たちの反応ははっきり二種類にわかれた。開いた口が塞がらないという顔をする者と、唇の端に皮相な笑みを浮かべ、顔をうつむける者。アディは前者だった。その後、待ち望んでいた帰港がお預けになった不満と絶望を呑み込み、それぞれの腹の中で消化する沈黙の時間が訪れ、冗談だろう？　と誰かの吐き捨てた声が奇妙に大きく響いた。

まったくだ、とアディも思った。水上艦艇より複雑巧緻な潜水艦の操作には、各分野の専門家が求められる。だから召集兵はいないし、被る危険に見合うかどうかは別にして、給料も他の兵科より高い。ここにいるのは全員、胸の潜水艦徽章《ドルフィン・マーク》を手に入れるために数次の筆記試験、口頭試験をくぐり抜けてきた者たちで、そのぶん自分の仕事に誇りも持っている。半年前にドルフィン・マークを受け取ったアディも、どんな任務でも文句を言わずにやり遂げる覚悟でいたが、今度の任務はあまりにも度を越していた。

今回の出撃のそもそもの目的は、日本海の海上交通路を破壊することにあった。機雷原で南北の入口ががっちり閉ざされた日本海に侵入し、おおいに暴れ回って、もはや庭先の池も安全ではなくなった現実を日本軍に知らしめようというものだ。

とうの昔にまともな艦隊戦力を失い、太平洋における覇権《はけん》を喪失した日本にとって、日本海は満洲と朝鮮を繋ぐ貴重な海上交通路だ。そこを遮断すれば、日本は海外物資の輸入がいっさいできなくなる。つまり兵糧《ひょうろう》攻めで日本の喉頸《のどくび》を締め上げ、降伏に導くというのが作戦の主旨だった。

今年、一九四五年の五月にドイツが無条件降伏して以来、連合軍が戦うべき相手は極東の島国ひとつに限定された。その戦略は、すでに「どう戦うか」から「どう勝つか」に転換している。事実、日本の物資窮乏は後がないところまできており、日本海においては筏《いかだ》に物資を載せ、海流を利用して輸送するなどという方法が大真面目に考えられているのだという。到底、戦争を継続できる状態ではなかった。

——ジャップはなんで降参しないんだ？

バーネイ作戦と名づけられた今回の日本海侵入作戦が、ようはほとんどだめ押しに近い兵糧攻めだと知ると、《ボーンフィッシュ》の乗員たちは一様にそんな疑問を口にした。無論、答えられる者は誰もいなかった。勝ち目のない戦《いくさ》であっても、捕虜《ほりょ》になることを拒み、餓死するまで戦い、カミカゼ・アタックを仕掛け、軍民一体となって一億玉砕を叫ぶ。物理的な距離以上の隔《へだ》たりが、日本人とアメリカ人の間にはあるらしいと想像するのがせいぜいだった。わからないことを考えても始まらないとばかり、「日本は何月何日に降伏するか」を当てる賭けが催《もよお》され、アディは自分の誕生日の九月八日に一ドルを賭けた。もっとも人気が集中したのは七月で、大穴は十二月だった。

掃海《そうかい》作業用のFMソナーを搭載した《ボーンフィッシュ》は、五月三十日、《タニイ》《スケート》とともにパールハーバーを出港。他にも三隻からなる戦隊二つがバーネイ作戦に参加し、六月四日の早朝には、合計九隻の合衆国海軍潜水艦が日本海への侵入を果たした。機雷原が敷設《ふせつ》されたツシマ海峡さえ無事に突破すれば、そこはシーズン真っ盛りの猟場も同然だった。三つの戦隊はおのおのの担当海区で一斉に攻撃を開始し、《ボーンフィッシュ》の戦隊は合わせて十四隻もの商船を沈めた。

百隻を超える合衆国海軍の潜水艦の中にあって、二十二位の撃沈数を誇る《ボーンフィッシュ》としては、まずまずの戦果と言えた。後は所定の海区で再集合を果たし、来た時とは反対にソーヤ海峡を抜けて、北回りのコースでパールハーバーに帰投《きとう》すれば作戦は終了。アディたちの懸案事項は、誰が賭け金をものにするかということだけになった。が、不運はそういう時にこそ襲いかかってくる。

六月十八日、トヤマ湾で五千トン級の貨物船を撃沈した《ボーンフィッシュ》は、日本海軍の海防艦三隻に発見され、袋叩きの憂き目にあった。ニーガタ、マイヅルに並ぶ主要商業港であるトヤマ湾は、日本の中央からフックのように突き出たノト半島の内側にあり、そのフックの付け根の部分に追い込まれた《ボーンフィッシュ》は、まる二日にわたって爆雷攻撃の洗礼を浴びることになった。

船体が致命傷を受けずに済んだのは、奇跡という他なかった。日本の海防艦のソナーがお粗末な代物《しろもの》だったことも、《ボーンフィッシュ》の生残に一役買ってくれた。《ボーンフィッシュ》は、そうした状況に陥った潜水艦が必ず考えること——燃料タンクから重油を流し、備品や毛布などを魚雷管から射出して、沈没したように見せかける——をやり、二日二晩、冷たい海の底で息をひそめて、どうにか難を逃れた。

頭上を騒がせる海防艦が撃沈を確信して去っていった時、《ボーンフィッシュ》は全長三百十フィート（約九十五メートル）、幅三十フィート（約九メートル）足らずのただの鉄管になっていた。これに元通り潜水艦の機能を復活させるには、恐ろしいほどの忍耐と体力が要求される修理作業が不可欠だった。窒息と浸水の恐怖にさらされ続けた三日間の後、《ボーンフィッシュ》は辛《かろ》うじて浮上するだけの力を取り戻した。乗員たちを頭痛で苛《さいな》んできた炭酸ガスが吐き出され、代わりに新鮮な空気が艦内に入ってくると、誰もが酸欠気味の魚さながら口をぱくぱくさせ、一片でも余分な酸素を肺に取り込もうとしたものだった。

ほぼ一週間ぶりに外気の匂いを嗅《か》いだアディも、思うぞんぶん深呼吸をした。生まれて初めて、真剣に神に感謝の言葉を捧げもした。そんな騒ぎにひとり背を向けたのはチーフで、ともすれば絶望にとらわれて身動きできなくなる七十五人の乗員を叱咤《しった》し、勇気づけ、先頭になって修理作業を指揮し続けた下士官の長は、艦の浮上を確かめるとトイレにこもってしまっていた。

ポンプの故障で排泄物が溜《たま》りっぱなしになったトイレは、油とアンモニア臭にまみれた艦内でも、もっとも空気の汚れている場所だった。気になったアディは、艦橋《かんきょう》に上がって外気に当たる順番待ちをする間に、こっそりトイレの前に近づいてみた。低い、押し殺した嗚咽《おえつ》がドアごしに聞こえ、思わず息を呑んだ途端、ドアが開いてチーフと正面から顔を合わせた。

いかつい髭面《ひげづら》はいつもと変わらず、怒鳴るのを商売にしている男の無愛想を張りつかせていたが、赤く充血した目には見たことのない脆《もろ》い光があった。どやされると覚悟したアディを見下ろし、メタンでな、と充血した目を指さしたチーフは、アディの肩をぽんと叩いて司令塔の方に歩いていった。その瞬間、意志とは関わりなく涙が溢《あふ》れ出し、今度はアディがトイレの中で嗚咽を噛み殺さなければならなくなった。

僚艦が先に脱出した以上、ソーヤ海峡はすでに張られている可能性が高いので、日本海を南下してツシマ海峡を抜ける針路が選ばれた。内海同然の日本海を荒らされた日本軍の衝撃は大きかったらしく、なけなしの偵察機と海防艦が総出で哨戒《しょうかい》活動を行っていたために、《ボーンフィッシュ》は夜間、バッテリーの充電で浮上する以外はひたすら潜航を強いられた。敵艦のパトロールを警戒しつつ、這うような速度でジグザグに進んだ結果、ツシマ海峡を抜けるまでに三週間近くの時間が経過していた。

再び東シナ海を目前にした日は、全乗員にケーキが振る舞われた。烹炊所備え付け《ほうすいじょ》のケーキ・オーブンで焼かれた、烹炊長自慢の一品だった。ほどなく逆探を恐れて封鎖中だった無線連絡も再開され、この三週間の間に、《ボーンフィッシュ》は司令部から戦没認定を下されていたことが明らかになった。みんなは笑ったが、アディは複雑な気分だった。戦死の報《しら》せを受け取った母の気持ちを思うと、ショックで寝込んだりしてはいないかと気が気でなかった。夫を病気で失い、長男も戦争で失った母にとって、残された家族は自分しかいないのだから……。

だが苛酷《かこく》な数週間の反動のように笑い、冗談を飛ばしあう仲間たちの中にいれば、ここで心配してもしょうがないという気分になれた。「死んだはずの夫が帰ってきて困惑する妻と、彼女の新しいボーイフレンドのやりとり」を一人芝居で演じたジャックの姿に、アディも久しぶりに腹の底から笑った。艦隊司令部から下された新任務は、その寸劇のクライマックスを中断する格好で通達された。

冷や水をかけられる、とはこのことだった。しかもその内容は、《シーゴースト》の拿捕、もしくは殲滅だという。九死に一生という表現ではまだ足らない、極限の危機を脱したばかりの《ボーンフィッシュ》の乗員たちは、艦隊司令部の正気を疑い、驚き、呆れ、怒りを嚙み殺した。そして記憶の底に埋もれかかった《シーゴースト》という名前を引っ張り出し、各人が聞き知った噂を付け合わせて、不可解な任務の真意を推測しあった。

《シーゴースト》の名が初めて海軍機関紙に掲載されたのは、一九四三年の暮れ。『潜水戦艦あらわる?』の見出しの下に、モロッコからアメリカ本土に向かう途中、大西洋上で全滅した輸送船団の経緯が記され、文中に一ヵ所だけシーゴーストという言葉が使われていた。一面では日本の支配下にあったマキン島、タラワ島の奪還が報道され、前年から始まった対日攻勢の戦果を華々しく伝える一方、二面ではソ連軍にキエフを奪還されたドイツ軍の動向が取り上げられて、ヨーロッパ戦線で敗退を重ねるナチの消耗《しょうもう》ぶりが風刺画を交えて伝えられる。そんな時期の機関紙に、紙面の穴埋めのように載せられた小さな記事だった。

一時の勢いはなくなったとはいえ、大西洋にはドイツ海軍のUボートが多数潜伏している。輸送船団襲撃の報道はさほど珍しいものではなかったが、船団護衛に就《つ》いていた駆逐艦の生き残り乗員の証言が、報道班の耳目《じもく》を集めることになった。曰《いわ》く、『海の中から戦艦が現れた』というのだ。

魚雷の攻撃を受けたかと思うと、巡洋艦《じゅんようかん》のそれに匹敵する巨大な連装砲を備えた艦が海中から現れ、至近距離からの砲撃で船団にとどめを刺した。虐殺《ぎゃくさつ》を終えた艦は悠々とその場を離れ、闇夜の海面にその姿を沈めていった。灼《や》けた二門の砲身は、波を割って海面下に没する時、じゅっと白い水蒸気を立ち昇らせた――。

この突拍子もない目撃談が、ひとりではなく、複数の人間から取れたことが、《シーゴースト》の存在に信憑性《しんぴょうせい》を与えた。巨大な主砲を備えた国籍不明の〝潜水戦艦〟。無論、連合国側にそのような艦艇は存在せず、ドイツや日本を見渡しても該当する潜水艦は確認されていない。過去、イギリスやフランスの潜水艦の中には、大口径の備砲が施された艦もあったそうだが、それらは大艦巨砲主義の終焉《しゅうえん》とともに戦場から消え去り、いまは往時の写真と図面が残るのみだという。

電波探信儀《レーダー》とソナーの発達によって接敵が困難になり、水上砲戦が事実上不可能になった昨今、いったいどこの国の何者が、近代海戦の常識を無視した異形《いぎょう》の潜水艦を造り上げ、操《あやつ》っているのか。しかもそれは、ソナーや爆雷などの対潜装備を充実させた駆逐艦の防御網を打ち破り、雷撃と砲撃の二段構えで、三隻の駆逐艦を含む輸送船団をまるごと海の藻屑《もくず》に変えたのだ。

その後、世界中の海で同様の事件が三度、四度と重なり、ついに海軍作戦本部長が調査を開始するとの談話を発表した。ドイツにしろ日本にしろ、大洋を隔《へだ》てた国家を相手に戦争をする以上、大規模兵力の移動と補給物資の輸送は艦艇に頼らざるを得ない。海中深く忍び寄り、どこからともなく必殺の魚雷を放ってくる潜水艦は、その艦艇にとって最大の脅威となる。大戦劈頭《へきとう》、大西洋の海上交通路をさんざんUボートに荒らされた合衆国海軍は、その経験から潜水艦対策に重きを置き、対潜戦闘分野においてかなりの自信を抱くまでになっていたから、《シーゴースト》の一件に蟻《あり》の一穴《いっけつ》に似た恐怖を感じたのだろう。まして当時は、ドイツ本土への直接進攻を目指すオーバーロード作戦を間近に控え、中部太平洋を主攻軸とする対日戦も佳境《かきょう》に入っていた時だ。

アディたちにしてみれば、そうした上層部の思惑《おもわく》は酒のつまみ程度の価値しかなく、今度はインド洋で《シーゴースト》が目撃された、深海探査艇を用いて《シーゴースト》に沈められた艦船の調査が行われた……等々の報道を面白半分に読み、尾ひれのついた噂話を吹聴《ふいちょう》しあっては、好き勝手に憶測を並べるだけだった。一時は一般紙も取り上げる騒ぎになったが、ノルマンディ上陸を皮切りにドイツ本土攻略戦が本格化すると、どの新聞も謎の潜水艦に紙面を割《さ》く余裕はなくなった。作戦本部の調査活動も遅々として進まなかった。《シーゴースト》の他にも日独の潜水艦が暴れ回り、輸送船団襲撃の火の手をあちこちに上げていた当時、実在も怪しい潜水艦の動向を調査せよというのは、どだい無理な注文だった。

そして一九四四年十一月、マリアナ諸島から発進したB-29がトーキョーを初空襲した日、《シーゴースト》の存在は公式に否定された。これまでの調査から実在を信じるに足りる証拠は得られず……と続く海軍作戦本部長の談話を、アディはろくに読みもしなかった。その頃には《シーゴースト》の話題はすっかり賞味期限が切れ、兵員室の寝物語にもならなくなっていたからだ。よもや半年後、自分たちが《シーゴースト》討伐《とうばつ》の任に就くなど想像もしていなかったし、実際に命令を受領した後も、まったく現実味が感じられないというのが本当のところだった。

とはいえ、与えられた命令は遂行《すいこう》するのが軍人の務めであることに変わりはない。文句のある奴はおれに言え、と暗黙のうちに語ったチーフの目を前に、逆らう勇気のある者もいなかった。結局、誰ひとり司令部の真意を理解できないまま、《ボーンフィッシュ》の乗員たちは新任務の準備に取りかかった。

残り三発しかない魚雷を、確実に駛走《しそう》させるための整備——アメリカ海軍の魚雷の故障頻度の高さには定評がある。射出した魚雷が戻ってきて自艦を破壊した例もあるほどだ——、バッテリーの交換。水と糧食《りようしよく》、燃料はパールハーバーに帰港できるだけの量は残っているので、グアムか、最悪でもイオウ島にたどり着ける分を確保しておけば、まだ短期間の戦闘を行うのに十分な余裕があった。

単調で退屈な整備作業を続けるうち、乗員も次第に平常心を取り戻して、奇妙な特別任務に対して当然抱くべき好奇心を抱き始めた。特に若い水兵たちにとって、「幽霊潜水艦の拿捕」という言葉は無条件に冒険心をくすぐった。他方、海軍組織の実態を知るベテラン乗員たちにとっては、この任務は依然として不可解かつ不穏なものであり、《ボーンフィッシュ》

は期待と不安が拮抗《きっこう》する数日をツシマ沖で過ごした。

司令部は四日後の会合を予定していたが、実際には命令受領から五日後、七月十四日に《トリガー》からの第一報は届いた。幾度か失探しそうになりながらも、《トリガー》は執念深く《シーゴースト》の影を捉え続けていた。司令塔で交わされた艦長と副長の会話から憶測するに、《トリガー》は『奴は焦っている』と打電してきたらしい。補給を受けられず、《トリガー》に頭を押さえられてろくに浮上もできなかったために、《シーゴースト》は長期の持久戦を行う体力を失っている——。数ヵ月にわたって《シーゴースト》の影を追い求めてきた《トリガー》には、それなりの確信があるようだった。いま挟撃戦を仕掛ければ、必ず仕留められるという《トリガー》の主張に従い、《ボーンフィッシュ》は南南西に転舵して《シーゴースト》を待ち伏せた。

キューシューの西端、中小の島が飛び石のように連なる五島列島沖に到達したのが、翌十五日の早朝。現地時間に照らせば夕刻も終わりの頃で、司令塔でソナーにへばりつくアディには確かめようもなかったが、おそらくは夕陽が水平線に溶け込み、夜が訪れる直前の幻想的な光景が見られる時間帯のはずだった。岩礁が林立する五島列島沖は、待ち伏せ作戦を実施するには最適のポイントとはいえ、事前調査を綿密に行わなければこちらの命取りにもなりかねない。水測長注視のもと、アディは音響測深儀で海底地形を探り、岩礁の分布状況の計測を急いだ。艦首下部に設置された水中マイク《ハイドロフォン》が、合衆国海軍の潜水艦とは回転周期《ピッチ》の異なるプロペラ音をキャッチしたのは、その時だった。

目標探知！　と実戦で叫んだのは、それが初めてだった。即座に急速潜航が令され、《ボーンフィッシュ》は岩礁すれすれの深度百七十フィートに潜航した。片舷のスクリュー軸になんらかの損傷を負っており、プロペラ音に独特のノイズが混じる――間違いなく、《トリガー》から報告のあった《シーゴースト》のプロペラ音だった。岩礁状況を探りきれなかったのは残念だが、その条件は敵も変わらない。袋のネズミだ、と言った艦長の言葉を、アディは強がりとは聞かなかった。

水中では、空気中より音の伝達距離ははるかに長い。こちらが発した音響測深儀の探信音波を、《シーゴースト》が探知している可能性はあったが、もしそうなら、敵は待ち伏せを警戒して必ず探信音波を打ってくる。岩礁を走り抜ける海流音が聴音を困難にするこの海域で、無音潜航したこちらをパッシブ・ソナーで探知するのは不可能だ。《ボーンフィッシュ》はここで潜伏し、《トリガー》との挟み撃ちに備えて牙を研《と》いでいればよく、敵が探信音波を打ってきた場合は、ただちに前進して音源に魚雷を叩き込んでやればいい。どちらに転んでも、勝利は確定したも同然だった。

《シーゴースト》は沈黙したまま、まっすぐこちらに近づいてきた。段々と大きくなるプロペラ音は、得体の知れない幽霊潜水艦が、実体を持った敵艦に変貌してゆく音だった。数分後には、《シーゴースト》を背後から追い立てる《トリガー》のプロペラ音も聞こえるようになり、《ボーンフィッシュ》は雷撃戦の準備を整えて攻撃の時を待った。一撃必殺。拿捕の二文字は、すでに艦長たちの頭の中から消え失せているようだった。そしてそう感じた瞬間、アディはふと、この任務の決定的な異常性に気づいた。

潜水艦に潜水艦を拿捕させるなど、どだい無茶な話だ。潜水艦同士の戦闘でさえ、大戦中数えるほどしか行われていない。《シーゴースト》を本気で捕らえたいなら、少なくとも駆逐艦と対潜哨戒機の手助けがいる。太平洋艦隊司令部には、それを手配するだけの機動力と時間があったはずだ。にもかかわらず……なぜここには自分たちしかいないんだ?

——目標失探《ロスト》!

その声が司令塔に響き渡り、アディは我に返った。それが自分の声だと気づくまでに、数秒の時間を要した。些細《ささい》な異変にも反応するよう鍛えられている聴覚が、脳の判定を待たずに報告の声を出させた感じだった。

ロスト時の方位、プロペラ・ピッチから推測される敵速を続けざまに報告しつつ、アディはレシーバーに意識を集中した。《シーゴースト》のプロペラ音は、幻のように完全に消失していた。グリニッジ標準時に合わせた腕時計の針が、五時三十七分を指した時のことだった。

その腕時計は、いまは九時四十五分を回ろうとしている。

《シーゴースト》との持久戦が開始されてから、もう四時間以上。その間、《ボーンフィッシュ》と《トリガー》はひたすら潜航し続け、互いの尻を追うように周回コースを巡ってきた。プロペラ音がいっさい探知されない以上、包囲の輪の中に目標がひそんでいることは間違いないが、アディは、徒労という言葉がゆっくりと全身を蝕《むしば》んでゆくのを止められずにいた。

もう《シーゴースト》はこの海にはいない。ジャックの言う通り、そのぬめぬめとした潜舵をひらめかして、音も立てずに泳ぎ去ってしまったに違いない。いや、もともと《シーゴースト》なんてものは存在していなくて、自分たちは幻を追いかけているのかもしれない。《ボーンフィッシュ》も《トリガー》も、一度は〝死んだ〟艦。幽霊が幽霊を追いかけるとは、まったくお笑い種《ぐさ》だ。本当はトヤマ湾の海の底に沈んでいる《ボーンフィッシュ》が、地獄の手前で続ける終わらない追いかけっこ……。

ゴトッ。耳に馴染《なじ》んだ海流音に微かな不協和音が混ざり、アディは一気に現実に引き戻された。

先刻の冷たい息とは異なる、明確に物理的な音。ほんの一瞬、海流の浸食で岩が傾いた程度の微小な音だったが、四時間以上同じ音を聞き続けた耳は、たとえ針一本であっても混入した異物の音を聞き逃さなかった。

「なにか聞こえる。突発音。方位二八〇ないし二八二」

「真横か……」と航海長が呟く間に、振り返った艦長の目がアディをすり抜けて水測長を見据えた。若僧の耳は確かか？　と問う目に、予備のレシーバーをかぶる水測長がはっきり頷《うなず》く。非常灯の光で黒く見えるグリーンの瞳を伏せ、なにごとか唇を動かした艦長は、「《トリガー》の位置は？」と今度はアディの顔を見て言った。

「方位三三二ないし三三三。速度二ノット」

《トリガー》のいる方向と、突発音が聞こえた方向は明らかに異なる。先刻までの濁《にご》った空気が霧散し、アディは全神経をレシーバーに集中させた。突発音は聞こえない。しかしなにかが違って聞こえる気がするのは、神経が昂《たかぶ》っているからか？　一定だった海流の音がわずかに転調した——いや、別の周波の音がそこに重なり、音全体が前よりも太さを増したような……。

「なんだと思う、水測長」

「わかりません。しかし金属音に聞こえました。岩が崩れ落ちた音なら、もっと後を引くはず……」

レシーバーの外に聞こえる水測長の声がそこまで言った時、本当の異変は始まった。

最初は大量の泡が弾けるぷつぷつという音。続いて、世界最悪のチェリストが調弦を始めたかのごとき騒音が重なり、ひとり、またひとりと奏者が増えて——。

「船体の軋《きし》み音！」アディが叫んだのと、水測長が叫んだのはほぼ同時だった。「方位二八一。急速接近中！」

「まさか《ジーザス》……！」と叫んだ副長の声は、続く艦長の声にかき消された。「両舷前進強速、速力十ノット。取り舵一杯」

機関、操舵の復誦《ふくしょう》が終わらないうちに、足もとから鈍い振動が這い上がってくる。無音潜航をかなぐり捨てた《ボーンフィッシュ》が、モーター機関の出力を最大に引き上げた瞬間だった。急速回頭に転じた船体が左に傾き、フルパワーで回転する自艦のプロペラが聴音を困難にする。よろけそうになった体を水測長に支えられながら、なんて運の悪い、とアディは内心に罵《ののし》っていた。

船体の軋み音が意味するところは、ひとつしかない。《シーゴースト》が浮上を開始したのだ。水圧の変化に外殻をぎりぎりと軋ませつつ、《シーゴースト》は機関を停止させたまま浮き上がろうとしている。こともあろうに、《ボーンフィッシュ》の真下から。最初に聞こえた微かな突発音は、排水弁を開く音——もしくは沈底していた船体が海底から離れる音だったのだろう。

無論、《シーゴースト》は《ボーンフィッシュ》を狙いすまして浮上してきたわけではない。深度百七十フィートで潜水艦同士が衝突すればどうなるか、それがわからないほど向こうも愚かではあるまい。どだい、アクティブ・ソナーを作動させていない《シーゴースト》には、《ボーンフィッシュ》の位置を知る術《すべ》はなかった。たまたま浮上したところに、たまたま敵艦がいたという百万にひとつの偶然が起こったのだ。

今頃は、フル回転するこちらのプロペラ音を探知して、向こうも恐慌状態に陥っているに違いない。《シーゴースト》に乗っているのが、同じ人間ならの話だが——。

「探信音波、打て」

ペリスコープのシャフトにしがみつき、傾いた床の上で体重を支えた艦長が命じる。敵の方位はハイドロフォンの音感差から割り出せるが、相対距離は探信音波を放ち、反射波の返ってくる時間を測らなければ測定できない。アディはアクティブ・ソナーの作動ボタンを夢中で押し、一緒に左手に握りしめたストップウォッチの計測ボタンを押した。

頭頂部を刺激するような金属のソプラノ音が鳴り響き、司令塔にこだまする。この場合、探信音波の音は、相手に衝突回避を促すクラクションの役目も果たしていた。思ったよりずっと早く反射波が返ってきて、アディは押したばかりのストップウォッチのボタンを押すと、「距離、百七十ヤード（約百五十五メートル）。方位変わらず、直進中」と機械的に報告した。

その数字が実感を伴ったのは、音を立てて凍りついた司令塔の空気を肌で感じ取ってからだった。百七十ヤード——目と鼻の先に、《シーゴースト》がいる。隣に立つチーフが生唾を飲み込む音が聞こえ、「舵戻せ！　針路〇二〇」と、ややうわずった艦長の声が響き渡った。

機関を停止し、浮力のみを利用して浮上する《シーゴースト》は、言うなれば風呂の底から浮き上がろうとしている風船に等しい。自ら浮上を止める力はなく、衝突回避はもっぱら《ボーンフィッシュ》が稼ぎ得る距離にかかってくる。探信音波の反射速度に比例して心臓の鼓動が早まり、アディは必死に相対距離を読み上げ続けた。

百五十、百二十、八十五、五十……。もはや探信音波と反射波の時間差がなくなり、耳障《みみざわ》りな金属音が非常ベルさながら連続する。アディは五まで数えたところでぎゅっと目を閉じ――その後、少しずつ、しかし確実に、反射波の返ってくる間隔が長くなってゆくのを聞いた。

十、二十、三十。敵艦との距離が再び離れ、水測長がほっと息をつく気配が背後に伝わった。おそらくは数ヤードもない、手をのばせば相手の船体に触れられるくらいすれすれのところで、《ボーンフィッシュ》は《シーゴースト》との衝突を回避したのだった。アディは腹の底から息を吐き出し、額に手をやってぐっしょりの汗を拭った。その場にいる誰もが肩の力を抜き、緊張の後の弛緩が司令塔に訪れた。チーフは小さく十字を切り、航海長は目を閉じて顔を天井に向けた。

ただひとり動かないのは艦長で、彼はペリスコープのシャフトに片手をついた姿勢を崩さず、「ソナー、報告は」と顔を少しだけこちらに振り向けた。水測長ではなく、自分の目を見て言った艦長の声には親しみの色があり、アディはふと、これが一人前になるということかもしれないと思いついた。

雷撃戦に備えて敵艦の位置を捕捉《ほそく》し続け、同時に《トリガー》の位置も確認して、向こうが現状を把握しているか否かを調べる。対《シーゴースト》戦の本番は、これからだった。感慨に浸っていられる時ではなく、アディはレシーバーに反射波の音を聞き、ストップウォッチに目を落とした。

が、一人前と認められたソナー員の、記念すべき最初の報告は、予想もしない言葉になってアディの口からこぼれ出た。

「高速スクリュー音探知！　方位二〇〇、向かってくる！」

あり得ない。司令塔にいる全員の顔がそう言い、アディ自身、自分の言葉が信じられなかったが、レシーバーが伝える音は紛《まぎ》れもなく現実だった。小刻みで甲高いプロペラ・ピッチ――すなわち、魚雷の駛走音。

回避しようのない距離、信じがたい早さで、《シーゴースト》が魚雷を撃ってきたのだ。

「取り舵一杯！」と艦長の怒声が響き、同時にアディは背後からつき飛ばされた。たたらを踏みつつ振り返った時には、補助役をかなぐり捨てた水測長が管制盤に取りつき、「雷数一、急速に接近中！　間違いありません」と叫んでいた。

「衝突警報！　全艦、隔壁《かくへき》閉鎖」

「総員、対衝撃防御！」

チーフと水雷長が矢継《やつ》ぎ早《ばや》に艦内放送のマイクに吹き込む。警報が三回鳴り響き、乗員たちが駆け出す音、隔壁や水密戸《すいみつど》を閉める音が床下に伝わる。一瞬でひっくり返った事態についてゆけず、わめき合う士官たちを呆然と見つめたアディは、なにが起こったのか考えようとした。仕事を奪われ、再び新米水兵に引き戻されたアディには、そうするだけの時間が与えられていた。

《シーゴースト》が魚雷を撃ってきた、これは議論の余地がない。雷撃可能深度まで浮上するや、すれ違いざま……そう、すれ違いざまに撃ってきたのだ。まるでこちらの位置がわかっているかのような、比類のない正確さで。アクティブ・ソナーを逆探したとでもいうのだろうか？

「魚雷音さらに一！《トリガー》に向かうようです」

「当てずっぽうだ。奴に魚雷を調定する時間はなかった……！」

悲鳴に近い水測長の声に続いて、副長が呻《うめ》いていた。そうだ、とアディも思った。敵の方位と距離、速度、潮流を測定し、それに合わせて発射角度、駛走距離、駛走速度を調定する。その作業が完全でなければ、魚雷は敵に命中しない。《シーゴースト》はでたらめに撃ってきたに決まっている。

しかし、いつ魚雷発射管を開放したのか。パッシブ・ソナーが捉えたのは船体の軋む音だけで、少なくとも浮上中の《シーゴースト》からは、魚雷発射管開放時の突発音は観測されなかった。水測長もそれを確認している。ということは、《シーゴースト》はあらかじめ発射管を開放してから浮上を開始したのだ。最初に聞こえた突発音は、魚雷発射管開放の音……？

「魚雷衝突まであと六十……五十」

岩礁の底に身を潜めていても、《シーゴースト》には《ボーンフィッシュ》が見えていた。アクティブ・ソナーも使わずにこちらの位置を把握し、頭上に差しかかるのを待って浮上した。こちらの回避運動を計算に入れて、すれ違った瞬間に魚雷を叩き込むつもりで。

「四十……三十」

なぜそんなことができる？　奴には目がついているのか？

「二十……衝突する」

水測長が言い終わると、「幸運な《ラッキー・》糞野郎《サノバビッチ》め……！」と搾り出された艦長の声が司令塔に響き渡った。アディは、違うと胸の中に訂正した。

幸運ではない。奴には、《シーゴースト》には、なにもかもが見えているのだ。アディは天井を見上げ、内殻の向こうに常闇の海を幻視した。《シーゴースト》が巨大な海蛇のごとくとぐろを巻き、まがまがしい赤い目をかっと見開いて、《ボーンフィッシュ》を嚙み砕こうとする姿をはっきりと見た。

「すまないな《ソーリー》、坊主《サン》」

すぐ傍らに声が発し、アディはぼんやりそちらの方に振り返った。赤く充血したチーフの目がそこにあった。メタンでな、と言った時と同じ目だった。アディと視線を絡《から》ませたのもつかの間、チーフはすぐに瞼《まぶた》を閉じ、汗まみれの髭面を天井に向けた。「ジュリア……」という小さな囁きが、その唇から漏れた。

それを聞いた途端、これで死ぬらしいと理解したアディは、唐突に訪れた死のあまりの素っ気なさに呆然となり、慌ててガールフレンドの顔のひとつも思い出そうとした。だが浮かんできたのはパールハーバーの補給処ですれ違った女性事務官や、もう輪郭《りんかく》も定かではないハイスクール時代の同級生の顔だけで、こういう時に名前を呼ぶに相応《ふさわ》しい女性の顔はついに見つけられなかった。

そんな相手を見つけるには、短すぎる人生だった。まだやり残したことがたくさんある。こうなるとわかっていたら、もっと有意義に時間を使っていたのに。アディは絶望し、それさえも時間の無駄と気づいて、この死になにかしらの意義を見出そうと努めた。潜水艦乗りの矜持《きょうじ》、祖国への想い。どれもしっくりとはせず、代わりに、そのようにしか生きられなかった自分の不実を詫《わ》び、懺悔《ざんげ》しなければならない唯一の人の顔が胸の奥で像を結んだ。

ああ、母さん。ぼくはあなたに孫を抱かせてあげることができなかった……。

ポートランドの農園の風景、焼き立てのクッキーの香りを思い出したのを最後に、ハーブ・アディは肺いっぱいに空気を吸い込み、考えるのをやめた。

直後、衝撃と轟音《ごうおん》がすべての感覚器官を圧倒して、せっかく肺にため込んだ空気を吐き出させた。網膜を焼く真っ白な光が司令塔を満たし、アディの肉体と意識をその中に溶かし込んでいった。

※

爆発の衝撃に自艦が巻き込まれるのを防ぐため、大きく弧を描いて駛走するよう調定された酸素魚雷は、寸分たがわぬ正確さで目標に到達した。全長五・五メートル、直径五十三センチの魚雷が司令塔に突き刺さり、その外殻と内殻を突き破って起爆すると、弾頭の炸薬《さくやく》が艦内の空気を残らず消費しつつ燃え拡がり、黒く細長い鉄の塊《かたまり》――ガトー級潜水艦を内部から誘爆させた。

膨脹した耐圧殻が補強材の鉄輪を次々に弾き飛ばし、全長九十五メートルの船体がバナナの皮のように呆気《あっけ》なく裂ける。爆発の光球がそれを呑み込んで膨れ上がったが、水圧に押し戻されてすぐに収縮に転じる水中爆発は、空気中で起こるそれよりはずっと地味で、もの悲しささえ感じさせた。一刹那《せつな》の閃光《せんこう》が海底の奇岩群を浮かび上がらせ、後は地球創成の時から変わりのない常闇が海底に舞い戻った。ガトー級潜水艦の痕跡《こんせき》を示すものは、海面に向かって上昇する嵐のような気泡と、岩礁に降りつもる無数の破片――焼け焦げた艦の構造材や、蒸発を免れた肉の欠片《かけら》――だけになった。

爆発の衝撃波が到達するよりずっと早く、「彼女」はそれを〝感知〟した。正確には、物理的に観測される現象以上のものが「彼女」の中に入り込み、五官にへばりつき、膿《う》み、腐敗して、「彼女」の神経の系という系を苛《さいな》んでいた。

大半は、全身の表皮を焼き剝《は》がされる痛み、構造材に押し潰《つぶ》される苦しみを訴える悲鳴であり、残りは人の名前、特に女性の名前を呼ぶ声が多い。母親の名を呼ぶ声も少なくはなく、これはどこの国の艦《ふね》でも同じだ……と、「彼女」は苦痛に組み敷かれた肉体の奥で思考を紡《つむ》いだ。

脱却レバーを引き、水面から体を抜くことさえできれば、この苦痛から逃れられる。〝藪医者《クワックザルバー》〟は簡単に言っていたが、実際はそう都合よくいくものではない。苦痛は素早く、あらゆる物理法則を無視して殺到し、体の奥深くに分け入ってくる。散乱する肉と内臓を網膜に焼きつけ、呪詛《じゅそ》の声を聞かせて、鼻腔《びこう》と口腔の中まで血で汚れた舌で舐《な》め回す。さらには、長い火かき棒を脳髄《のうずい》から背骨の奥にまで差し込み、ごりごりとかき回すような激しい痛みで肉体を屈伏させる。

艇内を照らす非常灯が赤みを増し、胸の高さ《ブルスト・ニボー》に水位を設定された水がどす黒い血の色になった。これは現実ではない。血の池に浮かぶ眼球や骨から目を背《そむ》け、「彼女」は痙攣《けいれん》する腕をなんとか動かして、座席の脇にある脱却レバーをつかもうとした。だが、つかみ上げることができたのは、まだそこここに肉のこびりついた人の腕の骨だけだった。

引きずられて水面に浮かび上がった男の顔が、『なぜ』と問うていた。縮《ちぢ》れた金髪を血で濡らした、まだ二十歳に満たない若者の顔だった。これまでに何十回となく問いかけられ、まだ一度も答えられずにいる「彼女」は、この時も黙って彼の目を見返すよりなかった。若者は問う目を残したまま顔を逸らし、大穴の開いた後頭部を「彼女」の方に向けた。脳漿《のうしょう》がすっかり流れ落ち、空洞になった頭蓋の裏側には、生光りするフジツボの突起がびっしり張りついていた。それを見た瞬間、「彼女」の意識を維持する最後の線がショートした。

激しく痙攣する指先が硬直し、その後、弛緩した。たゆたう水にもてあそばれ、皹《あかぎれ》の目立つ「彼女」の手のひらが花弁のように水中を舞った。

※

「Dieser nutzlose Schrott!（この役立たずのポンコツが！）」

発令所に響き渡ったカール・ヤニングス艦長の蛮声《ばんせい》は、勢いよく定位置に戻された左右の把手《グリップ》の金属音で余韻《よいん》を絶たれた。代わりに失望と落胆の吐息がさざ波のようにわき起こり、疲れきった顔で立ちつくす十人あまりの男たちと、赤色灯の鬱々とした光をさらに暗く沈み込ませてゆく。

魔法の時間の終わり——そんな感じだった。グリフが折りたたまれた千里眼鏡《ヘルゼリッシュ・スコープ》は単なる柱と化し、淡い光を放っていた千里眼監視装置《ヘルゼリッシュ・アプフォーラ》も、システムがダウンしたいまは奇怪なオブジェとしてのみそこにある。まるで午前零時の時報を聞いたシンデレラだ。ふと思いつき、発令所にいる面々の顔を見渡したフリッツ・S・エブナーは、その場違いな連想に苦笑を嚙み殺した。

陽光を忘れて久しい青白い肌に、垢と無精髭を蓄《たくわ》えた顔、顔、顔。ガラスの靴を残して走り去るには、ここにいる連中はあまりにもむさ苦しすぎる。童話になぞらえるなら、悪鬼か怪物。やはり《海の幽霊《ゼーガイスト》》というあだ名がいちばん相応《ふさわ》しい。種も仕掛けもある魔法で自分を恐ろしく見せかけ、それを失えばこそこそ逃げ隠れするしかない《ゼーガイスト》。連合国側がどこまで見透かしているのかは定かでないが、この艦にはぴったりの名前ではないか。

「Auftauchen stopp, Ventile schließen. Tiefe 40 Meter. Beide Maschinen halbe Fahrt.（浮上中止、排水弁閉鎖。深度四十メートル。両舷半速）」

ヘルゼリッシュ・スコープのシャフトを背に、ヤニングスが澱《よど》んだ空気を振り払う大声で令した。艦長然とした落ち着きを取り戻した声と聞こえたが、この二ヵ月のみじめったらしい航海で節制を忘れ、だらしなく肥満したヤニングスの声に以前の鋭さはない。復誦する潜航長らの声も職業軍人が持つべき余裕を失っており、魔法の時間が終わった心細さだけではない、もっと大きなものが終わった喪失感と徒労感を根底に抱え、生き長らえているこの艦の現状を暗に伝えた。

自分はどうなのだろう？　乗員たちを苛む喪失感の中身、祖国の終焉という言葉を胸の奥に眺めて、フリッツは自問してみる。一九三三年以降、国家社会主義労働者党《ナチ》が権力の座についてからは、畏怖《いふ》と憎悪を込めてナチスドイツとも呼ばれた祖国の終焉。首都ベルリンは完膚《かんぷ》なきまでに破壊し尽くされ、総統《フューラー》と崇《あが》められていた髭の小男は早々に自殺を遂げた。第三帝国建設の大博打《おおばくち》はあえなく敗れ、支払いきれない負債が国民の双肩に残された……。

関係ない。いつもと同じ結論に達して、フリッツは黒い制服の袖口に付着した埃《ほこり》を指先で弾いた。鉤十字《かぎじゅうじ》の紋章も、優生学理論も、こけ脅《おど》しの宣伝工作も。頽廃《たいはい》趣味が人心に与える悪影響を説きながら、自らが大いなる頽廃であった国家が滅ぶべくして滅んだ。ただそれだけのことだ。いまのおれには、おれたちには関係がない。髑髏《どくろ》の徽章《きしょう》が輝く制帽をぬぎ、この航海で肩まで届くようになった長髪に風を入れてから、フリッツは無意味な物思いに蓋《ふた》をした。

いまはただ生き延びることを考えていればいい。魔法の力を失っても、この艦の悪運の強さは折り紙つきだ。ここでおれたちと心中したくなかったら、どこまでも逃げ延びてみせろ——。壁と天井を埋める無数のパイプを血管に見立て、全長百十メートルに達する鋼《はがね》の巨魚に呼びかけた途端、潜航時でも四千馬力を確保するモーターが唸《うな》りをあげ、二軸のスクリュー軸を回転させる振動が足もとに伝わった。

腹に響く船体の軋み音が艦首から艦尾までを駆け抜け、前方に傾いていた傾斜がじわじわ回復する。機関を停め、自然の浮力に任せて浮き上がりつつあった鋼鉄の管が、Uボート本来の機能を取り戻して前進を開始したのだった。四時間ぶりに聞くモーター音に微かな安堵《あんど》を覚えたのも一瞬、フリッツは、先刻から神経に障る金属音を響かせている探信音波に耳を澄ました。

この二ヵ月の間、呆れるほどの執念深さでこちらを追尾し続けたガトー級潜水艦、《しつこいアメリカ人》が打ち鳴らすアクティブ・ソナーの音。すれ違いざまの奇襲で新手《あらて》のガトー級を沈めることはできたが、《しつこいアメリカ人》はいまだ生残している。一撃で仕留めるには距離が開きすぎていた魚雷をかわし、嫌がらせのように探信音波を打ち続ける《しつこいアメリカ人》にとって、岩礁から抜け出たこちらは格好の獲物と映っているはずだった。

魔法の箔《はく》が剝がれてしまった以上、この艦が選択し得る対処行動は、ひたすら逃げることしかない。フリッツは腕を組み、艦尾側の隔壁に背中を預けて、慌ただしく動き回る乗員たちの姿を漫然と眺めた。カーキ色の制服に汗の染みを浮かべた水雷長がちらとこちらを見、ひとり冷めた面持ちの黒い制服に恨みがましい目を向けたが、文句を口に出しはしなかった。奥行き八メートル、幅五メートルはあるこの艦の発令所は、他国の潜水艦に較べてもかなり大きいので、持ち場のない人間が突っ立っていてもさほどの害にはならない。体臭と二酸化炭素をまき散らし、各々の持ち場に就《つ》くカーキ色の制服たちを視界から消したフリッツは、剝がれ落ちた魔法の残滓《ざんし》に視線を集中させた。

第一、第二潜望鏡とほぼ同じ外観を持つヘルゼリッシュ・スコープと、その斜め前方、転輪羅針儀《ジャイロコンパス》と並んで設置されたヘルゼリッシュ・アプフォーラ。コロセウムの通り名で呼ばれるヘルゼリッシュ・アプフォーラは、透明素材で一体成型された直径一メートルの球体と、各種制御装置を収めたドラム缶大の円柱からなる精密機械装置だ。円柱の上に半分めり込む形で鎮座《ちんざ》する球体は、下半分が無数の電極とコードで覆われており、鉢植えにされた巨大な球根といった体《てい》をなしていた。

種も仕掛けもある魔法——ＰｓＭＢ《ペーエスエムベー・アインツ》１の一方の要《かなめ》となる二つの装置は、システムの停止とともに完全に沈黙し、無用の長物となって発令所の片隅に鎮座している。フリッツはさりげなく体の位置を動かし、赤色灯を映して鈍く輝く透明な球体に目を走らせた。底に溜まった砂鉄が静止しているのを確かめて、それとわからぬほどに安堵の息をついた。「彼女」の苦痛は終わった。次は視力を失い、聴力だけを頼りに行動しなければならなくなった、この《ＵＦ４》の乗員たちが苦痛を味わう番だ……。

「Was macht der《zähe Ami》?（《しつこいアメリカ人》は?）」

ヤニングスのだみ声が飛ぶ。フリッツは、多少慌ててコロセウムから視線を外した。

「Sein Kurs ändert sich ständig. 338 Grad, 339 Grad, 341 Grad. Geschwindigkeit unbekannt.（距離、三五〇〇。方位は急速に変更中。現在三三八、三三九、三四一。速力不明）」

艦尾側の隔壁に穿たれた円形の水密戸の向こうで、水測員がヤニングスに負けない大声を返す。「Wegen des Rauschens der Meeresströmung lässt sich so gut wie nichts hören.（海流音の影響でほとんど聴音がきかない）」

「Unser Gegner hat das gleiche Handikap. Machen Sie alle 10 Grad Meldung über seine Position.（条件は向こうも同じだ。十度ごとに敵方位を逐次知らせ）」

一喝《いっかつ》したヤニングスは、油と脂で薄黄色に汚れた制帽をかぶり直すと、なにか言おうとした潜航長を無視して海図台に取りついた。備え付けの蛍光灯を引き寄せ、海図に目を落としたその横顔にいら立ちの色を見出したフリッツは、まずいなと感じた。

条件が同じであるはずはない。最新のグループ聴音装置を装備しているとはいえ、ＰｓＭＢ１の魔力に馴《な》れ、ソナーを補助機械程度にしか捉えていなかった《ＵＦ４》。対して《しつこいアメリカ人》は、ソナーだけを頼りに二ヵ月間の追跡行を実施し、潜水艦乗りなら誰でも味わう不自由に耐えてきた。便利に馴れた艦と、不便を克服した艦の技量の差は、状況が苛酷であるほど如実に現れる。流速二ノット近い海流音が聴音を妨げている状況は、一方的に《しつこいアメリカ人》を利する結果になりかねない。

ヤニングスはそれに気づいており、いら立っている。ほぼ地球を半周したこの二ヵ月あまりの航海中、《しつこいアメリカ人》につきまとわれ続けてきたいら立ち。目的地を目の前にして、足止めを食らわされたいら立ち。それを突破すべく仕掛けた奇襲が、さらなる窮状を呼び込んでしまったいら立ち――。様々ないら立ちが汗でよれよれになった制服の肩から染み出し、強《こわ》い髭を蓄えた横顔をひどく無表情にしている。あとひと押しで理性の線が切れ、致命的な判断ミスを犯すのではないかと思わせる危うさが、いまのヤニングスにはあった。

「Angesichts unserer Manövrierfähigkeit, wird der《zähe Ami》uns nicht leichtsinnig angreifen.（いまの我々の手際を見れば、《しつこいアメリカ人》も迂闊に手出しはできんでしょう）」

「Wenn wir es in das Japanische Meer schaffen, sollten wir sie abschütteln können.（連中もろくに補給を受けていない。このまま日本海に逃げ込めば、追撃を振り切れるはずです）」

ただちに反転して、《しつこいアメリカ人》との決着をつける。いちばん恐ろしいのは、艦長がそう言い出すことだと心得ている水雷長と航海長の物言いは、端的だった。近頃のヤニングスは、それでなくとも堪《こら》え性《しょう》がなくなってきている。持久戦を放棄し、二隻の敵艦を同時に仕留めるという賭《かけ》に近い奇襲を強行したのも、彼が以前の辛抱強さを失ってしまった証明と言えた。

自暴自棄になるのは勝手だが、巻き添えを食ってはたまらない。フリッツは腕組みをしたまま、ヤニングスの反応を注意深く窺《うかが》った。もし短気を起こすようなら、実力に訴えてでも艦長の座から引きずり下ろさなければならない。

「Aber das andere Boot der Gato ist aus dem Japanischen Meer gekommen. Also hat Japan die Seeherrschaft verloren.（しかし、新手のガトー級は日本海から現れた。あの国は、もう膝元の制海権さえ失っているんだ）」

ぽつりと呟かれた声が奇妙に大きく響き、水雷長たちはぎょっとそちらに振り返った。そげ落ちた頰が貧相に拍車をかけている潜航長の顔が、赤色灯の下で浮き立って見えた。

「Wenn uns die Japanische Marine besser versorgt hätte, hätten wir auf einen großen Umweg ins Japanische Meer laufen und den《zähe Ami》abhängen können...（だいたい、日本海軍がもっとマシな補給をしてくれていたら、大回りで日本海に進入することができた。《しつこいアメリカ人》を振り切ることだって……）」

バカが。内心に罵ったフリッツは、考えるより先に一歩を踏み出していた。日本海軍がもっとマシな補給をしてくれていたら。あと百トンの重油、五百リットルの水の貯蔵があれば。そんな仮定の話は思考を閉塞させ、絶望を募《つの》らせる結果しかもたらさない。「Wir können nirgends entkommen. Also werden wir hier...（もうどこにも逃げ場はないんだ。だったらここで……)」と続いた潜航長の声を、フリッツは「Nein.（それは違う）」と遮った。

「Die japanische Marine will wissen, was PsMB1 wirklich kann, deshalb hat sie uns nur so wenig gegeben.（日本海軍はＰｓＭＢ１の実力を確かめたがっている。だから故意に補給を限定した）Sie wollen, dass wir nicht lange unter Wasser operieren können und den Gegner direkt schlagen müssen, um das Japanische Meer zu erreichen.（長期の潜伏行動ができないようにして、正面の敵を突破しなければ日本にたどり着けないよう仕組んだんだ）」

潜航長はもちろん、その場にいる全員が一斉に気色《けしき》ばんだ目を向ける。黒い制服も、そこから覗《のぞ》く肌の色も、二十一歳という年齢も。二ヵ月前から鋏《はさみ》を入れるのをやめた長髪さえも、彼らにとっては嫌悪と侮蔑《ぶべつ》の対象になる。いつものことなので、フリッツは誰とも目を合わさず、ヤニングスの背中だけを見るようにした。

「Wenn wir das nicht schaffen, würde der Besitzt des PsMB1 sich aus ihrer Sicht von Anfang an nicht gelohnt haben.（それで潰れるようなものなら、最初から手に入れる価値はないと思っている。連中にとって、国を亡くしてまで生き延びている我々は恥知らずの穀潰《ごくつぶ》しだ）Ob wir sterben oder leben, ist ihnen völlig gleichgültig. Uns bleibt nichts anderes übrig, als selbst dafür zu sorgen, dass uns nichts passiert.（死のうと

生きようとたいした問題じゃない。自分の身は自分で守るしかないのが、我々の立場だ)」

頭を冷やせ、と伝えたつもりだった。《しつこいアメリカ人》にかかずらわって消耗《しょうもう》している余裕はない。無傷で日本にたどり着き、連中にＰｓＭＢ１の価値を知らしめるのが肝要だ。いまは逃げることだけを考えろ。

支払うべき負債を踏み倒し、新しい人生を手に入れるには、それなりの度胸と計算が必要になる。おまえたちがどうなろうと知ったことではないが、巻き添えになるのはご免だ。おいい、れたちの邪魔をするな……。

無言の重圧をかける探信音波の音と、敵針を告げる水測員の声だけが降り積もる沈黙の時間が訪れ、呻き声に近い吐息を漏らしたヤニングスが海図から顔を上げた。階級を無視した物言いに苦虫を噛み潰しながらも、いくらかは歴戦のＵボート艦長らしい知性を取り戻した顔つきだった。小さく息をつき、その場から一歩さがろうとしたフリッツは、不意に耳元で囁かれた失笑混じりの声を聞いた。

「Ist das Ihr Stil, Shinya?（それが貴様の国のやり口かい、シンヤ？）」

無視しろ。常に冷静なもうひとりの自分が警告した時には、フリッツは潜航長のにやけ顔を視界に入れ、その首筋に左手を走らせていた。親指とひとさし指で左右の頸動脈を押えつけ、ぐいと前に突き出すと同時に、よろけた足の間に自分の左足を差し入れる。

痩せぎすとはいえ、フリッツより拳ひとつ分は大きい潜航長の体がバランスを崩し、壁に叩きつけられる。予想外に大きい音が発令所に響き、天井の送水管に結露した滴がぽたぽたと床に落ちた。その場にいる全員が凍りつく気配を背中に感じながら、フリッツは潜航長のぎょろりとした目を見据えた。

「Wenn Sie mich noch einmal so nennen, bringe ich Sie um.（今度その名前でおれを呼んだら、貴様を殺す）」

はい《ヤー》ともいいえ《ナイン》ともつかない呻き声が潜航長の口から漏れたのは、頸動脈を圧迫されているからではなく、押し当てたナイフの切っ先を股間に感じているからだろう。小動物のように怯《おび》え、震える瞳を落ち窪《くぼ》んだ眼窩《がんか》の奥に見ながら、フリッツはふと、まったく別の感慨にとらわれていた。

自分より高いところにある頭、幅の広い肩、赤色灯を受けて紫がかって見える青い瞳。自分とは違う色の肌が醸《かも》し出す体臭までが正体不明の劣等感を呼び起こし、引け目に近い感情を腹の底に結実させる。そのように教え込まれ、忘れるには深すぎる部分で根を張った国是《こくぜ》という名の偏見。五年の狂った歳月によって醸成されたなにものかが、全身の力を萎《な》えさせて――。

「Es reicht, Leutnant Ebner.（そこまでだ、エブナー少尉）」

怒気を孕《はら》んだ低い声が振りかけられ、フリッツは我に返った。敵意を漲《みなぎ》らせた複数の目に混じって、ヤニングスの肉厚の顔がこちらを見ていた。

「Ich weiß, dass die SS kämpfen kann. Wir mögen zwar zur Marine eines untergegangenen Reiches gehören, trotzdem erwarte ich, dass Sie ein Mindestmaß an Disziplin einhalten.（親衛隊《SS》の体術が伊達ではないことはわかった。すぐに手を放せ。滅び去った国の軍とはいえ、最低限の規律は守ってもらう）」

言われるまでもなかった。フリッツは右手につかんだナイフを下げ、首筋をつかんだ左手からゆっくり力を抜いていった。ちらとこちらを見た操舵員の目は、自分の顔ではなく、制帽の髑髏の徽章に注がれているようだった。

「Die SS, der Sie Ihre Sonderbehandlung zu verdanken hatten, gibt es nicht mehr.（口のきき方もあらためろ。貴様の特別待遇は、それを保証していたＳＳの消滅と同時に失効している）Sie sind jetzt nichts weiter, als der für die Wartung des Lorelei-Systems verantwortliche Offizier.（いまの貴様にあるのは、ローレライ・システムの整備担当士官という肩書きだけだ）」

「Feind auf 000 Grad.（敵針、〇〇〇）」と水測員の声が弾け、フリッツは喉元までこみ上げた抗議の言葉を呑み込んだ。ローレライ――ＰｓＭＢ１のコード名。海軍の連中が使っていた俗称を、将官たちへの追従《ついしょう》を仕事の半分にする〝藪医者《クワックザルバー》〟が無理やり正式コードに変えた。本質をつきすぎるという理由でフリッツが反対すると、クワックザルバーは逆におもしろがり、長官に直訴《じきそ》してまでコード名を変更させた……。

「Das Lorelei-System taugt auch zu nichts. Wenn es nicht unser Lotse in die japanischen Gewässer wäre, würde ich es über Bord werfen.（そのローレライも、この通りの役立たずときている。日本への水先案内人の役目がなければ、艦から放り出しているところだ）」

フリッツがその呼び方を嫌うことを知ってか、ヤニングスはここぞとばかりにローレライと連発する。頭の芯《しん》がすっと冷たくなり、フリッツは無意識に唇の端に苦笑を浮かべた。

「Das Lorelei-System lässt sich nur einmal in einem Kampf einsetzen. Das haben Sie doch gewusst, als Sie es haben einbauen lassen, oder?（ローレライを使えるのは、一回の戦闘で一度きり。それを承知で仕掛けたんだろう?）」

ヤニングスの表情がこわ張り、太い首がごくりと喉を鳴らす。もはや止める術はなく、フリッツは冷笑を湛《たた》えた目で艦長の顔を睨み据えた。

「Wenn Sie nicht bereit waren zu verlieren, hätten Sie besser gar nicht erst wetten sollen.（八つ当たりはやめてくれ。覚悟がないなら、最初から賭けなんぞしなければいいんだ）」

一度は細まったヤニングスの目が見開かれ、そこに残っていた知性が霧散するのがわかった。これで元の木阿弥《もくあみ》。バカはおれだ。苦い自覚を噛み締め、「Dieser gelbe SS-Hund...（黄色いSSが……）」と罵る誰かの声を甘受したフリッツは、「Kapitän, schnelle

Schraubengeräusche aus 002 Grad!（艦長、高速スクリュー音を探知！　方位〇〇二）」と弾けた水測員の報告に一瞬、棒立ちになった。

「Sie sind Torpedos. Zwei. Sie kommen schnell näher. Entfernung... weniger als 1000 Meter!（魚雷です。雷数二。急速に接近中。距離……一〇〇〇を切りました！）」

「Ruder Backbord! Kurs 002 Grad.（取り舵一杯！　針路〇〇二）」

咄嗟《とっさ》に令したヤニングスの声が響き渡る。頭より先に体が動き、フリッツは魚雷管制盤と状況指示盤の豆ランプが放列をなす左側の壁に、ぴたりと体を寄せた。

手の空いている者がそれに倣《なら》い、体当たりでもするかのように左側の壁に駆け寄る。いま頃は艦内のすべての区画で同様の光景が展開しているはずだった。バカバカしいほど原始的な手段だが、乗員たちの体重移動が艦の回頭をコンマ一秒でも早めるのは事実で、雷撃戦ではそのコンマ一秒が生死を分ける。数秒前の不和は跡形もなく消え去り、誰もがひきつった顔で壁に張りつき、接近する敵魚雷の音に耳を澄ました。

《しつこいアメリカ人》が撃ってきた魚雷は二本。おそらくは夾叉《きょうさ》だ。敵艦の左右に魚雷を撃ち込み、どちらにも逃げられなくしたところで、本命の魚雷をど真ん中に叩き込む。そう当たるものではないとはいえ、二ヵ月にわたる追撃戦で水中戦闘の実際を学び、独自の魚雷調定法を確立しつつある《しつこいアメリカ人》の実力は、決して侮《あなど》れない。千メートルを切るまで魚雷音が探知できなかったのは、海流音に妨害されていたからか……？　フリッツは小さく舌打ちした。

《しつこいアメリカ人》は、こちらの弱点に気づいている。囮《おとり》になるために配置されたかのような新手のガトー級、十分に狙いを絞ってから放たれた魚雷、逃げ場のない暗礁海域。罠《わな》の一語に集約される状況を反芻《はんすう》し、どう転んでも有利とはいえない我の立場を再確認したフリッツは、「Tiefenruder 10 Grad. Wir gehen auf 60 Meter.（潜舵十度下げ。深度六十メートル）」と発したヤニングスの声に、思わず顔を上げた。

正気の沙汰ではない。フリッツが振り返るより早く、「Das ist zu gefährlich!（危険です！）」と水雷長の叫び声が復誦《ふくしょう》の代わりに響いた。

「Unterhalb von 50 Metern gibt es hier Felsenriffe. Ohne das Lorelei-System zu tauchen, ist Selbstmord.（五十メートルより下は岩礁の森です。ローレライなしで潜るのは自殺行為です）」

その通りだった。ＰｓＭＢ１の助けがなければ、林立する岩礁の間を抜けることはできない。岩礁の切っ先に艦底を抉《えぐ》られるか、悪くすれば艦首から正面衝突して一巻の終わりだ。水雷長の声は全員の危惧を代弁していたが、ヤニングスは戸惑う素振りもなく、「Im Kolosseum hat das Riff eben aber sehr flach ausgesehen.（先刻のコロセウムの観測では、このあたりの岩礁は背丈が低かった）」と静かに返した。

そうだな？　というふうなヤニングスの視線に、航海長が慌てて手書きの地形図に目をやる。ＰｓＭＢ１のダウンに備えて、コロセウムに表示された海底地形を描き取っておいたものだ。無論、大まかな概略図でしかなく、自艦の正確な位置がわからないのではなんの保証にもならない。再び一同の不審の目を受け止めたヤニングスは、しかし眉ひとつ動かさず、操舵長に「Wir tauchen.（やるんだ）」とくり返した。

「Kapitän...！（艦長……！）」

「Wenn wir uns in keine vorteilhaftere Position bringen, können wir den《zähe Ami》nicht versenken.（もういちど岩礁を楯に使う。少しでも有利な立場に立たなければ、《しつこいアメリカ人》は沈められん）」

ぴしゃりと言い放ってから、ヤニングスはなぜかフリッツと視線を合わせた。「Wir müssen sie vernichten. Solange wir das Lorelei-System... PsMB1 an Bord haben, würden sie uns ansonsten bis in die Hölle verfolgen.（倒さねばならんのだ。ローレライ……ＰｓＭＢ１を持っている限り、連中は地獄の果てまで我々を追いかけてくる）」

わざわざＰｓＭＢ１と言い直したのは、自分が正気であることを伝えたかったからか。老練な瞳の奥に一点、すがるような色がちらつくのを見て取ったフリッツは、ヤニングスから目を逸らした。

冗談じゃない。腹立たしさと無力感が滞留する胸中に吐き捨て、フリッツは艦の前傾に備えて足を踏んばった。中断していた復誦の声が上がり、「Ich höre wieder Torpedos, es sind zwei! Der erste nähert sich mit großer Geschwindigkeit.（新たな魚雷音、二つ！第一陣、急速に近接する）」と悲鳴に近い水測員の報告がそこに重なった。

左側の傾斜に前方への傾斜が加わり、艦首を下に向けた《UF4》の動きが踏んばった足に伝わる。深度、針路、敵針、すべての数値が刻一刻と変わり、それらを読み上げる乗員の声、船体の軋み音、モーターの振動音に混ざって、ピッチの早いスクリュー音が次第にその音量を増してゆく。艦乗りなら誰でも恐れる音。いちど聞いたら忘れられない、魚雷の駛走音だ。

四十ノット以上の高速で近づく魚雷のスクリュー音が、外殻と内殻を貫いて鼓膜を刺激する。雷撃可能深度ぎりぎりから撃ち込まれた二本の魚雷は、《UF4》が魚雷の進行方向に艦首を向けつつあるいま、船体の左右をすり抜けて終わるはずだが、回頭が間に合うとは限らず、また敵がそれを見越して魚雷を調定している可能性も否定できない。潜航長が奥歯を嚙み鳴らす音がはっきりと聞こえ、すぐ隣に立つ水雷長の荒い鼻息が耳元にかかる。フリッツは聴覚に全神経を集中し、駛走音の高低から魚雷の進行コースを予測するよう努めた。肌を粟立てる甲高いスクリュー音が壁のすぐ向こうに近づき――その後、遠ざかっていった。

「Der erste hat uns verpasst.（魚雷、通過）」

水測員の声に、十人あまりのほっと息をつく気配が応じる。張り詰めた発令所の空気がわずかに緩んだが、それも水測員が、「Der zweite nähert sich noch immer.（第二陣、続いて近接する)」と無情に重ねるまでのことだった。

次が本命。片腕を第二潜望鏡のシャフトに巻きつけたヤニングスが、「Wie ist sein Kurs?(現在の針路は?・)」と問う。「Er läuft auf 004 Grad an uns vorbei.(〇〇四を通過)」とジャイロコンパスの前に陣取った操舵長が答えた。

「Gut, bereitmachen zum Fluten der hinteren Trimm-Tanks. Torpedorohre 1 bis 4 zum Abschuss.(よし。次の魚雷が通過するのを待って、雷撃可能深度まで浮上する。雷撃戦準備。発射雷数四。一番から四番まで用意)」

復誦の声、艦首魚雷発射管室に命令を伝える水雷長の声が、接近する魚雷の駛走音を一時的に聞こえなくさせた。先刻の雷撃は艦尾側の旋回式発射管から行ったので、艦首発射管には四本の魚雷がまるまる装塡《そうてん》されている。射角を調定し、横一線に並ぶ形で撃ち出してやれば、まぐれ当たりぐらいは期待できるかもしれない。そう考え、死の恐怖を一時的に忘れている自分に気づいたフリッツは、何度目かの苦笑を口もとに刻んだ。

己自身が死を与える者になる。それが、抵抗不可能な恐怖に対する唯一無二の処方箋《しょほうせん》だ。恐怖を克服するには、自らが恐怖になってみせるしかない。いつもの感慨を結んで、フリッツは駛走音に耳を澄ました。右舷上方……かなり遠い。「Der feindliche Torpedo läuft auf Steuerbord an uns vorbei.(右舷、魚雷通過)」と叫んだ水測員の声が、フリッツの聴覚の正しさを証明した。

続いて左舷。これも上方に寄っている。《しつこいアメリカ人》も、《UF4》がよもや再び岩礁に身を隠すとは考えていなかったのだろう。外れたことを確信して、フリッツは反撃準備の進む発令所に意識を戻した。「Backbord... Torpedo...（左舷、魚雷……）」と重ねられた水測員の報告を背中に聞き、壁の傾斜計に目をやりかけた時、間近で起こった衝撃が船体を激震させた。

床が大きくスライドし、内殻の隙間に埋め込まれたコルク材が粉雪さながら散らばると、海図台の上のペンやデバイダー、固定されていないあらゆる物がまき散らされる。パイプの一本にしがみつき、辛うじて転倒を免れたフリッツは、巨大ななにかが左側の外殻を立て続けに叩き、引っかく音を聞いた。直後に箍《たが》の弛んだ送水管から盛大に水が噴き出し、赤色灯が消えて視界が闇に塞がれた。

魚雷が直撃したのならとうの昔に死んでいる。なんだ？　と思考を巡らせる間に、懐中電灯の光の筋があちこちで瞬き、よりいっそう死人に近づいた乗員たちの顔を断続的に浮かび上がらせた。電気コードの焼ける独特の異臭が鼻をつき、さすがにぞっとしたフリッツは、「Schadensmeldung!（損害報告！）」と叫んだヤニングスの姿を闇の中に探した。

「Wassereinbruch im hinteren Mannschaftsquartier!（後部兵員室、浸水！）」「Feuer im Maschinenraum!（バッテリー室、損傷！　火災発生）」と伝声管が次々にわめき立てる。やはり魚雷が直撃したのではない。磁気爆発尖《せん》を装備した魚雷が《UF4》の船体に反応し、直近で爆発したというのとも違う。船体を打ちつけ、引っかくような耳障りなあの音は、船が座礁《ざしょう》した時にあげる悲鳴だったとフリッツは思い出した。おそらく敵魚雷が岩礁を直撃して、その破片と衝撃波がまともに船体に振りかかってきたのだ。

岩礁が楯になってくれたのを幸運と考えるべきか、よりにもよって破砕した岩礁の間近にいた不運を嘆くべきか。どうでもいいことを考え、折り紙つきの悪運の強さがまた発揮されただけだと結論した時、「Löscht das Feuer, schnell! Wo bleibt der Notstrom?!（消火作業、急がせろ！　非常用電源はまだか）」と再びヤニングスの怒声が飛んで、フリッツは真の闇に包まれた発令所を見渡した。慌ただしく錯綜《さくそう》する懐中電灯の光の筋が、額を押さえてうずくまる操舵長の姿を照らし出し、指の隙間から溢れ出るどす黒い血の色が、赤色灯に慣れきっていた目に鮮烈な印象を残した。

なにかに頭を打ちつけたのだろう。ふと「彼女」の印象が脳裏をよぎり、フリッツは当惑した。限られた時間以外は意識の外に置くようにしている印象が、こんな時、こんな場所で浮かび上がってきたのも意外なら、それが胃を締めつける重い不安を喚起したのも予想外のことだった。

「Wir sinken. Wir sind schon auf 68 Meter.（深度、下がっている。現在六十八メートル）」

「Schafft das Wasser aus dem Boot, schnell! Ist der Wassereinbruch im hinteren Mannschaftsquartier noch immer nicht gestoppt?（排水急げ！　後部兵員室の浸水は

まだ止められんのか)」

非常用電源が立ち上がり、再び赤色灯が照らすようになった発令所でヤニングスががなる。「Geben Sie uns noch fünf, nein, drei Minuten.（あと五分、いや三分ください)」と返ってきた声を聞きながら、フリッツは形なく滞留する不安が徐々に固まってゆく感触を味わった。

パイプの漏水で済んだ発令所の浸水は、金槌《かなづち》とコルク、ぼろ切れを手に修理に励む兵曹たちに任せておけばいい。バッテリー室の火災も、消火作業にさほど手間どることはないはずだ。だが後部兵員室の浸水は？　まだ詳細な報告はないが、被害程度が深刻なら厄介なことになる。バッテリーの故障で排水弁が働かず、操艦もままならない《UF４》にとって、浸水は一方的に重石《おもし》を乗せられ続けるようなものだ。しかも周囲は、切り立った岩礁が林立する暗礁海域……。

手動でポンプを動かして、排水作業の手助けをするか？　何枚かの隔壁を隔てて届く兵員室の混乱を背中に聞き、フリッツは足を動かしかけたが、刻々と増大する不安の塊《かたまり》は、発令所を離れるべきではないと警告していた。自分でもどうしてそうするのかわからないまま、フリッツはヤニングスの横顔を凝視した。周囲の喧噪も聞こえない様子でじっと腕を組み、一点を凝視する艦長の表情の険しさに、不安の中身がわかりかけた刹那、その通りの言葉が髭に覆われた唇から吐き出された。

「Uns bleibt keine Wahl. Wir werfen den《Narwal》ab.（やむをえん。《ナーバル》を廃棄する）」

　直前の覚悟も虚しく、全身の血流が止まり、手足が痺れて、呼吸さえ満足にできなくなった。「Bereitmachen zum Lösen der Andockklammern.（固縛装置、解除用意）」と間を置かず令したヤニングスに、フリッツは「Warten Sie…！（待ってくれ……！）」と夢中で搾り出した。

「Sie wissen wohl nicht mehr, was Sie tun, Kapitän? Wollen Sie etwa das PsMB1 über Bord werfen?（艦長、あんたは自分がなにをしようとしているのかわかっていない。PｓMB1を捨てるということなんだぞ、それは）」

《UF4》の後部甲板に、小判鮫《こばんざめ》よろしく接合された小型潜水艇《ミゼットサブ》、《ナーバル》。廃棄という一語が頭の中で反響し、フリッツは声がうわずるのを自覚した。それをPｓMB1に対する単純な執着と受け取ったのか、ヤニングスは静かに「Ich weiß, was ich tue.（わかっている）」と答えた。

「Aber wir haben keine andere Wahl. Wenn wir den《Narwal》abwerfen, werden wir 50 Tonnen leichter. Das ist der einzige Weg, nicht noch weiter zu sinken.（だが他に手はない。《ナーバル》を捨てれば艦は五十トンは軽くなる。これ以上の沈降を防ぐためにはやむをえん）」

「Wie wollen Sie das der Japanischen Marine erklären? Das PsMB1 ist der einzige Grund, weshalb sie uns aufnehmen. Ohne Gegenleistung, glaube ich kaum, dass sie uns diesen Gefallen tun werden...（日本海軍にはなんて言いわけするつもりだ。ＰｓＭＢ１があるからこそ、連中はおれたちの身柄を引き受ける気になったんだ。代価も支払わずに恩恵に与《あず》かろうなんて虫のいい話、連中に通用するはずが……）」

「Wir fahren gerade völlig blind durch dieses Riff!（いまこの艦は目隠しで岩礁の中を進んでいるんだぞ！）」

我慢も限界といったヤニングスの怒声が、唾と一緒にフリッツの顔面を叩いた。「Wenn wir nichts unternehmen, werden wir vielleicht auf das Riff prallen und zerquetscht werden.（しかも深度はどんどん落ちている。こうしている間にも、岩礁に叩きつけられて艦がぺしゃんこになるかもしれんのだ）Was interessiert mich da eine Gegenleistung.（百人の乗員が死ぬか生きるかという時に、代価もクソもあるか）」

ひと息にまくし立てると、ヤニングスは「Gut. Werft den《Narwal》ab.（かまわん。廃棄だ）」とくり返した。反駁の余地を見つける間もなく、フリッツは「Warten Sie!（待て！）」とヤニングスの肩をつかんだ。

「Geben Sie mir drei Minuten. Nein, eine reicht! Im《Narwal》...（三分、いや一分でいい！《ナーバル》の中には……）」

そこまで言ったところで、背後からのびた腕に襟首《えりくび》をつかまれ、フリッツはヤニングスから引き剝がされた。引っ張られた勢いで壁に叩きつけられ、酸素計のメーターにしたたか背中をぶつけたフリッツの耳に、「Muss das sein?!（いい加減にせんか！）」と水雷長の叱責《しっせき》が突き通った。

巨体を仁王立ちにさせた水雷長は、フリッツが一歩でも動けば叩きのめす構えだった。図体のでかさは勝敗を分ける重要な要素であっても、決定要因ではない。子供の頃から肌の色をあげつらわれ、自分より体の大きい相手とケンカするのを当たり前にしてきた身に、水雷長を倒すのはそれほど難しいことではなかったが、いまは一秒でも時間を無駄にするわけにはいかなかった。フリッツは床を蹴り、反射的につかみかかろうとした水雷長の脇をすり抜けて、艦尾側の隔壁に走った。

「Leutnant…！（少尉……！）」と呼び止める声を背中に、円形の水密戸をくぐる。水測室と電信室に挟まれた幅一メートル弱の通路を走り、烹炊所を抜けて次の隔壁へ。戦闘中は閉鎖が義務づけられている水密戸に手をかけ、開放しようとすると、誰かが制止の声をかけてきた。無視して把手《とって》を回し、「Schließen Sie das Luk!（閉めとけ！）」の声ひとつを残して、フリッツは開いた水密戸の向こうに飛び込んだ。

まだ煙が立ちこめる中央補助室、備品室を通り抜けた先に、目的の場所——ＰｓＭＢ１の整備室がある。ただでさえ少ない酸素は、一層下のバッテリー室で起こった火災に吸われていよいよ少なくなり、百人分の体臭と油の臭いで汚れきった空気は、火事場の臭気と入り混じって耐えがたいほど澱んでいる。少し走っただけで体がだるくなり、吐き気がこみ上げてきたが、フリッツはかまわずに足を動かし続けた。もとはフランス海軍の手によって造られたこの艦の巨体ぶりが、これほど疎《うと》ましく感じられたことはなかった。

復旧作業に追われる乗員たちを突き飛ばすようにして、備品室に続く水密戸を開ける。備品室には工作長と三人の水兵がおり、PsMB1の整備室に繋がる水密戸を閉鎖して、ハンドル状の把手を締結位置に回したところだった。「Warten Sie! Schließen Sie die Luke noch nicht.（待て！　まだ閉めるな）」と一喝したフリッツは、棒立ちになった水兵を押し退けて水密戸の把手に手をかけた。

二メートル四方のPsMB1整備室には、名称とは裏腹に機械らしい機械はない。改修される前は下士官室として使われていた空間で、かつての寝棚に専用の整備キットを収めたケースが置かれ、ベルトで固定されていたが、その中身もPsMB1の管理を任されたSS士官――フリッツ以外に知る者はなかった。部屋の中央、床と天井を繋ぐ梯子《ラッタル》に取りついたフリッツは、ぬげた制帽を見向きもせずにラッタルを昇った。

天井にある直径一メートルほどの円形ハッチ、《UF4》と《ナーバル》とを繋ぐ交通筒のハッチに手をかける。これを開ければ《ナーバル》の艇内に入り、PsMB1の〝核《ケルン》〟を取り出すことができる。「Was haben Sie vor?（なにをする気です！）」「Wir haben den Befehl, das Ding abzuwerfen.（廃棄命令が出てるんですよ!-）」と足もとで騒ぐ声を無視して、フリッツはハッチの把手を回す腕に力を込めた。「Sind Sie noch bei Verstand, Leutnant?!（少尉、気を確かに!-）」と絶叫に近い水兵の声が弾け、直後に腰をつかみ、ぐいと引っ張る力がフリッツの体勢を崩した。

把手につかまって抵抗したが、三人の水兵が相手では限界があった。ラッタルから引きずり下ろされたフリッツは、床に叩きつけられた衝撃を受け身で緩和したのもつかの間、即座に立ち上がってラッタルにしがみついた。「Worauf wartet ihr noch? Nehmt ihn fest!（なにしてる、取り押さえろ!-）」と工作長が叫び、再び三人がかりの力で床に押し倒されて、どさくさ紛れに繰り出された誰かのつま先に、思いきり脇腹を蹴られる羽目になった。

それでも必死に手を動かし、フリッツはラッタルの柱を右手でつかんだ。考えてしたことではなかった。交通筒のハッチを開けた先にあるもの、他の誰も知らないPsMB1の〝ゲルン〟のなんたるかを知り、その価値を知り抜いている肉体が自動的に動いているのだった。骨身に染みる脇腹の痛みも、三人分の体重にのしかかられた息苦しさも問題ではなく、フリッツは渾身《こんしん》の力でラッタルをつかみ続け——ゴトン、と船体を震わせた金属音を聞くに至って、指先の力を萎えさせた。

拘束具が解除された音。《ナーバル》が廃棄されたことを告げる音だった。《UF4》から離れた《ナーバル》は、全長十八メートルと少しの船体を海流に任せ、遠ざかる母艦をよそに海底に沈んでゆく。フリッツはその光景を思い描き、うつ伏せのまま交通筒のハッチを見上げた。バルブの把手を備えた円形のハッチは変わらぬ姿でそこにあったが、それはもうなんの意味も持たない、無味乾燥な金属の蓋でしかなかった。

力の失せた体からひとり、またひとりと、のしかかっていた体重が剥がれ落ちるのを感じながら、フリッツはまず、かまわずにハッチを開けてしまいたい衝動を理性で封じ込めた。ゆっくりと身を起こし、まだ大丈夫だ、チャンスはあると自分に言い聞かせて、事態に対処する方策をひとつひとつ頭の中に列記していった。

そうしていないと気が狂うと、本能が理解していた。「白い家」にいた時も、この薄汚れた鉄の棺桶に押し込められているいまも。狂気に満ちたこの五年間を支え、唯一光を投げかけてくれた存在と切り離された心細さ、切なさを紛らわすには、取り戻せると信じるしかない。立ち止まらずに歩き続けて、感情の波から一歩でも遠ざかるしかない。目を閉じ、沸騰する全身の細胞が落ち着きを取り戻すのを待ったフリッツは、それでもこみ上げてくる塊を抑えられず、全身を声にして叫んでいた。

「必ず迎えにくる！　それまであきらめるな……！」

久しぶりに発した異国の言葉は、慣れ親しんだドイツ語より柔らかく、しっとりと体に馴染むような、それでいて重く胸に響くような感触があって、意外にも感情の波を静める効果をもたらした。もういちど交通筒のハッチを見上げ、いつもの無表情を取り戻したフリッツは、なにごともなかった素振《そぶ》りで踵《きびす》を返した。

わけがわからずに顔を見合わせる工作長たちを一瞥し、どけと目で伝えると、彼らは反射的に一歩さがって道を開けた。口中に残る日本語《ヤパーニッシュ》の感触を確かめたフリッツは、その言葉を現実に繋げるため、いまは振り返らずにＰｓＭＢ１整備室を後にした。

※

かつて味わったどんな衝撃とも違う、ひそやかだが抗いようのない衝撃に刺激されて、「彼女」は微かに意識を覚醒させた。

しんと聳《そび》え立つ岩礁の群れが足もとを流れ、浸食に浸食を重ねた頂の形が次第にせり上がってくる。急速に深度が下がっているらしい。ぼんやりと考え、その後、そこにあるべきものがなくなっていることに気づいた「彼女」は、軽い恐慌状態に陥った。

なぜの羅列が思考を塞ぎ、ぎりぎり維持している正気が失われる前に、「彼女」は幾重にも折り重なる水圧の壁に意識を凝らした。まだ血の色を引きずった感知野はろくに焦点が定まらなかったが、二軸のスクリュープロペラが残す航跡の筋と、その先にある巨大な質量の影を捉えることはできた。

魚を模した流線型の船体、二門の砲身を触覚のように突き出した艦橋構造。そこにあるべきもの——母艦の見慣れた形が水圧の壁を引き裂き、確実に遠ざかってゆく姿を感知して、「彼女」が最初に感じたのは恐怖でも失望でもなく、茫洋《ぼうよう》とした安堵感だった。続いて訪れたのは危機感で、「彼女」は下がる一方の深度をまずは止めるべく、自分の腕を動かすことに努めた。痛めつけられた神経系が接触不良を起こし、指一本動かすだけでも大変な努力を要したが、「彼女」はなんとか右腕を水面から引き上げた。

電流計の計器、バッテリーメーターのボックスを震える指先で順々に確かめ、舵輪の奥にあるレバーを探り当てると、渾身の力でそれを引き倒す。ふやけきった手のひらの皮がその拍子に裂け、新たな皹《あかぎれ》を作る鋭い痛みを走らせると同時に、モーターの駆動する鈍い音が狭い空間内でくぐもった。

自動懸吊《けんちょう》装置のギアが嚙み合う音がそれに続き、岩礁のせり上がる速度が徐々に緩和されて、艇が自律運動に入ったことを伝えた。気を抜けば途切れてしまいそうな意識を必死に凝らして、次に「彼女」は周囲の岩礁の形状を把握する作業に集中した。身を隠すのに適当な障害物を可能な限り捜索し、沈底、もしくは無音潜航に徹して救援を待つ。故意にせよ不可抗力にせよ、それが母艦と離れてしまった際に取る所定の行動だった。

はるか昔の海底地震で崩れたのか、仲のよい夫婦のように一方が一方にもたれかかり、そのまま一体化している岩礁の頂《いただき》が、ちょうどいい潜伏場所になりそうだった。「彼女」は背の低い方の岩礁の頂に近づき、それより四、五メートルは高い、隣の岩礁の陰に艇を沈座させた。

ごつごつした頂は不安定ではあるが、艇の自重を支えるには十分な頑丈さを持っていた。岩肌に触れた船底がわずかにたわみ、船体を微震させた途端、まだ回復しきらない精神と肉体が限界に達して、猛烈な睡魔が襲いかかってきた。当面の危機を脱したことに安心して、「彼女」は意識を凝らすのをやめた。後のことは、目が覚めてから考えればいい。そう思い、最後の力で脱却レバーを引き、上昇する座席の律動に身を任せた。

両の手のひらにひんやりとした空気が触れ、体が水面から抜け出たのだとわかった。感知野に像を結んでいたものが溶けてなくなり、真の闇が瞼の裏に戻ってくる。安堵感——母艦とはぐれたと知った時と同じ感情が全身を包み、なぜ自分がそう感じたのか、「彼女」は薄れる意識の中で理解した。

これでしばらくは悲鳴を聞かずに済む。血の海に沈むことも、答えようのない問いに苦しめられることもなく、静かに眠ることができる。たとえ目覚めない眠りになったとしても、いまはもう……。

ふと、歌が聞こえた。遠く近くに聞こえるその歌声が、自分の口から発しているものだと気づくのに数秒かかった。やさしい、しかしどこかもの悲しいメロディが自然に溢れ出てきて、「彼女」はそれを懐かしいと感じている自分を訝《いぶか》った。

いつ、どこで聞いたのか思い出せない、故郷の言葉ではない歌詞で綴《つづ》られた歌。それなのにたまらなく懐かしい。なぜだろう。もうずっと歌っていないメロディ、言語野から消去されたはずの異国の言葉が勝手に唇を震わせ、冷えきった心と体を温めてゆく。その歌を生み出した人の心、その歌を育んだ風土が、もうひとつの故郷だと教えるように——。

名も知らぬ　遠き島より
流れ寄る椰子《やし》の実ひとつ
故郷《ふるさと》の岸を離れて
汝《なれ》はそも　波に幾月

艇内の半分を満たす冷たい海水とは異なる、内側から滲み出る熱い雫《しずく》が閉じた瞼を濡らし、頰を伝った。眠りに引き込まれるまでの短い間、「彼女」の歌声がやむことはなかった。

第一章

1

ぴんと張り詰めた意識に、微《かす》かなせせらぎの音が流れ込んでくる。他にはなにも聞こえない静謐《せいひつ》の中、しんしんと頭蓋《ずがい》の奥に響き渡るのは、水圧という絶対力が囁《ささや》きかける声だ。

聞くのではなく、感じることでのみ捉《とら》えられる水の囁きに感覚を澄まし、折笠征人《おりかさゆきと》はいつものように他のいっさいを忘れていた。膨《ふく》らみきって石になった肺も、酸素を求めて悲鳴を上げる全身の細胞も。しんしん、ちりちりと頭の中で鳴り響く音に身を委《ゆだ》ねていれば、無視できる程度の雑音でしかなかった。

すぐ隣で巨体をすぼめ、じっと息を詰めている〝敵〟にはそんな余裕はない。感覚を少しだけ振り向けて、征人は〝敵〟の動静を窺《うかが》ってみた。肺に貯蔵した空気をとうの昔に使い果たし、食いしばった歯の隙間からひとつ、ふたつと水泡が漏《も》れ出している音が聞こえる。そろそろ限界だなと思った途端、肌をなでる水流が不自然にざわめき、勢いよく水面を破る音が頭上に弾けて、〝敵〟が緊急浮上をする気配が伝わった。

自然に緩んだ口もとを勝利宣言にしながらも、征人はまだ浮き上がる気にはなれず、膝を抱えて水中に留まり続けた。別に〝敵〟を徹底的にへこませてやろうというのではない。水の囁きをもっと感じていたかったのだ。こうしている間は、すべてを忘れていられる。地上に蔓延《まんえん》するしがらみ、強制、息苦しさから逃れて、一個の人間として世界を受け入れることができる。

あるいは、受け入れてもらうことも——。そんな思いが頭の片隅をよぎった瞬間、不意に首根っこをつかまれ、征人は抵抗する間もなく水面に引きずり出された。

真昼の陽光を浴びてきらめく飛沫《しぶき》が視界いっぱいに広がり、続いて入道雲の沸き立つ青空、なだらかな稜線《りょうせん》を描く山の緑、真夏の太陽を乱反射させる川面が順々に目に入ってくる。川岸では五人の子供たちが土手を背にたむろしており、征人は視界を滲《にじ》ませる水滴を払ってそちらの方を見た。真っ黒に日焼けした体に、そろってあつらえたようなボロのランニングをまとった彼らは、ある者は満面の笑みで手を叩き、ある者はつまらなそうに手もとの石を放って、腰まで川に浸かった征人を見返してきた。

賭《か》けでもしていたのか？　思いつく間に、勝ち組の少年が勢いよく立ち上がり、「痩《や》せの兄ちゃんの勝ち！」と行司《ぎょうじ》さながら片手を上げた。素潜《すもぐ》りした後の常で、ぼんやり呆けた顔で十歳前後の少年の顔を見返した征人は、五分刈りの頭をがっしりとつかまれ、無理やり横に振り向かせられた。

「おまえは河童《かっぱ》か」

そう言うと、清永喜久雄《きよながきくお》は半ばつき飛ばすように征人の頭を放した。本気で呆《あき》れきっているまる顔が可笑《おか》しく、征人は笑顔を返事の代わりにした。

勝負を持ちかけてきたのは、清永の方だ。呉《くれ》に行く前に広島まで足をのばし、ついでに羽根ものばそうというのは当初からの計画だったが、羽根をのばすのに必要な金をどちらか一方が払うようにしよう、と清永が言い出したのは一時間ほど前。尾道《おのみち》から一駅離れた糸崎《いとさき》で、乗り換えの汽車を待っている間のことだった。ようは退屈しのぎになにかしたいだけだろうと察しながらも、自分自身、横須賀《よこすか》から揺られ通しの汽車の旅に飽き飽きしていた征人は、その勝負を受けてやるつもりになった。

年を追うごとに悪化する食糧事情をよそに、身長五尺七寸（約百七十センチ）、体重二十三貫（約八十六キログラム）の巨体を維持する清永に対して、征人はあくまでも標準体型。標準と呼べるようになったのも、ここ数年の日本人の平均体重が下がってくれたからで、どちらかと言えば小兵《こひょう》の部類に入る。当然、相撲などの力勝負は成り立たず、かと言ってこの炎天下では頭を使ってどうこうという気にもならない。とりあえず糸崎駅を離れ、夏草が蒸れる畦道《あぜみち》を考えなしにぶらついているうちに、幅五間（約九メートル）ほどの小川が目について……というのが、素潜り我慢くらべの発端だった。

こと素潜りに関しては征人も自信がある。それを知っている清永は、汚い、卑怯だとさんざん渋ったが、汽車の煤煙《ばいえん》と汗にまみれた体に、涼しげに流れる川の水は抗しがたい魅力を放っていた。なんならハンデをつけてやってもいい、と言った征人の言葉も効果的だった。生来の負けん気に火がついたのか、清永はあっという間に褌《ふんどし》一丁の格好になり、地元の子供らが釣りの真似事をしているのを尻目にざぶんと川に飛び込んで、早く来いと征人を睨《にら》みつけてきた。魚が逃げるじゃろうがと不満の声を上げた子供たちも、おまえらは審判だ、こいつがズルしないようによく見とけと、逆に清永に怒鳴り返されると静かになった。征人はおもむろに服をぬぎ、清永が待ち受ける川に入って——予定通り、勝利を納めたのだった。

気が引けないではなかったが、広島市内で自由に過ごせるのはせいぜい数時間。限られた時間で、十七歳の若僧二人ができる遊びなどたかが知れている。こうでもしなければ十円の餞別《せんべつ》は余らせてしまうに決まっているし、別の機会までとっておこう、という選択肢が許される身の上でもなかった。餞別をまるまる無駄にする役を引き受けただけだと納得して、征人は木陰においた荷物の脇に腰を下ろした。これも生来の後腐《あとくさ》れのなさで、清永は勝負のことなどすっかり忘れた様子で子供らとじゃれあい、征人の方に賭けた子供を川に放り込んだりしていた。

川の水に冷やされた肌に、真昼の日差しが心地好かった。連日の猛暑にさらされ、土手の草は煮染《にし》められたような濃い緑だったが、鉄とコンクリートのくすんだ色に慣らされた目には、そんなものでも新鮮で貴重に感じられた。熱に膨脹しきった空気が澱《よど》む横須賀港と違って、ここには夏本来の爽《さわ》やかな暑気がある。蟬《せみ》の声、羽虫の音、子供たちの歓声を遠くに聞きながら、征人は対岸に広がる田圃《たんぼ》の絨毯《じゅうたん》を眺め、入道雲を背負って連なる山々の緑を眺めた。草いきれと土の匂いを嗅ぎ、川から漂ってくる水の甘い香りを肺いっぱいに吸い込んだ。

毎年めぐってくる夏の、きっとはるか昔から変わらない眺めと匂い。物心がついてから何度も味わってきたはずなのに、ひどく懐かしく感じられる。そう言えば、去年の夏はこんなふうにゆったりと自然を感じる時間は持てなかった。一昨年も、その前の年も。少しずつ、しかし確実に迫ってくる〝なにか〟に追い立てられて、季節ごとに変わる空の色や、風の匂いを感じ取る余裕をなくしてしまっていた。それは征人だけでなく、この国に住むほとんどの人が失っている感覚だった。

ここには、まだその〝なにか〟の力は及んでいない。征人はもういちど深呼吸をして、夏の匂いを嗅いだ。自分という存在が消えた後も、この匂いは毎年めぐってくるのだろう。ふと思いつき、それは寂しいな……と思った途端、冷たい感触が顔に弾けた。

膝まで川に浸かった清永が、にやにやこちらを見下ろしていた。「なにぼけっとしてんだよ。そろそろ行くぞ」の言葉が終わらないうちに、そのまま土俵に上がれそうな褌姿を屈《かが》め、再び川の水を引っかけようとする。飛んできた水を軽く上体を逸らしてかわし、征人は懐中時計に時間を確かめた。十三時四十分。次の汽車が到着するのは十四時五分だから、あと三十分もない。清永に手拭《てぬぐ》いを投げつけて、征人は急いで自分の荷物を引き寄せた。

濡れたままの褌が気持ち悪かったが、我慢して上からズボンをはいた。「がさつな奴だな」と白い目を向けた清永は、自分は褌をほどいて素っ裸になり、人の手拭いで股のあたりをごしごしやっているところだった。征人は「急ぐんだろ?」と応じて、おまえにだけは言われたくないという思いは胸の中に留めておいた。清永は意に介する気配もなく替えの褌を締め、先刻まで着ていた七分丈の着物を雑嚢《ざつのう》に突っ込むと、代わりに風呂敷の包みに手をのばした。

ほどいた風呂敷から「大日本帝國海軍」の金文字が目立つ軍帽を取り出し、鼻唄まじりで夏用の兵軍衣に袖を通す。水遊びにいそしんでいた褌姿から、みるみる帝海（帝国海軍）の水兵になってゆく清永を、征人は半ば呆然の思いで見つめた。

「……なにやってんだ?」

「なにってなんだよ。おまえもさっさと着ろよ」と口を尖《とが》らせると、清永は真新しい上等工作兵の袖章を右腕に確かめ、にんまりと相好《そうごう》を崩す。征人は、「だって、軍服は着るなって命令だろ?」と言い返した。

三日前に横須賀鎮守府《ちんじゅふ》で転属命令を受けた際、行き先の次に聞かされたのが、『目的地に到着するまで軍服の着用を禁ず』という一文だった。理由は明かされなかったが、そのために民間人用の旅行許可証まで用意した軍の意図は、軍人と悟られないようにして任地に向かわせることにある、と見て間違いなかった。

赴任先には軍装で赴《おもむ》くのが普通で、汽車の切符を買うのにも許可証が必要な昨今、民間人の格好をしていればそれだけ余分な面倒もかかる。将校ならまだしも、一介の水兵を転属させるにしては手間がかかりすぎているし、いったい誰に悟られないようにするのかと気になったが、命令は受け取るもの、服従するものと心得ている征人は、それを平然と反故《ほご》にする清永の行動に呆れた目を向け続けた。スカーフを結ぶ手を止めずにこちらを見返し、清永は
「わかってねえなあ……」と露骨に顔をしかめる。

「この方が安くつくし、サービスもよくなるんだよ」

「サービス？」

意味もなく左右を見回し、清永は小指を立てた右腕をさっとかざしてみせた。心臓がひとつ大きな脈を打ち、征人はわけもなく顔が紅潮するのを自覚した。

「広島で羽根をのばすって、そういうことなの……⁉」

「大きな声を出すな！」その方がよほど大きい声で遮《さえぎ》ってから、清永は一斉に振り向いた子供たちから視線を逸らし、小声で付け足した。「当たり前だろうが。他になにすることがあるんだよ」

「映画でも観るのかと思ってた」

「アホ。なにが悲しくて、娑婆《しゃば》での最後の時間をおまえと映画観て過ごさにゃならんのだ」

ぴしゃりと言い放ち、清永は征人の風呂敷を顎《あご》でしゃくった。はいたばかりの国民服のズボンをぬぎ、しぶしぶ自分の兵軍衣を取り出した征人は、「……でも、命令違反はまずいだろ。やっぱり」と詮《せん》ない抗弁をした。

「広島を出るとき私服に着替えりゃいいんだよ。早くしねえと汽車が……」

「なんじゃ、兄ちゃんらは兵隊さんか」という声が不意に振りかけられ、清永は口を噤《つぐ》んだ。その声のあまりの硬さに、征人もズボンをはく手を止めて背後を振り返った。

そろって笑顔を消した子供たちを背に、いちばん年嵩《としかさ》と見える十歳前後の少年がこちらを見つめていた。素潜り勝負で征人の勝ちを宣言した子だと気づいたが、真っ黒に日焼けした顔に先刻までの親しみはなく、白く目立つ両の眼には非難の色があって、征人はなにかしら気圧《けお》されるものを感じた。

「兵隊さんが、なんでこんなとこで遊んどるんじゃ」

からみつく口調だった。清永と戸惑い顔を見合わせた後、征人は「新しい任地に行く途中だよ」と答えた。「嘘じゃ！」と叫んだ少年の顔がますます険《けわ》しさを際立たせた。

「ほんならなんでさっきは軍服着とらんかった」

両の拳をぎゅっと握りしめ、そうしていなければ倒れてしまうかのように足を踏んばった少年から、ふと〝なにか〟の気配が立ち昇った気がした。相手は子供、軍機だのひと言で片付けられると思う一方、出し抜けに現れた〝なにか〟の臭気に胸を塞《ふさ》がれて、征人はただ少年と向き合い続けることしかできなかった。その間に「脱走兵なんじゃろ」と少年の声が重なり、「バカ言え！」と怒鳴り返した清永の声が耳元に弾けた。

思わず肩を震わせた少年を睨みつけ、清永の巨体がずいと前に出る。よそ者二人が隠し持っていた軍服をちらつかせれば、少年が邪推するのも無理はなかったが、大股で少年に歩み寄ってゆく清永には笑い話で済ますつもりはないようだった。あとずさりたいのを必死に堪《こら》え、「わしの兄ちゃんは、ラバウルで名誉の戦死をしたんじゃ！」と叫んだ少年の声が、棒立ちになった征人の体を小さく揺らした。

「天皇陛下のために戦って、護国の鬼になったんじゃ！　おまえら、脱走なんかして恥ずかしゅうないんか！」

「このガキ、なに勝手に決めつけてやがる……！」

ランニングの襟《えり》をつかみ上げ、清永は拳骨で少年の丸刈り頭を小突《こづ》いた。軽くやったように見えても、長年弟たちのしつけを任されてきた清永の拳骨は伊達《だて》ではなく、やられた方はひどく痛い。案の定、少年は頭を押さえてその場にうずくまってしまった。

固唾《かたず》を飲んで見守っていた他の子供たちが、おそるおそる少年を取り囲む。気が済んだのか、清永が苦笑顔をこちらに振り向けたが、征人は笑い返すことができなかった。名誉の戦死、護国の鬼。少年の言葉が慣れ親しんだ息苦しさに変わるのを感じ取りながら、征人は無言で兵軍衣に袖を通し、襟のスカーフの形を整えた。

「……憲兵に言いつけちゃる」

暗い声が背中に当たり、征人は再び指先を硬直させた。同じく凍りついた清永の肩ごしに、ゆらりと立ち上がった少年の顔が見えた。

頭のこぶを押さえたまま、その目はより強くなった憎悪を湛《たた》えてこちらを睨《ね》めつけている。まずいと思った時には、「てめえ、まだわかんねえのか!」と吠《ほ》えた清永が少年につかみかかり、慌てて飛びすさった少年が「死刑じゃ! 銃殺じゃぞ!」と叫んで土手を駆け上がり始めた。

ろくに電柱も見当たらない田舎のこと、すぐに憲兵が飛んでくるとも思えないが、少年が親や駐在《ちゆうざい》に事の次第を話せば面倒なことになる。清永と視線を交わしたのも一瞬、征人は少年の後を追って土手を駆け上った。「おい、待てよ。話を……」と呼びかけ、夢中で逃げる半ズボンの裾《すそ》をつかみかけた刹那《せつな》、急に振り返った少年の恐怖に見開かれた目が征人の顔を直視した。

白い閃光《せんこう》が瞬《また》き、同時に鈍い音が発した。反射的に額を押さえ、征人は土手の斜面に膝をついた。少年が、振り向きざまに石を投げつけてきたのだとわかったのは、ぬるりとした感触が手のひらに伝わってからだった。

逃げるのも忘れた様子で、少年はじっとこちらを見下ろしている。当てるつもりはなかったのだろう。怒るより先に情けなくなり、征人はひりつく額の痛みを堪えて立ち上がった。いまにも泣き出しそうな日焼け顔を見返し、大丈夫だと伝えようとした時、「てめえ……！」という怒声が土手の下で弾けた。

ひと息に土手を駆け上がってきた清永は、制止する間もなく少年の胸倉《むなぐら》をつかみ、斜面に突き倒した。咄嗟《とっさ》に起き上がろうとした少年を草地に押さえつけ、「そんなに知りたきゃ教えてやる！」と怒鳴った声の激しさに、征人は額の痛みが増すのを感じた。

「おれたちは横須賀突撃隊っていってな、毎日毎日土管みてえにちっこい潜水艇に乗って、敵艦に体当たりする訓練やってんだ。特攻部隊なんだ。今は呉鎮守府に向かう途中で、向こうにつくまでは軍服着るなって命令されてんだ。わかったか⁉」

清永の腕を外そうともがいていた少年の力が抜け、恐怖と驚きの入り混じった視線が征人の方を見た。ポケットのハンカチで額の傷を押さえ、征人は目を合わさないようにした。

「おれもこいつも、死ぬ時は敵艦を道連れにするって決まってるんだ。この体が、本土決戦のための武器弾薬になるんだ！　おめえみてえなガキに、傷物にされる謂《いわ》れはねえんだよ……！」

複数のしゃくり上げる声が川のせせらぎに混じり、ひとりが泣き出すと、それはつぎつぎ他の子供にも伝染していった。別に清永を怖がっているわけでも、これから死にゆく二人の兵士に同情しているわけでもない。疎開《そかい》、罹災《りさい》、肉親との死別。空腹を空腹と呼ぶのも億劫《おっくう》な食糧不足。日頃は直視を避けている痛み、子供の身にも確実にのしかかっている〝なにか〟が不意に形になり、やりきれない息苦しさをまともに受け止めた心が、処理の仕方を知らずに涙を流させたのに違いなかった。唇を嚙み、嗚咽《おえつ》を堪える少年の顔を見下ろした征人は、「もういい、もうよせよ」と清永の肩に手を置いた。

「だけどよ……」

「おれなら平気だから。早く行こう」

血に染まったハンカチを外し、凝固し始めた傷口に軽く触れてから、征人は返事を待たずに土手を下った。子供たちの泣き声を背に手早く荷物をまとめ、雑嚢を肩にかけると、不承不承の顔を隠しもしない清永が後に続いた。

少年は土手の斜面に仰臥《ぎょうが》したまま、ぴくりとも動かずに空を見上げていた。明るい青空を映しているにもかかわらず、ひどく暗い少年の瞳が征人の印象に残った。

それからはほとんど交わす言葉もなく、征人は清永と並んで駅への道をたどった。太陽はいよいよ激しく、水田の稲を青々と輝かせていたが、それを貴重と感じる神経はすでに途絶していた。

木造の駅舎が見えてくると、息苦しい感覚はいっそう確かなものになった。国民服に身を包んだ老人、畑仕事を抜け出してきたらしい野良着姿の中年の男、つぎを当てたもんぺをはいた婦人と、その周囲にまとわりつく子供たち。二十人は下らない人々が駅の前に集まり、手に手に日の丸の旗を掲げて、出征兵士を送る幟旗《のぼりばた》の下、直立不動になっている三十がらみの男を囲む光景があった。

在郷《ざいごう》軍人らしい年配の男が、「石井郁雄君の征途を祝して……」と喋《しゃべ》っている声が微かに聞こえた。枯草色の国民服に白いたすきをかけ、どこか一点を見つめる三十がらみの男は、しかし年配の男の演説など聞いていないだろう。その目に妻を、両親を、いるなら子供の顔を焼きつけるのに精一杯で、他の人の顔はいっさい見えていない。大切な人に自分の姿を見てもらえるのは、これが最後かもしれないと知っているから――。

万歳三唱がわき起こり、白く乾いた真昼の空気を揺らした。征人と清永も、その場に留まって敬礼をした。若い水兵二人の姿に気づくと、三十がらみの男は怪訝《けげん》そうな顔になり、すぐに慣れない挙手敬礼をして少し顔をほころばせた。

〝なにか〟――戦争は、ここにも確実に力を及ぼしている。男が改札をくぐるのを見届けてから、征人は真夏の陽光が降りそそぐ青空に目をやった。

昭和二十年、七月二十三日。戦争に呑み尽くされようとしているこの国の大地をよそに、空はどこまでも明るく、穏やかに澄み渡っていた。

「全員、教本は閉じろ。今日はこれについて話をする」

そう言って、絹見《まさみ》真一《しんいち》は整然と居並ぶ学生たちに背を向け、黒板の中央に一連の文字を書き始めた。しばらくは黒板に叩きつけられる白墨《はくぼく》の音だけが教室内に響き渡り、書き終える頃になると、それぞれ顔を見合わせ、動揺の吐息を漏らす二十数人分の気配が背中を打つようになった。

※

いつもの反応だったので、絹見は手をはたいて白墨の汚れを落とし、涼しい顔で学生たちに向き直った。広島県、大竹市にある海軍潜水学校の教室の窓ガラスは、昨今の家屋のほとんどがそうしているように、米印に交差させた紙テープが内側に貼ってある。空襲の際にガラス片が飛び散るのを防ぐための措置で、お陰で教室は昼間にもかかわらず薄暗かったが、今日はいつも以上に学生たちの表情が見えにくかったことが、絹見を少し不安にさせた。

また目が悪くなったのか？　不衛生極まりない鉄の棺桶《かんおけ》にこもり、時には半月も日の目を見られない生活のツケがいまごろ祟《たた》ったのか、このところ視力が衰《おとろ》えてきているのは自覚していたが、まだ眼鏡が必要になるほどではないはずだ。窓の外に夏の日差しを確かめ、目頭を揉《も》んでから、絹見はどこかぼやけて映る学生たちの顔をあらためて見渡していった。

潜水学校と言えば、かつては大尉《だいい》の初年、すなわち中堅の将校が入学するものと決まっていたが、開戦後間もなく実施された教育体系の改変により、いまでは兵学校を出て間もない若手将校が机を並べるようになっている。この普通科学生教程では特にそれが顕著で、各々の机の上に抱き茗荷《みょうが》の帽章を頂く軍帽が置かれていなければ、高等学校の教室と言ってもなんの違和感もない。絹見は目を凝らし、中央あたりの列に座っている学生の顔に焦点を合わせてみた。白い詰襟《つめえり》の第二種軍装に少尉を示す肩章をつけ、いかにも居心地悪そうにしている赤ら顔が明瞭になり、内心ほっと息をついた。

「今日と明日で座学は終《しま》いになる。練習艦における乗艦訓練も残り数回で終わり、諸君らは晴れて帝国海軍潜水艦の乗組み将校となる。潜水艦の構造、操艦に必要な基礎知識はもう十分に学んだだろう。あと知っておかなければならないのは、これだ」

軽く黒板を叩いた拍子に、『帝国海軍潜水艦戦備の誤り』と書かれた文字から白墨の粉が散った。上官が白と言ったら、黒いものでも白。兵学校に入学して以来、徹底した上意下達《じょういかたつ》に慣らされている学生たちは、顔をうつむける無作法な真似こそしなかったものの、その目は頑《かたく》なに『誤り』の二文字を映すことを拒んでいる。ぴんと背筋をのばして固まった学生たちの顔を順々に眺め、居心地の悪そうな赤ら顔に視線を戻した絹見は、「日野少尉。一例をあげてみろ」と間髪入れずに指名した。「は、は……！」とあわてて立ち上がった赤ら顔から、みるみる血の気が退いてゆくのがわかった。

「自分は、その……。特に誤りと呼べるものはありません」

「ほう。では完璧か？」

意地悪な質問であることは先刻承知だが、三年以上の長きにわたって軍隊式の思考回路を植えつけられ、半ば硬直している学生の頭をほぐすには多少のコツが要求される。「いえ、完璧というわけでは……」と、困り果てた声を出した赤ら顔に「座ってよし」と言ってから、絹見は戦々恐々の面持ちで座る学生たちに口を開いた。

「この世に完璧なものはそうそう存在しない。そして完璧でない限り、必ずどこかに誤りがあるものだ。近頃は精神主義が横溢《おういつ》しすぎて、多少の誤りは気力で補えというような風潮もあるが、これから諸君らが乗り込む潜水艦は精密な機械装置の塊だ。ピン一本の故障が致命傷になる。精神主義が割り込む余地のない、融通のきかない物理法則だけが支配する世界だということは、これまでの学習で諸君らも承知しているだろう。そこで生き抜くためには、現実を見据える冷徹な視線を養う必要がある」

無論、普通科学生の座学課程には、『海軍戦備ノ誤リヲ学生ニ指摘セシムル』などという講義は含まれていない。他の教官に見つかったらただではすまないこともわかっていたが、絹見は、座学の修了に際しては必ずこの講義を行うのを常にしていた。海軍潜水学校の教官を拝命してじき三年、三ヵ月単位で入れ替わる学生たちを相手に、もう十回以上同じ話をした計算になるが、この講義が外部に漏れて問題になったためしもない。どだい、潜水艦《ドンガメ》乗りとしてはとっくに寿命が尽きている四十三歳のロートル将校に、気にしなければならない他人の目があるわけでもなかった。

「いずれ諸君らは艦長になるだろう。その時、どれだけ正確に現状を把握し、冷静に指揮を執《と》ることができるか。百人からなる乗員たちを生かすも殺すも、その一事にかかっていると言っていい。命令には絶対服従で応えねばならんが、全体を見る目を持ち、可能なことと不可能なことの見極めがつけられれば、少なくとも犬死にする事態は回避できる。誤りと書いたが、これは帝海に対する批判を目的としたものではない。事実を見据え、問題点を拾い出し、可能なら改善の方法を探る。一種の訓練だと思え。出世も打ち止めの本官と違って、将来の潜水艦部長になる道も開けている諸君らには、ぜひ活発な問題提示を期待したい」

微かに座が沸《わ》き、学生たちの顔から警戒の被膜が一枚はがれ落ちるのが伝わった。今回はなかなか食いつきがいいと思う間に、窓側の席に座っている学生が「はい」と手を上げ、絹見は「板橋少尉」とその学生の発言を促した。

「では恐れながら申し上げます。その潜水艦部ですが、なぜ部なのでしょう」直立不動の体に緊張を漲《みなぎ》らせながらも、その学生はまっすぐ絹見の目を見返して続けた。「水中に潜《もぐ》って戦う潜水艦は、水上艦艇とは運用方法が根本的に異なります。航空部隊が航空本部の指揮下に置かれているように、潜水艦隊も独立した本部を中央に設けた方が、より有効な戦策を打ち立てることができます。潜水艦部はその考えに従って急きょ発足した部局ですが、本部より扱いが一段下になる部として発足したのは、いかにも間に合わせの中庸策《ちゅうようさく》という印象が拭えません。官制の変革には多大な手間と時間がかかるのでありましょうが、士気にも影響することですから、今後の改善が望ましいと考えます」

「そうだな」と応じた絹見は、最初にしては少々重い問題提示をした学生の目を見続けることができず、無意識に顎を引いて視線を逸らしていた。今後の改善、か。いまの我々に、今後という言葉があり得るのか？

「他には？」

「初期の用兵思想に固執《こしつ》して、潜水艦戦備の方針転換が後手後手に回ってしまったことがあげられます」

ぽつぽつ上がり始めた手のひとつを指すと、起立した長身の学生がやや上ずった声で言った。「開戦前、潜水艦はその隠密性と機動性を利して、日本に侵攻する米艦隊を迎撃追尾し、反復攻撃を加えて、その艦隊戦力を漸減《ぜんげん》せしむるよう期待されていました。しかし実際には、足の遅い潜水艦で敵艦隊を追尾するのは極めて困難であります。また艦橋《かんきょう》が低く、視界の狭い潜水艦を前線に配置したところで、敵情を事前に偵知するのは不可能に近く……」

「明確な方針が打ち出せないまま、我が方の潜水艦は日々激しくなる米海軍の対潜攻撃の餌《え》食《じき》にされてきました。そしてようやく海上交通破壊を主体とする新戦備が施《ほどこ》された頃には、戦局は悪化の一途をたどり、潜水艦の出番と言えばモグラ輸送が主流になっていた。前線で孤立する部隊に補給物資を届けるのは、たしかに尊い任務です。しかしより多くの物資を積むために魚雷発射管まで外してしまって、これでは酒屋の御用聞きと同じです。我々は運送屋になろうと思って海軍に志願したのではありません」

間違った意見もある。若さゆえの思い込み、言うは易《やす》しの性急な理論もある。堰《せき》を切ったように話し出した学生たちの声を冷静に受け止めつつ、しかし絹見はこれでいいと思っていた。

不満は吐き出してしまった方がいい。人並み以上に優秀な頭を持つ海兵（海軍兵学校）卒の若者なら、いまの海軍の潜水艦戦備には不満を抱くのが当然だ。ここでなにもかもぶちまけて、すっきりしておくのがいい。なぜなら君たちには、今後二度と不満を口にする機会が与えられないからだ。

これから赴《おもむ》く戦場で、君たちは数えきれないほどの理不尽と直面する。明らかに間違った命令に従い、みじめな気分を味わうこともある。だがどんなに非合理な立場に立たされても、将校は平然としていなければならない。愚痴はもちろん、態度や表情に内心の忿懣《ふんまん》を出すことも許されない。兵たちは常に将校の顔を見ている。将校の不安と不満は悪質な流行病となって、すぐに艦内中に広まる。そしてその艦の寿命を縮める結果をもたらす。

だからここで不満を言い合って、同じ思いを抱く仲間がいることを励みにして、後は口を閉ざしていろ。言ってもどうにもならないことだと、賢明な君たちならいずれ嫌でもわかる時がくる。そういう時代、そういう国の軍隊に君たちは雇《やと》われたんだ。

どうせ理不尽な命令に従うしかないのなら、寝た子を起こすような真似はせず、精神主義に浸《ひた》しておいてくれた方がよかったと思う者もいるかもしれない。しかし君たちは将校だ。残酷かもしれないが、すべてを了解した上で理不尽と向き合わなければならない。いちばん恐ろしいのは、理不尽を理不尽とも感じなくなる神経の麻痺《まひ》だ。同じ命令に従っていても、君たちの自覚如何《いかん》でひとりでも多くの兵が死なずに済む。それぐらいしかできないんだ。勝つことも、負けることもできない戦争に与《くみ》している我々には——。

言葉が言葉を呼び、いつしか教室は自由討論の場になっていた。そろそろ締《し》め時だなと心得て、制止の口を開きかけた絹見は、「いいではありませんか」という聞き知った声を耳にして、その場に棒立ちになった。

薄暗い教室の片隅、ひときわ濃い影に覆《おお》われた廊下側の最後列の席で、見覚えのある顔がこちらを見ていた。おもむろに立ち上がり、闇を引きずって近づいてくる白い詰襟姿を、絹見は声を失ってただ見つめ返した。

「たしかに海軍は潜水艦戦備を誤った。しかしそれは潜水艦に限ったことではないし、海軍に限ったことでもない」

絹見忠輝《ただてる》は、「そうでしょう？　兄さん」と付け加えて教壇の手前で立ち止まった。最後に見た時と少しも変わらない、浅黒い肌に人懐《ひとなつ》っこい笑みを浮かべる弟の顔を前に、絹見は指一本動かすことができなかった。

「だいたい、もうそんな些細《ささい》な誤りに気を煩《わずら》わせる必要もない。山積する問題を一挙に解決する、すばらしい妙案を帝国海軍は編み出したじゃありませんか。特殊潜航艇や、《回天《かいてん》》を中心とする新たな戦備……特攻という名の戦備を、ね」

蟬の声も、昼下がりの陽光も消えてなくなり、血の色に似た暗い夕陽が窓から差し込んでいた。ガラスに貼られた紙テープが忠輝の顔に影を落とし、なにかを責め立てる目の光だけが絹見の眼前で揺れた。

「残存する大型潜水艦は《回天》の母艦となり、特殊潜航艇は本土防衛の特攻兵器として沿岸に配置される。滅多なことでは狙いを外さない人間魚雷が、この国を侵略の魔の手から守るんです。ここにいる学生たちの何人がその射手になり、何人が自ら魚雷に乗り込むことになるんでしょうね？　七生報国《しちしょうほうこく》、ひとえに母国の弥栄《いやさか》を願う武士の魂が、精密機械装置の一部となって敵艦に体当たりする。……おかしいな。精神主義の入り込む余地がないはずの潜水艦が、結局は精神主義に頼るしかなくなるなんて」

笑った唇から覗《のぞ》く歯の色が、火葬場で拾った時の骨の色を思い出させた。絹見は唯一動かせる目を動かして、しわぶきひとつ立てずに着席している学生たちに救いを求めた。教室はいよいよ薄暗く、学生たちの表情を判別することさえできなかった。

「兄さんこそ、彼らに本当の誤りを教えてやったらどうです。木を見て森を見ずみたいな話で茶を濁《にご》しても、これから死ぬ人間には慰めにならない。慰められるのは兄さん、あなたのちっぽけな良心だけですよ」

教壇に上がり、すぐ横に立った忠輝の体から、線香の匂いが立ち昇ったような気がした。絹見は相変わらず身じろぎもできず、「諸君!」と弾けた忠輝の声を聞いても、顔の見えない学生たちに向き合ったままだった。

「いちばんの誤りは、この戦争を始めてしまったこと。勝ち目のない戦争を仕掛けて、国を滅ぼしたことだ」

忠輝の声が教室いっぱいに広がり、棒になって動かない体の芯《しん》を打って、絹見は唐突に体の自由を取り戻した。ぎしぎしと軋《きし》む首の痛みを無視し、忠輝の方に振り返ると、白い軍装に包まれた背中はすでに教室の戸口をくぐり抜けようとしていた。

忠輝、と絹見はその背中に呼びかけた。声にはならなかったが、立ち止まった忠輝は少しこちらに顔を向け、「あなたにもそれはわかっている」と低く呟いた。

「わかっていながら、いつまで茶番を続けるつもりなのか……」

悲しげに響いたその声が、間違いなく歳の離れた弟のものだったことが、絹見の芯をもういちど揺さぶった。ではどうしろと言うんだ。なにをすればおまえはおれを許すんだ。声にならない声で叫び、絹見は教室を出た忠輝の背中を追った。

教室同様、窓から差し込む暗い赤が廊下を包んでいた。紙テープの影が木造の廊下に幾何学模様を織り成し、忠輝の軍靴《ぐんか》がその上を音もなく歩いてゆく。ひどく重たい足を懸命に動かし、絹見は次第に遠ざかる弟の背中に追いすがろうとした。忠輝は振り向く気配も見せずに廊下を歩き、階段を下りて、海軍五省を収めた額が見下ろす一階の玄関口に足をつけた。

至誠に悖《もと》るなかりしか。言行に恥ずるなかりしか。気力に缺《か》くるなかりしか。努力に憾《うら》みなかりしか。不精に亘《わた》るなかりしか。兵学校で毎日欠かさず唱えさせられ、今では生理の一部になっている五省の文句。ある時を境に、胸をつく針になって体の奥底に根づくようになった言葉が、この時も重い痛みを伴って胸を貫いた。思わず立ち止まった絹見を尻目に、忠輝は玄関脇にある庶務課の扉をくぐってしまい、閉じられた扉の音が玄関口に響き渡った。

絹見も扉を開け、庶務課の部屋に足を踏み入れた。きちんと整頓《せいとん》された事務机が並ぶいつもの光景はなく、暗く湿った畳部屋が扉の向こうに広がっていた。仏壇、卓袱台《ちゃぶだい》、箪笥《たんす》。閉め切った雨戸から差し込む光がぼんやりそれらを浮かび上がらせ、振り子が刻む秒針の音が湿った空気をゆっくりかき回す。父が買ってきた壁時計、ドイツ製の壁時計の音だ。ここは東京の実家だとなんの違和感もなく理解した絹見は、最後に部屋の中央に立ちつくす忠輝の背中を視界に入れた。

開け放たれた襖《ふすま》、積み上げられた本、梁《はり》にかけられた腰巻の紐《ひも》と、それを手に本の上に立っている忠輝の背中を見るのは、これで何度目か。見たはずがないのに、細部に至るまで鮮明にくり返される光景を前にして、絹見は無駄とわかっても走り出していた。卓袱台を蹴倒し、手をのばせば届きそうな、それでいて無限の彼方にある背中に飛びかかる。忠輝の足が踏み台代わりの本から離れ——人ひとりの体重を支えた梁の軋む音と、畳の上に散らばった本の乾いた音が、絹見の鼓膜に突き通った。


「将校殿、落ちよりましたが」

しわがれた声が耳元に響き、絹見は目を開けた。

最初に戻った感覚は、脇《わき》の下を湿らせる汗の冷たさだった。ここがどこか、自分がなにをしているのか咄嗟に判断がつかず、とにかく顔を上げると、捩《ねじ》りはち巻きをしたゴマ塩頭がすぐ目の前にあった。

風の音に波を切る音が相乗し、蒸気エンジンの長閑《のどか》な音も加わって三重奏を奏でている。むっとした熱気の中に、魚臭と石炭臭の入り混じった饐《す》えた臭いを嗅いだ絹見は、あらためて正面に立つゴマ塩頭の船長と目を合わせた。石炭運搬船に便乗し、江田島《えたじま》に向かっている我が身の所在を思い出して、ようやく船長が差し出す本を受け取った。

『戦争指導の実際』と表紙に刷られた本は、大竹本校の図書室から借りてきたものだ。江田島に着くまでの暇潰《ひまつぶ》しのつもりが、いつの間にか寝入ってしまったらしい。人生の大半を海で過ごしてきたと見えるゴマ塩頭の船長は、「さすが将校殿、難しい本を読んじょられますなあ」などと言っていたが、別に難しくはない、つまらないだけだと思った絹見は、苦笑顔で無愛想な装丁の本を鞄に戻した。海軍中将が著わした本ということで、同僚教官たちが話題にしていたから手にしたままでで、本気で読み込むつもりは毛頭なかった。

「あと十分くらいで着きますけえ」と言い置いて、船長は操船台の方に戻っていった。軍帽をぬぎ、顔いっぱいに噴《ふ》き出していた汗を拭った絹見は、外の空気を吸おうと思い立って腰を上げた。口中に溜まった唾の苦味に、歳相応に古びた肉体の衰えを実感しつつ、船室とは名ばかりの物置部屋を後にした。

海軍兵学校が居を構える江田島を筆頭に、大小の島々が点在する広島湾の海は、昼過ぎの閑散とした空気を引き移したように凪《な》いでいた。船首から船尾まで二十メートルもない石炭船の乾舷《かんげん》は低く、遠方までは見渡せなかったが、休山《やすみやま》の陰に見え隠れする広航空廠《こうくうしょう》の灰色の連なりが、全体的に焼け焦《こ》げた色になっているのを確かめることはできた。二ヵ月前の空襲の惨状を思い出し、鼻腔《びこう》に絡《から》みつく火事場の臭いも思い出してしまった絹見は、右舷側に回って潮の香りを嗅ぐのに専念した。

潮と油を吸ってぶよぶよになった木造の甲板は、歩くたびに軋む音がした。潮の香りに触れても思ったほどの解放感は得られず、絹見は仕方なく真夏の猛威を振るう太陽を見上げてみた。目に染みる青空、水平線を彩る入道雲、穏やかな緑を湛《たた》えた江田島。順々に視線をめぐらすうち、先刻の悪夢の余韻《よいん》も徐々になりを潜《ひそ》めてゆくかに思えたが、ふと視界の端に入った黒い物体が、再び暗澹《あんたん》とした思いを絹見の胸中にしこらせた。

呉の南東に隆起する休山の稜線を背景に、全長二百メートルを超す小島のような巨体を浮かべているのは、戦艦《日向《ひゅうが》》の威容だった。十五階建ての建築物に相当する艦橋構造部、ちょっとした邸宅ほどの大きさがある三十六センチ砲の砲台を甲板に連ね、船体のうしろ三分の一には平らな飛行甲板が広がる。ミッドウェー海戦でほとんどが失われた航空母艦の代用品として、航空戦艦という珍妙な肩書きに改装された《日向》の艦影は、五キロ以上離れた場所からでも十分識別することができた。

竣工当初は連合艦隊の旗艦《きかん》を務めた戦艦も、このところはフィリピン方面への軍需品輸送任務にかかりきりで、かつての精彩は望むべくもない。ケシ粒のように見える曳船《えいせん》が数隻、《日向》の前方を航行している姿を見れば、うらぶれた印象はますます強くなった。甲板でなにごとか作業をしていた二人の船員が、「あ、《日向》じゃ」と興奮した声を上げるのを背に、絹見は薄い靄《もや》をかぶる鋼《はがね》の船体を視界から外した。

「立派なもんじゃ」「国の誉《ほま》れじゃのお」と口々に言う船員たちが、本気でそう思っているのか、便乗者の海軍将校に気を遣《つか》って言ったのかは定かでなかったが、少なくとも事実とは遠い表現だなと絹見は思った。先導する曳船の存在が示す通り、いまの《日向》には自力で航行する力もない。燃料がないのだ。呉軍港が備蓄する重油をすべて回せば、一回ぐらい腹を満たすことはできるだろう。が、そうまでして出陣させたとしても、制海権を完全に喪失したいま、太平洋に出た途端に米軍の餌食にされるのは目に見えていた。

残る使い道と言えば、ごてごてと装備された大量の対空火器を活かし、呉軍港の防空砲台になってもらうしかない。つまり《日向》はもう戦艦とは呼べず、同型艦の《伊勢》らとともに浮き砲台になるべく、米軍爆撃機の侵入路沿いに配置されようとしているのだった。それも曳船に引っ張ってもらって。

仕方がなかった。ミッドウェーの大敗以降、帝国海軍はソロモン、レイテと敗退を続けてきた。この四月には、沖縄防衛のために出動した戦艦《大和》までが沈み、連合艦隊は事実上壊滅。日本は、近代海戦を遂行する能力を完全に喪失した。

あの《日向》にしても、次に空襲があれば確実に沈むことになる。六月二十二日の大空襲から、今日でちょうど一ヵ月と一日。盛大に上がった炎と爆煙が目隠しになり、完全に破壊し損ねた呉軍港を、米軍がこのまま放っておく道理はない。そろそろ次の空襲があってもおかしくなく――《回天》を始めとする特攻兵器がどれだけ敵の空母を沈めたところで、沖縄やグアム、テニアンから日々飛来する爆撃機を食い止められないことも、絹見には自明以前の話だった。

それでもやめられない戦い。勝利も敗北も、あらかじめ選択肢から外された戦争。茶番、と言った夢の中の声が不意によみがえり、絹見は江田島の陰に入りつつある《日向》にもういちど目をやった。真夏の太陽を受けて黒光りする戦艦は、その建造にかかった膨大な費用、国家単位でしか供出できない圧倒的な労働力を暗黙に誇示して、凪いだ海面を音もなく滑《すべ》っていた。

茶番と括《くく》るには重すぎる。軍帽の鍔《つば》を心持ち傾け、絹見は夢の中の声を退けた。

海軍兵学校は、将来の海軍将校を育成する高等訓練機関だ。中学校四年程度の学力を持つ青少年の中から、頭脳明晰、身体強健な者を選抜し、海軍生徒の肩書きを与えて徹底的な教育を施す。陸戦教練、短艇《カッター》運用、信号教練などの術科教育は言うに及ばず、倫理学から心理学、哲学概論、法制経済大意に至るまでの普通学も充実させているが、これは海軍将校に必要な学識を持たせるという以上に、人間修養の拡充を意図しての措置だった。

軍曹の待遇で学ぶ陸軍士官学校と異なり、海軍兵学校では入校と同時に准士官の位が与えられる。結果、術科の教員を務める下士官より、生徒の方が上位に就《つ》く格好になり、校内でこそ生徒が先に教員に敬礼をするが、いったん外に出れば、教員の方が生徒に敬礼をするという奇妙な光景が展開されることにもなる。もっともその程度で気後《きおく》れしているようでは、卒業とともに少尉候補生に任官され、海千山千の下士官たちを束《たば》ねる重責にはどのみち耐えられない。軍組織の徹底した階級機構を尊重しながらも、時々に本音と建て前を使い分け、臨機応変な人間的対応と、命令には絶対服従を強いる将校のこわもてを両立させる。そんな人材を育てるには、手間と時間をかけるしかないというのが海兵の教育方針だった。

絹見は海兵五十二期で、この赤煉瓦《あかれんが》の校舎を卒業してからもう二十年以上の月日が経つ。

これで順調に艦艇勤務をこなし、海軍の最高学府である海軍大学校への入学を果たしていれば、今頃は大佐に昇進して艦隊参謀ぐらいにはなっていたろう。一時期は駐独武官を任ぜられていた父の跡を継ぎ、エリート海軍将校の道を歩んでいたのかもしれないが、現実はそうはならなかった。

いまの絹見は潜水学校の一教官で、軍装の肩章も少佐のまま、一向に変わる気配がない。生き残りの同期が中佐、大佐に駒《こま》を進める中、自分ひとりがほとんど落ちこぼれの身分に甘んじているのは、半分は自発的に選んだ必然、半分は外的要因がもたらした偶然だが、それを不幸と感じる神経も三年半前に断線したきり、回復する兆《きざ》しはついぞなかった。

どだい、勤務すべき艦隊がすでに存在していないのでは、参謀になったところで始まらない。石炭船を降り、兵学校の校門をくぐった絹見は、午後の教練の最中にもかかわらず、校舎が異常な静寂に支配されていることに気づいていた。遠くに銃剣道のかけ声は聞こえるが、それだけで、「気をつけ」「敬礼」「歩調とれ」と、日ごろ必ず聞こえてくる団体教練の号令も響いてこない。蟬の声ばかりが、プラタナスの植樹に覆われた校舎に響き渡っている。まるで盆休みの風情だなと思いついた絹見は、いささか皮肉の効きすぎた冗談に緩めかけた口もとを引き締めた。

江田島に限ったことではない。先月の終わりから、海軍の教育機関はことごとく長い夏休みに入った。現任者に専修教育を施す術科学校も在校生を繰り上げ卒業させ、ほとんどが一時閉鎖。いまは教官、学生、練習生の区別なく戦場に駆り出されており、残っているのは飛行機や潜水艦など、特殊技能を前提とする兵器に関わる一部の教育機関のみだった。

水雷学校も辛うじて門戸を開いているが、魚雷の取り扱いや射法を教える本来の役目ではなく、自分自身が魚雷になる方法――特殊潜航艇に乗り込む特攻要員の育成が行われているのだから、教育というには少々語弊《ごへい》がある。沖縄が陥《お》ち、連合軍の本土上陸作戦が時間の問題になれば、教育熱心で知られる海軍も宗旨変えはやむなし、といったところか。いずれ、窮乏《きゅうぼう》によって最初に削られたのが教育だったというのも、なにかと暗喩《あんゆ》に満ちた話ではあった。

終わる当てのない、長い長い夏休み。その先になにが待つにせよ、自分が居合わせることはないだろうと思い、絹見は暗い物思いをやめた。遠からず潜水学校が閉鎖された時、自分に再び大型潜水艦の艦長の座が回ってくるとは到底思えない。特攻要員のひとりとなって、大きめの魚雷としか形容のしようのない特殊潜航艇に乗り込み、窮屈な思いを我慢して道連れにする敵艦を捜す。それがせいぜいだろう。願わくば《回天》ではなく、多少なりとも雷撃戦能力のある《蛟龍《こうりゅう》》か《海龍《かいりゅう》》に乗り込みたいものだ。潜水学校で三年も教鞭《きょうべん》を執《と》っていた者が、新兵と同じ戦果しか挙げられないというのではいかにも情けない。雷撃戦で一隻でも多く沈めて、それから特攻。これなら格好がつく……。

その時は、存外早くやってくるかもしれない。今日、かつての母校に足を向けた理由を思い出して、絹見は今度こそ無駄な思考を追い払った。

　昨晩、なんの前触れもなくかかってきた一本の電話。今期卒業の学生たちの考課表を仕上げるべく、ひとりで居残っていた絹見を狙いすましたかのように、教官室にかかってきた一本の電話が、絹見が江田島に体を運んだ理由だった。

　軍令部員を名乗る電話の主の声には、聞き覚えがあった。作戦指導を所掌する第一部において、演習、教育訓練の策定を任務とする第二課長の声だ。教育機関の衰退に伴い、軍令部内でも有名無実に成り果てた第二課ではあるが、術科学校の一教官にしてみれば、組織図のもっとも上位に位置する機関であることに変わりはない。その課長じきじきの電話に絹見は恐縮したが、相手は自分が第二課長であるとは名乗ろうとせず、ただ非常に高位な人物が貴官に会いたがっているから、明日の昼、江田島でその人物と会ってほしい、と押し殺した調子で伝えてきた。

　天皇の統帥《とうすい》大権を輔弼《ほひつ》する軍令機関、すなわち海軍にとっての大本営である軍令部は、軍政を司《つかさど》る海軍省と並ぶ海軍の最高機関。受け取った命令の遂行者である現場の将兵にとっては、海軍そのものとも言える雲上人の集団だった。その一員、しかも課長級の将校が〝高位な人物〟と呼ぶ相手とはいったい何者なのか。吹けば飛ぶような万年教官になんの用があるというのか。山ほどの疑問をぶつける間もなく、第二課長は待ち合わせの時間と場所を告げると早々に電話を切ってしまった。他の者には決して話すなという指示を守り、なに食わぬ顔で通常の授業を終えて石炭船に飛び乗った絹見は、静まり返った兵学校の片隅でその答を目前にしている身だった。

正規の命令であるなら、直属の上官である潜水学校校長を通じて下令すればよいし、特殊任務をこなすお鉢《はち》が自分に回ってくるとも思えない。〝高位な人物〟がなにを考え、秘密めいたやり方で自分を呼びつけたのかは見当もつかなかったが、ひとつだけ確かなのは、これでこの三年間の判断停止の時間が終わる、という根拠のない予感が胸を支配していることだった。

意義も目的も見出せずに教官役に収まり、若者たちを戦場に送り出す。三年あまりの不実から逃れられるなら、なんでもいい。新型特攻兵器の試験乗員の役だって受けてやる。そう思い、それ以上のことは考えないようにして、絹見は待ち合わせ場所の教育参考館を目前にした。

建築に使用された煉瓦はすべて英国からの輸入品で、建物の造りも西洋風に統一されている。明治の昔からハイカラで鳴らした海軍兵学校だが、この教育参考館の建物は中でも群を抜いていた。正面に並ぶ六本の円柱と、玄関を抜けた先に続く赤絨毯。天窓から差し込む陽光に照らし出された屋内はギリシア様式で統一され、アーチ型にくり抜かれた壁も、装飾彫刻の施された三角屋根も、古代神殿そのままといった風情を醸《かも》し出《だ》す。名称が示す通り、海軍関係の史料を展示した一種の博物館に過ぎないのだが、それだけでは済まされない重みと風格が教育参考館にはあった。

その源は、正面階段を昇りきった先、アーチ状の入口をくぐったところにある小部屋に存在している。床から四方の壁まですべて大理石で造られた小部屋に入ると、まずは正面の壁からせり出した三角屋根と、それを支える二本の円柱が目に入り、その中央に分厚いブロンズ製の扉が構えているのが見える。造りこそギリシア様式だが、どこか御本尊という言葉を思い出させるその構造物の中には、大日本帝国海軍最大の英雄、東郷平八郎《とうごうへいはちろう》の遺髪が収められていた。

明治三十八年、日本海対馬《つしま》沖において、旗艦《三笠《みかさ》》を中心とする四十余隻の連合艦隊を指揮し、世界最強と謳《うた》われたロシアのバルチック艦隊を打ち破った男。機先を制すの精神で彼我《ひが》兵力の差を埋め合わせ、世に言う日本海大海戦を世界海戦史上例を見ない大勝利で飾った東郷の存在は、四十年後の現在に至るも帝国海軍の伝説だった。絹見はいつも通り、軍帽をぬいで小脇に挟み、一礼してから森閑《しんかん》とした建物内に入った。

昭和十一年に完成した参考館は、兵学校の建物の中ではいちばん新しく、展示品を収めたガラスケースも新品のように輝いていた。人手は払底《ふってい》していても、掃除だけはきちんと行き届いているらしい。〝高位な人物〟がここを待ち合わせ場所に選んだ理由は想像する他ないが、密談をしようというならなかなか気のきいた選択だと絹見は思った。教育参考館というより、東郷元帥《げんすい》の霊廟《れいびょう》といった方がしっくりくるこの建物に、好きこのんで近づく者はそういない。日頃から先輩や教官にうるさくしつけられている生徒はもちろん、教官たちでさえも、ことさら厳《おごそ》かな空気が流れる参考館で休憩時間を潰そうとは考えないものだ。掃除の時か、心を静めたくなるような気分になった時がせいぜい。潜水学校に赴任して以来、会議などで江田島を訪れることが多くなった自分にしても、足を運んだのはこれで二度目だった。

厳重に封印されたブロンズの扉には、在《あ》りし日の東郷の姿を描いた六枚の肖像が浮き彫りにされている。明治神宮に参拝する東郷、《三笠》のマストを背に立つ東郷、負傷した敵将を見舞う東郷。手を合わせ、短い黙禱《もくとう》を捧げた絹見は、それほどに畏《おそ》れられ、神聖視されている男の顔を眺めて、ふと複雑な感慨にとらわれた。

機先を制せよというその格言を守り、真珠湾に電光石火の奇襲を仕掛けたまではよかったが、後が続かなかった。日本海大海戦の勝利を規範においた海軍の戦略は、この大東亜戦争ではほとんどが裏目に出た。慌てて方針転換を試みた時には、リメンバー・パールハーバーを合い言葉にした米軍の一大反攻作戦が始まり、すべては後の祭り。この分厚いブロンズの扉の奥で、東郷はどんな思いでそれらの経緯を見つめてきたのか。多くの将兵と艦艇を失い、壊滅寸前にまで追い込まれた帝国海軍の現在を、どんな思いで見つめているのか……。

「中を見たことがあるか？」

不意にかけられた声が高い天井に反響し、絹見は心臓が跳ね上がる音を聞いた。ゆっくり振り向くと、赤絨毯の敷かれた階段の途中に、自分と同じ、白い軍装の男が忽然《こつぜん》と立っているのが見えた。

海軍らしからぬ色白の細面《ほそおもて》は、女形の歌舞伎役者と見紛《みまが》うほどの端正さで、口もとにうっすら浮かべた笑みは艶《なまめ》かしくさえあった。小さく息を呑んでしまった後、男の肩に大佐の肩章を認めた絹見は、反射的に脱帽敬礼をした。

どこから現れたのか、この男が自分を呼び出した張本人なのかと疑問が渦を巻いたが、まずは長年培《つちか》われた規律遵守の精神に従い、絹見は男が答礼するのを待った。男は気にする素《そ》振《ぶ》りもなく残りの階段を昇り、絹見の前を横切る時、もういいというふうに手のひらをひらりと泳がせてみせた。

いきなり目くらましされたような、足もとに唾を吐きかけられたような不快感が拡がり、胸の底を騒がせた。どうにか無表情を維持して頭を上げた絹見は、遺髪の保管庫と向き合った男が、「わたしは見た」と続けるのを聞いた。

「海軍省の事務屋が年に一回、中の掃除をするのに無理やり同行してね。なかなか見物《みもの》だったよ。まず元帥の座乗艦《ざじようかん》だった《三笠》の真鍮《しんちゆう》から鋳造《ちゆうぞう》した球形の入れ物があって、その中に同じく《三笠》の木材を削《けず》って作った木箱が入っている。さらにその中には、元帥ゆかりのコップを溶かして作ったガラスの容器が入っていて……そこでようやく、元帥の遺髪が拝めるという寸法だ」

悪戯《いたずら》を告白する子供の笑みがその横顔に浮かび、この男を嫌いになるつもりでいた絹見は、なにかはぐらかされるものを感じた。大佐というからには四十は超えているはずだが、笑った時の男の顔はどう見ても三十代半ばのそれだった。すっかり調子を崩された頭で、絹見は「……開けて、ご覧になったのですか？」とバカ正直に聞き返した。

「ああ。事務屋は青くなっていたがね。なんのことはない、ただの毛だったよ。鰯《いわし》の頭も信心からとはよく言ったものだ」

さもがっかりしたと言わんばかりに、男は東郷の肖像から目を逸《そ》らした。まるで外国映画の俳優を思わせる大仰《おおぎょう》な仕種だったが、暗く光る目に表情はなかった。年齢も肩書きも態度も、存在そのものが不均衡な男の姿に、絹見はひたすら見入ってしまった。

「あの後、山本五十六《いそろく》の遺髪も収められたと聞くが、同じ扱いというわけにはいかないだろうな。東郷元帥は日露戦争の英雄だが、山本元帥は敗軍の将だ」

そう言い、男はにやと口もとを歪めた。一度は脇に除けた不快感が頭をもたげ、絹見は男の顔を正面に見返した。

こうしている間にも前線で兵が戦っているいま、たとえ自明のことであっても敗の一字は口に出すべきではない。まして先々代の連合艦隊司令長官を敗軍の将呼ばわりし、過去の英霊を貶《おとし》めるなどもってのほかだった。反論の口を開きかけた絹見は、その瞬間、唐突に笑みをかき消した男に土壇場《どたんば》で待ったをかけられた。

「浅倉良橘《あさくらりようきつ》大佐。軍令部第一部、一課長を任ぜられている」

生まれてこの方、笑ったことなどないという能面に表情を切り換えて、先刻とは別人の厳格な口調がそう言った。戦争指導全般、作戦立案を所掌する軍令部第一部にあって、第一課は編制、戦力配備、補給総合計画などを受け持つ花形の部署として知られる。その長と対面した驚きより、一瞬で別人になり変わった変貌ぶりについてゆけず、絹見はまた目くらましされた思いで浅倉の顔を見つめた。この男が自分を呼び出した〝高位な人物〟らしいと最低限の納得をして、「……絹見真一少佐。潜水学校大竹本校にて教官を務めております」と、再び脱帽敬礼をするよりなかった。

今度は素直に答礼を返した浅倉は、「考課は見せてもらった」と微動だにしない瞳で続けた。

「海兵第五十二期。成績は上位。始めの数年を除いて潜水艦畑を歩み、ドイツの技術供与によって実現した遠洋作戦用潜水艦、いわゆる巡潜型の一番艦である《伊1》に乗務。現在の潜水艦隊の基礎を築いたひとりというわけだ。その後、大尉昇進の際に海大（海軍大学校）の受験資格を手にするが、十分合格するだけの学力を持ちながらこれを辞退。理由は……ありきたりの出世より、潜水艦をいじってゆける方が望ましいと答えたとあるが、事実か？」

思いがけず自分の半生を聞かされて、最初に感じたのは他人の話を聞かされているような所在なさ、もはや繋《つな》げて捉えるのも億劫な過去と現在の隔絶感だった。海大への進学を蹴《け》ってまで現場に留まろうとしたあの頃の自分と、唯々《いい》諾々《だくだく》と万年教官を務めている現在の自分。返答を待つ浅倉に、絹見は「事実であります」と、なんとか答えた。

「少佐に昇進して間もなく、《伊１６》の艦長を拝命。我が国初の潜水艦隊、第六艦隊を構成する一艦として真珠湾攻撃に参加。これも我が国では初の、特殊潜航艇《甲標的》を用いた偵察任務を実施した。ドンガメ乗りとしては申し分ない――いや、海軍将校としても輝かしい経歴だが……」続けた浅倉は、そこでいったん言葉を切り、感情のない目を絹見に向け直した。「真珠湾から凱旋《がいせん》した直後に《伊１６》の艦長を解任され、半年後に現在の教官職に回された。それからまる三年間、異動はなし。昇進もなし」

ついでに妻子もなし、だ。無遠慮に入り込んでくる浅倉の視線を受け止め、絹見は内心に付け足してみた。離縁こそしていないものの、潜水学校に赴任する際に実家に戻した妻からは、この三年なんの便りもない。ある事件を契機にひっくり返った夫の人生を見つめ直し、修復の機会を見定める時期はとっくの昔に終わっていて、いまは新しい生活に目を向け始めているのだろう。子宝に恵まれていれば別の展開もあったかもしれないが、ひっくり返った人生を受け止め損ね、いまだ漂泊を続ける頭が考えられることと言えば、それが関の山だった。

そんなことをとりとめなく思い出し、ふと我に返ってみると、浅倉は相変わらず絹見を直きかけた口を閉じた。いったいこの男は自分になんの用があるのか。東京は霞《かすみ》ケ関《せき》にある軍令部を抜け出し、わざわざ江田島まで足を運んできたのはなぜか。こちらから問《と》い質《ただ》してくれようかと思った途端、「ひとつ聞きたい」という言葉が浅倉の口から飛び出し、絹見は開きかけた口を閉じた。

「なぜ我々は負けたのだと思う？」

およそ表情と呼ばれるものをすべて取り払った能面の声に、絹見は反感を抱くより先に呆れた。「……自分は、まだ敗北が確定したとは考えておりません」と模範解答を返すと、「では勝てると思うのか？」との問いが即座に重ねられて、絹見は思わず体を硬直させた。

この男は単に考課を暗記してきただけではない。自分のことをなにもかも調べ尽くした上で、ここに立っている。「事実を見据える冷徹な視線を養え。……そうだろう？」と付け加えられた浅倉のだめ押しに、絹見は舌打ちしたい衝動を堪えるので精一杯になった。

「彼らも聞いている。忌憚《きたん》のないところをな」

両元帥の遺髪を収めた保管庫を顎でしゃくり、そう続けた浅倉の口もとは、いつの間にか取り戻した艶《あで》やかな笑みの形だった。よもや万年教官をいびり倒すために出向いてきたとも思えないが、反逆的と取られてもやむを得ない講義内容を知られている以上、こちらの身柄は浅倉の腹次第で好きに処理できることは間違いない。どうにでもなれ、と胸中に呟いた絹見は、軽く息を吸い込み、開いたためしのない胸のバルブをじりじりと開いていった。

「……本来、短期決戦で決着をつけなければならなかった戦闘を、四年の長きにわたらせてしまったこと。時間が経過すればするほど、米国はその圧倒的な国力を戦争に振り向ける態勢を整え、連合国と歩調を合わせた反攻作戦を展開。南方諸島にまで進出した我が方の拠点をひとつずつ奪回し、本土侵攻の足場を確実に固めてきました。対して我が方はのびきった戦線を支えきれず、無理に無理を積み重ねて、消耗《しょうもう》の度合いを濃くする一方でした」

いちど弛《ゆる》めれば、ため込んでいたものの圧力に押されてバルブが自然に開いてゆき、自分でも驚くほどの滑《なめ》らかさで言葉が出てきた。浅倉は微笑を崩さず、鋭さを増す目の光だけが絹見に喋り続けるよう要求した。

「海軍に関して言えば、艦隊決戦思想を偏重しすぎて、航空戦力を中心とする新たな枠組み作りが遅れてしまったこと。これは日露戦争の際、数的に優勢であったロシアのバルチック艦隊に挑《いど》み、東郷元帥の卓抜《たくばつ》なる指揮によって勝利を収めた故事に寄りかかり、海軍が時代の変化に対応し損ねた結果です。

南方作戦についても、太平洋をまたいで広がる戦線をどう支えるか、補給線をどう維持してゆくかという問題に関して、考察が甘かったように見受けられます。言葉も通じなければ、気候も風土も異なる。現地調達という発想が通用しない南方の島々において、拠点を構築するという行為がどれほどの負担をもたらすものか。狭い国土内での戦闘しか経験していない日本人には、本質的に想像が及ばなかったのだと思います。その結果、前線は孤立し、大量の餓死者を生み出すに至って……」

「井の中の蛙《かわず》」

出し抜けに発せられた声が大理石の壁に反響し、絹見の言葉を霧散させた。微笑を消し、初めて絹見から視線を逸らした浅倉は、頭上の天窓に整った顔を向けた。

「大和魂、滅私奉公。民族精神を鼓舞《こぶ》する美辞麗句で近視眼的体質を糊塗《こと》し、近代戦争のやり方などひとつも知らないくせに開戦に踏み切ってしまった傲慢。なぜ負けたかなどと問うのはお門違《かどちが》いで、そもそもが勝てない戦争だった。水が高いところから低いところに流れるように、この国は当然の帰結として戦争に負けたんだよ」

天窓から差し込む午後の陽光を浴び、目を細めた浅倉の顔は、そういう形の彫像であるかのように現実味を欠いていた。絹見は呆然とその姿を見つめ、不意にこちらを見た浅倉と視線を合わせて、意味もなくどきりとした。

「しかしそれでも、自分はこの戦争には意義があったと信じている。問題は、この期《ご》に及んでも現実を直視しようとせず、精神主義を唱《とな》えて、場当たりの施策しか打ち出せない大本営の体質だよ。軍も内閣も、精神主義で勝ち得るものはなにもないとわかっているにもかかわらず、一人一殺、一億玉砕を謳って国民を欺《あざむ》き続けている。それが日本の国体を守り、民族の独立を守る唯一の方策と信じているからではない。天皇の大権にすがり、すでに決まった約束事を守っていれば、それで責任が果たせたと思っている。目の前に迫った危機を承知しながら、既存の価値観にしがみついてなにも行動しようとしない。日本海大海戦の勝利に固執して、機構改革の時期を逸した海軍同様、変化を嫌う役人根性がさせていることだ」

一気にたたみかける声が大理石の壁に反響し、四方から体を圧迫した。暗い光を湛えた浅倉の目が引力を放ち、絹見の視線はそこに吸い寄せられて動けなくなった。

「戦場の臭いを嗅いだことのない彼らには、一億玉砕という言葉が持つ重みも痛みもわからない。すべての国民が斃《たお》れて、この戦争にいったいなんの意味がある。かつて勝てない戦争を始め、ひとり残らず滅んでいった愚かな民族がいた。未来の歴史書にそう綴《と》じられて終わるだけだ。ひとりでも生き残ってみせなければ、日本民族を守るべく為《な》されたこの戦争の意味がない。自らの行為に責任を持ち、変わることを恐れずに己の誇りを守り通す。生き残るに値する日本人を、ひとりでも多く残さなくてはな……」

言葉の洪水はそこでぴたりと止まり、遠くに聞こえる蟬の声がじわじわ音量を上げて、時間の停止した参考館の空気をゆっくりかき回した。表情のない浅倉の目が微かに揺れ、窺う色を宿し始めたことに気づいた絹見は、不意に夢から醒《さ》める気分を味わった。

そういうことか。この男にしてみれば、自分も同類の不満分子に見えるというわけだ。そう見られても仕方のない引け目を自覚しながらも、なめられた、という思いはごまかしようがなく、絹見はむらと怒りがわき起こるのを感じた。まっすぐのばした指先を腿《もも》に当て直し、背筋ものばした絹見は、「失礼を承知で申し上げます」と呪縛を断ち切る大きな声を搾り出した。

「大佐はなぜ、本日この場所に自分を呼び出されたのでありましょうか？」

軍令部一課長のお忍び来訪、人目をはばかる密談、話し合われる内容が大本営への不平不満とくれば、一線を離れて久しい万年教官の頭にもぴんとくるものはある。叛乱謀議《はんらんぼうぎ》と即断するのは性急に過ぎるが、少なくとも、まっとうな軍人を相手にする類《たぐ》いの話でないことは間違いなく、絹見は直立不動の姿勢で浅倉を見据えた。浅倉は眉ひとつ動かさず、こちらを見つめる視線も微動だにさせなかった。

「自分の考課上の汚点に鑑《かんが》み、そのようなお話をなさっているのだとしたら、恐れながら筋違いであるとしか申し上げようがありません。愚弟の不始末によって艦隊勤務から外されたのは事実ですが、そのことと、帝海の一軍人である自分のありようとはいっさい無関係です。特攻せよとの勅命《ちょくめい》が下れば、死んでみせるのが自分の仕事です。報国の念にはいささかの揺らぎもございません」

「もはや勝てない戦……無駄死にだとわかっていてもか？」

「それは重要ではありません。自分は、戦争を遂行するために雇われている軍人だということです。一将校の身で、それ以上のことをとやかく言うのは不遜《ふそん》であるとも考えます」

悪夢に苛まれる日々も、若者を死地に送り出し続けてきた鬱積《うっせき》もはね除《の》けて、率直な怒りが熱を発していた。三年の間に少しずつ削り取られ、いまではすっかりなくなったと思っていた熱の源に、まだこんな余熱が残っていたのは意外なことだった。絹見は浅倉を直視し、浅倉も絹見を直視した。互いの目の底を覗《のぞ》きあう数秒が過ぎ、やがて「なるほど。よくわかった」と言った浅倉が、先に視線を外した。

「そういう貴官だからこそ、託したい任務がある」

いったん顔を伏せ、再び絹見と正対した浅倉の表情は、無機質な能面でも、腹に一物を抱えた皮相な笑みでもない、実直という言葉が似合うなにものかだった。振り上げた拳の下ろし場所を見失った思いで、絹見はわずかに顎を引いた。浅倉は頷《うなず》き、合格だと目で伝えてから、絹見の肩ごしに視線を飛ばした。

唐突にわき起こった人の気配が、いつの間にか背後に近づいていた第三者の存在を絹見に教えた。思わず振り返り、部屋の戸口に立つ青年と不用意に目を合わせた絹見は、今度こそ開いた口が塞がらなくなった。

膝までの黒い長靴《ちょうか》と、漆黒《しっこく》に統一された軍服に身を固めて、まだ二十代と見えるその青年は静かに絹見を見返していた。上着の上から締められたベルトはエナメルの光沢を発し、金《きん》刺繍《ししゅう》が施された襟章、銀色の鷲《わし》が羽根を広げる袖章と合わせて、黒ずくめの軍服にどこかきらびやかな印象を与えている。軍帽にも鉤十字《かぎじゅうじ》の紋章を抱く鷲の帽章が輝いていたが、それより目を引くのは、鍔《つば》のすぐ上で暗い眼窩《がんか》をこちらに向ける髑髏《どくろ》の徽章《きしょう》だった。悪趣味としか言いようのないその徽章は、いちど写真で見たことがある。ナチス親衛隊《SS》の一員であることを示す徽章だ。ナチスの論理に盲従し、それに反する者を排斥《はいせき》するためには、あらゆる暴力の行使をためらわない組織。自国の民にさえ嫌悪されつつ、ヒットラー政権を陰から支え続けた精鋭部隊。純粋アーリア人種の中から選抜され、他民族の血は一滴たりとも混入させない鉄の掟《おきて》を、頑《かたく》なに守り通した優性思想の権化。それを戴《いただ》くことと、優良白人種であることが同質とされる髑髏の徽章の下で――しかし絹見を見上げているのは、黒い一組の瞳だった。

「フリッツ・S・エブナー少尉。見た通り、元ドイツ親衛隊の士官だ」

あまりにも簡単な浅倉の説明を背中に聞きながら、絹見は悪夢の続きを見る思いで青年の黒い瞳を凝視した。黒いのは瞳だけではない。意志の強さを窺わせる濃い眉も、女性さながら肩までのびた髪も、等しく黒い。ほとんど全身黒ずくめの中、唯一違う色を見つけられるのは、胸元に覗く白いワイシャツと、やはり女性的に整った色白の顔だが、それにしても白人種が持つ透けるような白い肌ではなかった。遠目にも潤《うるお》いを感じさせる肌は、若さの張りというだけでは説明できない、黄色人種特有のきめ細かさだ。つまり絹見の目前に立つSS隊員は、鼻筋の通り具合に多少のバタ臭さはあるものの、ほぼ完璧に東洋人の外観を呈《てい》しているのだった。

「着替えるよう勧めたんだが、日本の軍服は気に召さないようでね。ここまで連れてくるのに苦労した」

なんの補足にもなっていない浅倉の説明が背中を打つ。フリッツと呼ばれた青年は無言のままこちらに近づき、表情を消した黒い瞳でやや絹見を見下ろすようにすると、ザッと勢いよく踵《かかと》を合わせて直立不動の姿勢を取った。

「フリッツ・エブナーです」

正確な発音の日本語の後、フリッツは無造作に手を差し出してみせた。敬礼されるものとばかり思っていた絹見は、虚をつかれた思いでその手を握った。「……絹見少佐だ」と応じた声に目で頷き、握り返す手にぎゅっと力を込めたのも一瞬、フリッツはすぐに握手を解いて一歩うしろに退がった。この暑さにもかかわらず、少しも汗ばんでいない手のひらの感触が印象に残り、単に略したというのではない、意図的に〝S〟を省いたと思わせる生硬い自己紹介の声が、いつまでも耳の奥で鳴り続けた。

「貴官の指揮する艦《かん》に一緒に乗り組んでもらう。かつてのドイツで精鋭としての訓練を受けていた男だ。役に立つだろう」

淡々とした浅倉の声が、その余韻をかき消してくれた。貴官の指揮する艦、と胸中にくり返し、その意味を咀嚼《そしやく》しようとした絹見は、「命令を伝える。絹見少佐」と、有無を言わさぬ上官口調の浅倉の声に頭を蹴飛ばされ、考える間もなく姿勢を正した。

「ただいまをもって、潜水学校教官の任を解く。翌未明、柱島《はしらじま》に入渠中《にゆうきよ》の戦利潜水艦《伊507《イゴマルナナ》》に赴き、艦長として同艦を受領。出港準備が整い次第、ただちに出撃し、五島列島沖に沈む特殊兵器回収の任に当たれ」

「は！」と応じたものの、頭に残ったのはとっかかりのない言葉の羅列で、命令の具体的な中身はまったく像を結ばなかった。とりあえず艦長という懐かしい響きを反芻《はんすう》した絹見は、戦利潜水艦、《伊507》、五島列島沖といった言葉をひとつひとつ拾い集め、なんとか命令内容を理解しようと努めた。だがそれも、最後のひとつにつき当たったところで頓挫《とんざ》した。

特殊兵器回収。なにひとつ絵の浮かばない、それでいて異様なきな臭さを放つ言葉だった。「特殊兵器……」と無意識に口にした途端、「ローレライだ」と浅倉の声が応じて、絹見は思わず顔を上げた。

「ローレライ……？」

ライン川の魔女を唄った有名なドイツ民謡の、軽やかな旋律と陰惨な歌詞が頭の片隅によみがえり、同時にしわぶきともつかない微かな息づかいが背後に発した。振り返った絹見の目に、不自然に顔を背《そむ》け、頑なに視線を逸らすフリッツの横顔が映った。

SSの黒い制服にローレライという言葉を重ね合わせ、ドイツという共通根を見出してみたが、それでなにがわかるものでもなかった。そもそもこれは現実なのか、悪夢の続きなのかと疑った絹見は、もう取《と》り繕《つくろ》う気にもなれない困惑顔を浅倉に向けた。

「希望だよ、少佐。いまの我々に残されたたったひとつの希望。それがローレライだ」

確信めいた浅倉の声が耳朶《じだ》を打ち、絹見は我知らず表情を引き締めた。不意に背中を向け、ただの毛と評した遺髪の保管庫を前にした浅倉には、そうさせるだけの静かな緊張感があった。

「それゆえ、今次回収作戦はなんとしても成功させる必要がある。命令に従うしか能のない者や、精神主義に冒《おか》された凡俗の将校には任せられない。冷徹な観察力と判断力を備え、かつ実直な軍人たらんとする者こそ適任だ。部内でも極秘裡に進められる作戦であるから、なにかと不便を強いることにはなると思うが。ひとつ骨を折ってはもらえまいか？」

またずいぶんと持ち上げられたなと冷静に感想を結ぶ一方、引け目を自覚する胸は忸怩《じくじ》たるものを感じ続けて、絹見は振り返った浅倉の目を直視することができなかった。ただ、ぼんやり像を結び始めた事態に多少の安心を得て、「なぜ、部内においても極秘なのでしょう？」と、最初に思いついた疑問を口にした。

「その力の大きさゆえに……とだけいまは説明しておく。日本民族の滅亡を回避し、この国にあるべき終戦の形をもたらす。ローレライにはそういう力がある」

まっすぐ目を見て答えた浅倉の言葉に、つかの間の安心は呆気なく打ち砕かれた。「詳細は追ってエブナー少尉に説明させる」と付け足して、浅倉は説明の口を閉じた。

フリッツは休めの姿勢を崩さず、無表情も崩さずにじっと一点を見据えている。小さく嘆息した絹見は、しかし錆《さ》びついていたピストンがゆっくり動き出し、ギアを回転させる音を腹の底に聞いていた。

なんであれ、三年あまりの判断停止の時間はこれで終わる。再び回り始めた人生の歯車の音を聞きながら、絹見は官舎の私物をまとめる手筈《てはず》を考えていた。

※

広島駅に着いた時には、真夏の太陽もややなりを潜め、駅舎の時計塔が広場に長い影を落とす時間になっていた。大柄と小柄の水兵服姿を並べて、折笠征人と清永喜久雄は広島の町に繰り出した。

軍服を着ていれば汽車の旅も多少は楽になる、という清永の目論《もくろ》みは見事に外れた。行李《こうり》に山ほどの野菜を詰め込んだ農婦、国民服の肘《ひじ》に継ぎを当てた暗い目の男、反物《たんもの》の束を風呂敷にくるんだ老婆。雑多な客を乗せた列車は二等と三等の区別もなく混みあっており、中には出張帰りらしい海軍将校の姿もあったが、誰も彼に席を譲ろうとはしなかった。

今月に入って、主食の配給は一割減になっている。わずかな配給で生活を支えられるはずもなく、闇行商や物々交換で飢えを凌《しの》いでいる人々にしてみれば、将校の肩章もただの飾りにしか見えないのだろう。一水兵の征人たちに至っては物の数にも入れてもらえず、むしろ軍服を着た分、将校の目を意識しなければならなくなり、糸崎からの汽車旅は以前よりも窮屈なものになった。

その将校はずっと立ち通しで、一度、目の前の座席が空いたのだが、網棚から荷物を下ろす間に、横から割り込んできた労働者風の男に席を取られてしまっていた。軍人は敬えと子供の頃から言い聞かされてきた身には信じられない無礼な行為と映ったが、将校は即座に狸《たぬき》寝《ね》入《い》りを決め込んだ男を叱《しか》るでもなく、下ろしかけた荷物を網棚に戻して、所在なく立ち尽くすばかりだった。征人と目を合わせると、気まずそうに顔をしかめたのも一瞬、照れ隠しともつかない苦笑がその顔に浮かんで、寂しげな目の印象を征人に残した。

中国地方の中心都市である広島市は、太田川から分岐する六本の支流が町中を走り、それぞれの川に無数の橋が架かって、水の都と呼ぶに相応しい景観を誇っている。いつの間に手配したのか、横突《よことつ》（横須賀突撃隊）の先輩に地図を書いてもらったという清永に従い、征人は市内を錯綜する路面電車に乗り込んだ。地図と通りを交互に眺め、遊郭《ゆうかく》の所在を探すのに余念のない清永に道案内を任せて、征人は町の風景にぼんやり見物の目を泳がせた。

通行人も、車の数も少ない。すれ違う車と言えば、軍の輸送トラックか市バスぐらい。歩道の敷石はほとんどが剥《は》がされ、むき出しになった地面に木枠で作った待避壕《たいひごう》の入口が点在している。その上を歩いているのは、行李を背負った行商人のもんぺ姿と、山盛りの家財道具を積んだリヤカーを引く男の疲れきった国民服だ。

前方に目を向ければ、ドーム型の天井が目立つ産業奨励館が見え、その向こうに元安川と本川、二つの川の合流地点に架かる相生橋《あいおいばし》の変わった形を窺うこともできる。広島と西広島を結ぶ一方、二本の川に挟まれた中島町の突端にも橋桁《はしげた》をのばす相生橋は、上から望めばT字形に見える特異な橋梁《きょうりょう》だ。右手には西日を浴びて輝く広島城の天守閣が聳《そび》え、知らない土地にきた興奮を征人に思い出させたが、そこが中国軍管区司令部として使われている事実を思うと、単純に旅情を楽しむ心境にはなれなかった。

結局、どこに行っても戦争の影からは逃れられない。土地の情緒が仇《あだ》になり、却《かえ》って殺伐《さつばつ》とした空気を際立《きわだ》たせる広島の風景から視線を外し、征人は頬被《ほおかぶ》りをした行商人ばかりが目立つ車内に顔を向けた。先刻からしきりとこちらを気にしている、くたびれた陸軍将校の軍服を着込んだ初老の男と目が合いそうになって、慌てて窓外に視線を戻さなければならなくなった。

在郷軍人だろう。退役将校が軍装を身につけるのは勝手だが、中身まで現役のつもりでいる者もいるからタチが悪い。将校の肩章に物を言わせてずかずか他人の家に上がり込み、徴兵保険に入れだの、鍋やフライパンを供出しろだのとまくし立てる大人。人にもよるのだろうが、それが征人の知っている在郷軍人だった。

斜め前に座る男も、肉厚の顔に口髭《くちひげ》を蓄《たくわ》え、品定めでもするような目付きでこちらを注視している。上官風を吹かされて、精神訓話でも食らった日にはたまらない。征人は窓に顔を押しつけて、男と目を合わさないよう努めた。

相生橋を渡ると、鉄筋コンクリートの建物の合間に木造の家屋が目立つようになった。長いあいだ木戸を開けた様子のない食堂や服飾店、本屋、時計店などが窓の外を流れ、『進め一億火の玉だ』『石油の一滴は血の一滴だ』と書かれたポスターが、『本日売切れ』の張り紙とともに商店の軒先《のきさき》を飾る。どの家屋の窓ガラスにも補強用の紙テープが米印の形に貼られており、寄木細工の模様を見ているような錯覚を征人に与えた。

横須賀を発つ際に一日分の糧食《りょうしょく》を受け取ってはいるものの、できるなら闇の食堂を見つけ、温かい飯を食おうというのも計画のうちだった。カレーとは言わないまでも、せめて雑炊《ぞうすい》ぐらいにはありつきたいものだと思い、征人は持てる嗅覚を総動員して風の匂いを嗅いだ。すぐ近くを流れる川の匂いが微かに感じられ、すれ違った軍用トラックの排気ガスがそれをかき消すと、独特の焦げ臭い匂いが鼻腔にからみついた。思わず鼻を押さえた征人は、それから百メートルほど進んだところで臭いの元と対面した。

窓ガラスが割れ、全体に煤《すす》けた家屋が五軒ばかり続いた後に、黒々とした地面の連なりが十軒以上にわたって広がる光景があった。砕け散った瓦《かわら》、熱で折れ曲がったトタンなどを敷き詰めた更地《さらち》に、焼け焦げた柱がぽつぽつと生えている。もとは簞笥だったらしい木の枠組み、煤で真っ黒になった台所の流しが、かつてそこに人の生活があったことを忍ばせ、その隣で地面に突き刺さったままになっているバトン大の鉄筒が、火災の原因を暗に物語ってもいた。

焼夷弾《しょういだん》——筒の太さからして、おそらく油脂焼夷弾だろう。落下と同時に粘着質の油脂を飛び散らせ、付着したすべてのものを燃え上がらせる油脂焼夷弾。浜名海兵団にいた頃、米軍の大型爆撃機・B‐29の群れが銀色の腹を見せ、焼夷弾の雨を降らす現場を目撃している目には、爆撃の規模もおおよその判断がついた。この程度の被害で済んだのは、消火活動が功を奏したからではない。投下された焼夷弾の数がもともと少なかったのだ。

広島港に隣接する広航空廠は二ヵ月前に手ひどい空襲を受け、ほぼ壊滅したと噂に聞いたが、広島市内に空襲があったという話は聞いていない。在郷軍人の目も忘れて、征人は炭になった木材が折り重なる爆撃跡を見つめた。高熱の焼夷弾はガラスをも溶かし、火災によって生じた熱風は、トタン板さえ木の葉同然に吹き飛ばす。窓ガラスに紙テープを貼ったところで気休めにもならないのだが、焼け落ちた家財道具が渾然《こんぜん》一体となった火事場の臭いは、そんなものでも頼らずにはいられない生活の重さの証明だった。

「落としたっていうより、捨ててったんだな。浜松と一緒だよ」

同じく窓に顔を向けていた清永が、ぽつりと呟く。浜名海兵団の教班長の口ぶりを思い出して、征人は爆撃にしては延焼範囲の狭い焼け跡から目を離した。浜名にほど近い浜松には飛行機工場があり、米軍の爆撃目標のひとつに数えられていたが、大規模爆撃とは別に、時おりごく小規模な爆弾の洗礼を浴びることがあった。破壊を目的としたものではなく、機体を軽くするために残った爆弾を「捨てている」のだと、教班長は浜松に火の手が上がるたびにぼやいていた。浜松は米爆撃機にとっては体《てい》のいいゴミ箱に過ぎず、この中途半端な爆撃跡にしても、不要になった爆弾を受け止めた結果と見てまず間違いなかった。

「ま、いまに見てろってんだ。おれが戦場に出たら、日本に近づく敵空母は片っ端から沈めて、二度と爆撃なんかできねえようにしてやっから」

車内に立ちこめる焦げ臭さを吹き散らして、清永が鼻息荒く言う。在郷軍人が行商の老婆と話し込んでいるのを横目で確かめてから、征人は小声で反論した。

「でもB-29はサイパンとかから飛んでくるんだぜ？　空母だけ沈めたって……」

「夢がないねえ、おまえは。だったらその島に行って、滑走路をめちゃめちゃにぶっ壊《こわ》してやりゃいいんだ。仮にも帝海軍人なら気概《きがい》を持て、気概を」

無意味にでかい清永の声に、在郷軍人の耳がぴくりと動くのがはっきり伝わった。気概と聞けば黙っておれぬと言わんばかりの目がこちらを見、まずいと覚悟した瞬間、電車がブレーキを軋ませて停車した。

窓の外に停留所名を確かめ、「おし、ここだ」と清永が勢いよく立ち上がる。ほっと胸をなで下ろしつつ、征人は清永の背中を押すようにしてさっさと電車を降りた。新兵二人に大和魂のなんたるかを説き損ね、残念しきりといった在郷軍人の視線を車内に残し、征人たちは足早に停留所を離れた。

広島の遊郭は東西二つに分かれており、明治の昔からある老舗《しにせ》街が畳屋《たたみや》町の西遊郭。軍需施設の急増に伴って発展した新興の東遊郭は、弥生町《やよいちょう》にある。横突の先輩が昔お世話になったのは西遊郭の方で、精度の怪しい地図に惑わされ、狭い路地をさんざん行ったり来たりさせられた二人は、西の空が黄色く染まりかけた頃、ようやく目的の店にたどり着くことができた。

旅館というには小さく、民家というには大きい木造家屋に「聚楽樓」の看板を掲《かか》げた遊郭だった。幅二間《けん》ほどの路地には他にも複数の遊郭が軒を連ね、客引きのばあさん、襟白粉《えりおしろい》を塗った女たちが、各々《おのおの》の軒先で客の争奪戦を繰り広げている。どこかくたびれた様子の軍人がぽつぽついるばかりで、お世辞にも活況を呈しているとは言えなかったが、軍衣を着ている以上、上官を見つけるたびに直立不動になり、目が合えば敬礼しなければならない征人たちにしてみれば、それでも多すぎる人の数だった。

「軍服なんて、着てこない方がよかったじゃないか……！」

「軍人は半額になるんだから文句を言うな。だいたいまだ日も暮れねえうちから私服で遊郭なんぞに来てみろ。虫の居所の悪い兵隊にはり倒されるか、勤労動員の募集班にとっ捕まって強制労働させられんのがオチだ」

父親のような年齢の陸軍下士官が行き過ぎるのを待ってから、清永は地図の文字と聚楽樓の看板を照らし合わせ、「うん、ここだ。間違いねえ」などと呟きつつ店の玄関に向かった。暖簾《のれん》の前に立つ客引きのばあさんがすかさずその姿を捉え、「ありゃまあ、可愛らしい兵隊さんじゃねえ。うちは新兵がそろってるけえ、寄っていきんさい」と呼び込みをかけてくる。だらしなく相好を崩し、「可愛い、だって」と自分を指さした清永の顔を前に、征人はその場に立ち尽くしたままだった。

　白粉と体臭が入り混じったむせ返るような匂い、店の奥から漂ってくるお香と、それより強い消毒液の刺激的な臭い。子供の頃から何度も嗅いできた匂いが見えない壁になり、それ以上の立ち入りを拒んだようだった。ずんずん歩いてゆく清永の肘を引っ張り、征人は「本当に行くの？」と虚しい抵抗をした。

「あたりめえだろ。これを逃したら後はないかもしれないんだぞ。集合時間が半日ずれたのに、隊長が知らない振りで予定通り出発させてくれたのは、なんのためだと思う」

「……赴任する前に、広島で羽根をのばす時間を与えるため」

「その通り。これから死地に赴《おもむ》くであろう我々に、最後に潤《うるお》いの時間を与えてくださろうというありがたい温情だ。これを無下《むげ》にすることは武人の道に反する。つまりこれは任務なのだ。よいな、折笠上等兵？」

　それはそれで反論の余地がない清永の言葉に気圧されていると、太い腕が征人の首根っこをつかんで連行を開始した。強力に引きずられながら、征人は「行ったことあるのか？」と、なおも抵抗を示した。

「おれ？」躊躇《ちゅうちょ》なく動いていた清永の足が止まり、その視線が不自然に征人を避けた。

「……あるよ」

「いつ？」

「この間の、春季皇霊祭の時」

「行ったらどうすればいいんだ？」

「どうするって、おまえ……。そんなの行ったらわかるんだよ」

「どうして。指導官でもいるのか？」

「いるか、そんなもん！」思わずというふうに怒鳴ってから、清永は怪訝《けげん》な顔の客引きばあさんに背を向け、征人の耳元に低い声を吹き込んだ。「いちいちうるさい奴だな。とにかく店に入って、座敷で順番待ってりゃいいんだよ。美人《ナイス》に当たりますようにって拝みながらな」

「選べないのか……!?」

子供の時分からその手の店に出入りし、遊郭という空間に特別な興味を抱いたことのない頭は、そんな基本的な事実さえ知らないのだった。つい大声を出してしまった征人に、清永も「当然だろ！」と再び声を荒らげた。

「財閥のお坊っちゃんが芸者を水揚《みずあ》げしようってんじゃねえんだぞ」

「おれは別の店にする」

「なんで」

「もし混んでたら、おまえの相手した人が、次におれの相手をするってことだってあるんだろ?」

「それがどうした」

「なんか嫌だ。一生忘れられない思い出になりそうな気がする。悪い意味で」

これ以上は一歩も進まない覚悟で立ち止まった征人を呆れ顔で眺め、変わった生き物を見る目を頭からつま先まで走らせた清永は、「……小難しいこと考えんだよねえ、おまえは」という感想ひとつを漏らし、大仰なため息をついてみせた。

「わかったわかった、好きにしろ。おれはここにするから、おまえはどこでも好きなとこ行け」

ほっとした。「そうする。じゃ、終わったら駅前で待ち合わせでいいな?」

「おう。遅れんなよ」と言った清永に「そっちこそ」と返し、その場を離れようとした征人は、「征人」とかけられた声に足を止めた。ひどく真面目な顔で、清永が気をつけをしているのが見えた。

「健闘を祈る」

さっと挙手敬礼をした後、にんまり笑ってみせる。少しでも角《かど》が立てば、こうして丸める気配りを怠《おこた》らないのが清永の美点だった。よく言えば豪放磊落《ごうほうらいらく》、悪く言えば単純漢の表皮の下に、繊細な神経と他人への深い配慮を隠し持っている。余計な疑問や過分な期待は抱かず、軍隊生活にも抵抗なく馴染《なじ》んでいる男には、馴染めずに戸惑っているこちらの心根も透けて見えるのだろうが、それを口や態度に表さないのも清永だった。

引きずられているようでいて、実は自分の方が清永に気を遣《つか》わせているのかもしれない。征人は、多少の負い目とともに答礼と苦笑を返した。それを待って回れ右をした清永は、右手と右足を一緒に前に出すぎこちない行進で聚楽楼に向かい、客引きのばあさんの前で直立不動になると、「お世話になります！」と上官に報告する時の声を出した。やはり清永も遊郭は初めてだったらしい。

清永の背中が暖簾の向こうに消えると、不意に冷たい風が胸の中を吹き抜けた。征人は逃げるようにその場を後にした。

とはいえ、他に行く当てがあるはずもない。最初はそこいらを歩き回り、闇食堂のひとつも見つけ出そうとしたのだが、白粉と消毒液、それに小便臭さが地面にまで染み込んだ遊郭街に、長く留まる気にはなれなかった。体の奥底に沈殿する毒素が活性化し、暗い記憶を呼び覚ます気配を感じ取った征人は、とにかく西遊郭から離れようと決めた。

客引きの声に追い立てられ、見知らぬ路地をでたらめに歩くうちに、遊郭の匂いは後方に消え去り、代わって芋を蒸《ふ》かす匂いがどこからともなく漂ってきた。懐中時計に午後五時の時間を確かめ、夕飯時か……と独りごちた征人は、もう闇屋を探す気力もなく、休めるところを求めて周囲を見回した。

防火用の砂袋と火叩き、バケツを軒先に備えた木造家屋が路地に沿って並び、それぞれの窓からラジオの音、なにかを刻む包丁の音を密やかに奏《かな》でている。迷い込んだよそ者が長居できる場所ではなく、慣れ親しんだ疎外感を嚙み締めた征人は、風に乗って聞こえてくる蒸気機関の音に誘われて歩き出した。

五分と歩かずに家屋の列は途切れ、市内を縦走する川のひとつが目に飛び込んできた。横突の先輩の地図を信じるなら、おそらく天満《てんま》川だろう。傾いた陽の光を映す川面《かわも》は黄金色の奔流《ほんりゅう》になり、七、八十メートル彼方の対岸を背景に、材木を曳《ひ》いた小型の蒸気船がゆったり滑ってゆく。堤防下には船着き場があり、上流側に少し歩いたところにある川原がちょうどいい休息場になった。無人の川原に腰を下ろした征人は、雑嚢から水筒と缶詰の赤飯を取り出し、独りの夕食を摂《と》った。横須賀を出る前に湯煎《ゆせん》しておいた赤飯は固くなりかけていて、注意して食べないとすぐ喉につかえた。

二十二時八分の列車で広島を発《た》てば、予定集合時刻には十分間に合う。呉鎮守府に直接赴くのではなく、二つ手前の吉浦《よしうら》駅で下車して所定の場所で待機。迎えの部隊と合流し、以後はその指揮下に入る。部隊到着予定時刻は、午前零時より未明までのいずれか。軍服の着用はこれを禁じ、敬礼などの基本動作及び着任報告は、部隊長の指示があるまで省略することとする——。奇妙を通り越し、いっそ後ろめたい空気さえ漂ってくるが、それが征人たちに通達された集合要領なのだった。

　集合時刻も二転三転し、七月二十四日零時と最終的な通達が届いたのは、横須賀を出発するわずか二時間前。連絡を受け取った突撃隊の隊長が行き違いを装い、半日早く征人たちを出発させてくれたのは、清永の言う通り、最年少隊員の二人に羽根をのばす機会を与えようとしたからだが、裏を返せば、それぐらい尋常《じんじょう》ではないなにかが今回の転属にはあるということだ。食事を終えてしまえばすることもなく、せっかく与えられた時間を無為にしている罪悪感がのしかかってきて、征人は売るほど余った時間をどう処理するか考えてみた。これといった良策は思いつかず、手慰《てなぐさ》みにいじっていた川原の石をなんとはなしに物色すると、川面を相手に石切りを始めていた。

　三回、四回と水面を切って飛ぶ石の行方を追い、平らな石を拾い上げては次々に投げる。手の届く範囲にある平らな石はすぐになくなってしまい、飛びそうな石を求めて川原をうろうろした征人は、八回の記録を打ち立てた時点でふと我に返り、やる気をなくした。子供の頃、いまとまったく同じことをしていたと気づいたからだった。

　留守番の寂しさに耐えかね、「来てはいけない」ときつく言い含められていた母の仕事場を訪ねて、いつでももっと寂しい思いを抱いて帰ることになった日々。それでも誰もいない家に戻る気にはなれず、石切りをして時間を潰す方法を覚えてからは、仕事場の近くで母の仕事が終わるのを待ち続けた日々——。久しぶりに嗅いだ遊郭の匂いに誘われたのか、その時の痛切をそっくり再現している自分に気づいた征人は、十年以上を経てなにひとつ変わっていない、我が身の進歩のなさにしばし呆然となった。

征人がこの世に生を受けた時、家には母親の姿しかなく、懐中時計や蓄音器など、わずかに残った私物がかつて父親が存在した名残りを留めていた。一時はそこに根を下ろすつもりで運び込まれたのだろう私物の数々は、父と母の関係が決して行きずりのものではなく、母がそれなりの覚悟を決めて自分を生んだことの証明でもあったが、結局、父はそれらの私物を置いて姿を消した。木造のあばら家には乳飲み子を抱えた母だけが残され、近在の農家に働きに出、細々と得られる収入だけが、家の生計を辛うじて支えることになった。

それまでの荒《すさ》んだ生活を捨て、どうにかまっとうな暮らしを立て直そうとしていた母の努力は、しかし数年とは続かなかった。征人がようやく歩けるようになった頃、海の向こうで吹き荒れた世界恐慌の嵐は、神奈川の寒村にも有形無形の影響を与えた。頼りにしていた農家が離散し、働き口を失った母は、いつしか元の仕事場——遊郭に戻っていった。

母の勤める遊郭は山ひとつ隔てた先の町にあり、子供の足で往復するにはかなりの覚悟がいったが、無人の家で隙間風の音に怯《おび》えているよりはましだった。来てはいけないという言いつけを破って、征人は何度も母のもとを訪ねた。そこに漂う匂いも空気も、意味を知らない子供にとっては風景のひとつでしかなく、手の空いた女郎がいる時は遊んでもらえたりもしたので、征人の目に遊郭は楽しい場所と映っていた。ただ一度、ガキがちょろちょろしてると客に里心がつくだろうがと、虫の居所の悪かった店の主人に蹴飛ばされた時、抗議の言葉を持てず、ただ困り果てた顔をするしかない母の目を見て、自分はここに来てはいけないらしいと朧《おぼろ》げながら悟った。それからは遊郭の中には入らず、近くの川原で石切りをして時間を潰し、母の仕事が終わるのを待つのが征人の日課になった。

友達でも作れればまた違っていたのだろうが、親の言葉を引き移し、女郎の子、父《てて》なし子と自分を蔑《さげす》む連中を相手に、謙《へりくだ》ってみせるつもりは毛頭なかった。遊郭の近くを遊び場にする子供時代を終え、そこがどういう場所かわかる年頃になってからは、相模《さがみ》湾を一望する高台や、漁師小屋が点在する海岸が征人の遊び場になった。学校を終えるとどちらかの場所に直行し、独り木登りと素潜りに明け暮れていたのだが、それは楽しんでいるというより、ただ時間を潰しているといった方が正しかった。征人にとって、時間とは過ごすものではなく、いつでも潰すために存在するものだったのだ。

そうして友達も作らず、母との間にも距離を置くようになった少年時代を経て、十四歳になった征人は海軍工廠工員養成所見習科への入学を決意した。世間は真珠湾攻撃の大戦果に浮かれている時だったが、別に愛国心に駆《か》り立てられたわけではなく、養成所の寄宿舎に入ってしまえば故郷から離れられる、同じ軍隊でも陸より海の方が相性がよさそうだと、それだけの理由で定めた進路だった。故郷を故郷とも思えなかった征人に、周囲の大人たちが盛んに口にする愛国精神、大和魂という言葉は、概念はわかっても、自分の中に取り込むにはいまひとつぴんとこないものだった。

学業成績は上位を維持していたので、合格通知はあっさり届いた。大日本帝国軍は連戦連勝を続け、南方の島々にも破竹《はちく》の勢いで進撃を続けており、その先兵に加わらんと闘志を燃やす同年代の少年たちに紛《まぎ》れて、征人は巨大な海軍組織の一端に加わった。一、教育に関する勅語を奉体し精神の修養に務むべし。二、礼儀を正しくし品性の向上に務むべし。三、見習工員たる本分を自覚精励、努力もってその責務をまっとうすべし。四、強力一致、将来海軍技術廠の柱石《ちゅうせき》たらんことを期すべし……。起床、巡検、消灯とラッパの音に追い立てられ、油断すれば容赦なくアゴ（拳骨）が飛んでくる生活は楽ではなかったが、学費支給の上、月給までくれるのだからなんの文句もなかった。努力次第では東京帝大工学部の特待生にもなれ、高等官や技師になる道も開けている。海軍技術者の養成にかける国家の意気込み――それだけ焦っていた証明だが――を肌身に感じながらも、征人は大望を抱くでもなく、周りに遅れを取らずを唯一の信条にして、日々の学科と実習をこなした。

二年の養成期間を終えるまでに、帝国陸海軍は初期の勢いを失い、戦況は少しずつ悪化の一途をたどっていった。連日「占領」「大勝利」の文字が躍っていた新聞の一面は、いつしか「転進」「玉砕」といった文字に埋められるようになった。新聞自体、タブロイド判と呼ばれる二回り小さい判型のものに変わった。敗退を転進と言い替え、壊滅的被害を損傷軽微と粉飾して、大本営は帝国の勝利を謳い続けたが、物資の窮乏だけは隠しようがなかった。

卒業後は民間の工場に就職するつもりでいた征人は、日々の食糧にも事欠く世間の実情に押し返され、半ば自動的に海軍予備補習生に採用された。海軍工作庁の傘下《さんか》で工員の職を得、特殊潜航艇のモーターを造る日々の始まりだった。

予備補習生は徴兵検査は免除されたものの、海兵団での訓練が義務づけられていたので、結局は海軍に入ったのと同じ格好になった。将校を養成する江田島の海軍兵学校と異なり、徴募新兵の教育を行う海兵団は全国各地に設営されており、征人が入団したのは静岡の浜名海兵団。米国との埋めようのない彼我兵力差を縮めるべく、海軍はひとりでも多くの兵を欲していたが、教班長たちの顔色を窺っていれば、退団しても乗務する艦艇がもはやないことは征人にも察しがついた。実際、海兵団にはボカ沈（撃沈）を食って艦艇から放り出され、重油の海の中から奇跡的に救助された兵たちが行き場なく溢《あふ》れ返っており、うかうかしていると食事にもありつけないありさまだった。訓練の傍《かたわ》ら、征人たちも付近の山に高角砲台を構築する作業を手伝わされたり、塹壕《ざんごう》掘りに駆り出されたりして、海軍とは名ばかりの泥まみれの三ヵ月を過ごした。

退団間際の今年三月に東京が大空襲を受けた時は、東京湾方面の夜空がほんのり赤く染まるのを見た。四月には帝国海軍の象徴である戦艦《大和》が沈み、沖縄の陥落が伝えられて、本土決戦という言葉がいよいよ実感になって胸に迫ってきた。三年半の間、大和魂や軍人精神といった言葉で注意を逸らされてきたものを、ここに来てついに直視せざるを得なくなったという感じだった。大型艦艇を建造する工業力と時間を失った海軍は、特攻戦備を中心に本土防衛の方針を固め、体当たり攻撃を目的とする特殊潜航艇と戦闘機の増産に入った。退団と同時に上等工作兵に任官された征人と清永には、それぞれ工廠で兵器生産に携《たずさ》わる仕事が待っているはずだったが、受け取った辞令には横須賀突撃隊への転属を命ずるとあった。

特殊潜航艇《海龍》十二隻からなる横須賀突撃隊は、本土決戦の際は東京湾に布陣し、接近する米軍艦艇を迎撃、特攻するために編制された部隊だ。兵器の部品作りは勤労学徒と女子挺身隊《ていしんたい》で足りるから、兵籍に入ったおまえらは動かす側に回れ、というのが海軍省の意向のようだった。

まだ「マル三金物」の略称で呼ばれていた頃から《海龍》の部品作りに携わり、モーターの性能から外板の設置具合まで熟知している身に、《海龍》の操艇はさほどの難題ではなかった。特に海軍航空技術廠で見習工員をしていた清永は、航空機の操縦装置を転用した《海龍》との相性がよく、正規の訓練を受けた士官たちを唸《うな》らせるほどの操艇能力を発揮した。どだい、自分で造った潜航艇に乗り、自分で特攻しろというのだから、これほど手間いらずな話もなかった。

おそらくは今年中に始まる米軍の上陸作戦に備え、土管程度の直径しかない《海龍》に体を押し込み、操艇訓練に明け暮れる毎日。そんな矢先に舞い込んだ呉鎮守府への転属命令が、自分になにを求め、なにをもたらすのかは想像するよりなかったが、なんであれ、特攻を前提とした任務であることに変わりはないだろう。これといった意志も目的も持ったためしがなく、七回生まれ変わっても国の恩に報いようという風潮にも乗れず、ただ流れに任せてここまで来てしまった自分。死を従容《しょうよう》と受け止める心境はまだ遠く、思い残すことがないようにと一時の自由を与えられても、なにをしたらいいのかわからない。十年一日、石切りをして時間を潰している。来年の正月は迎えられないとわかっていながら、相変わらず〝過ごす〟時間を持てず、〝潰す〟時間を送っている……。

なんだ、それ。最後の石を放ってから、征人は自分で自分にケチをつけ、呆然の時間を終わりにした。このまま時間を潰しきってしまっては、いくらなんでももったいなさすぎる。なにかあるはずだと思考を巡らせ、さんざん考えた末に映画を観ようと思いついて、懐中時計の針に目を落とした。

午後五時半、急げば最終回には間に合う。途中で見かけた映画館に、たしか嵐《あらし》寛寿郎《かんじゅうろう》の鞍馬《くらま》天狗《てんぐ》が掛かっていたと思い出しつつ、征人は川面に背を向けて雑嚢を背負い直した。そのまま堤防を駆け上がろうとして、ふと耳慣れた音楽の音色に足を止めた。

Still wie die Nacht,
tief wie das Meer ...

ピアノの独奏が微かに空気をさざめかせ、相乗する高い女性の歌声が暮色に染まった川原に降り積もってゆく。昔、何度も聞いた曲。顔も知らない父親が残していった蓄音器が、レコードがすり切れるくらい奏で続けた曲を耳にして、征人はまず、幻聴の類いではないかと疑い、続いていまだに歌詞を暗記している自分の頭に驚いた。それからようやく、きょうびこの歌を聞くのはいったい誰かと考えた。

ラジオ放送でないことはわかっていた。友邦であるドイツの歌曲は禁止されていないが、このレコード、この歌手には放送をためらわせる他の事情がある。節《ふし》ののばし方、ピアノの伴奏の聞こえ具合に、家にあったのと同じレコードだと確信して、征人はひと息に堤防を駆け上がった。材木屋や旅館の看板を掲げた家屋の列を見渡し、黒板塀に囲まれた料亭を曲の出所と見定めて、なにも考えずにそちらに近づいていった。

百坪あまりの土地に、三階建てのどっしりとした家屋を構えている料亭は、開店前の静けさに包まれていた。征人は表門から玉砂利が敷き詰められた内庭を覗き、内庭の方から聞こえてくる曲に耳をそばだてて、吸い寄せられるように裏庭に面した通りに向かった。黒板塀に沿って歩くうち、塀の一画に設けられた勝手口に行き当たり、半分開いた木戸の隙間から中を覗き込んでみた。

塀と家屋の間に人が通り抜けられるほどの隙間があり、道にまで張り出した松の木の幹ごしに、内庭の様子を確かめることができた。正面の潜《くぐ》り戸《ど》から厨房の喧噪が漏れ聞こえたが、裏庭の方から聞こえてくるレコードの音は鼓膜を震わせ続け、征人は知らず知らず目を閉じ、異国語の歌詞を唇でなぞっていた。

故郷のあばら家の情景が思い浮かび、天井の隙間からこぼれ落ちる陽の光に照らされ、ゆるゆるとレコードを回転させる蓄音器の形が、どこか荘厳な光景になって像を結んだ。極貧の中で唯一奏でられた〝豊かさ〟の音色。当時もいまも望むべくもなかった〝希望〟の所在を教える歌声。そう、父が残していった蓄音器にレコードをかける時、時間は〝潰す〟ものから〝過ごす〟ものに変わって――。

ふと我に返ると、捩《ねじ》りはち巻きをした老人の顔が目の前にあった。氷を積んだリヤカーを引いて、氷屋らしいその老人は配達先の勝手口を塞いで立つ水兵に不審の目を注いでいた。思わず頰を紅潮させた後、征人は咄嗟に威儀を正し、そうするのが当然というふうに勝手口をくぐった。違うだろう、と内心に毒づきながらも、いまさら外に出るわけにもいかず、氷屋の視線に押される形で内庭に足を踏み入れてしまった。

厨房の壁が途切れた先は、ししおどしの添水《そうず》と、きれいに刈り込まれた植木が作り出す高級料亭の内庭そのものだった。濡れ縁と磨《みが》き抜かれた廊下、青々とした畳の客室に骨董品らしき壺《つぼ》と掛《か》け軸《じく》が飾られているのが見え、無縁な世界に立ち入った緊張感が全身を包んだが、庭の奥から流れる歌声は相変わらず征人の鼓膜を震わせ、心を震わせ続けた。こうなりや自棄《やけ》だと内心に呟き、征人は内庭を横切って裏庭の方に回った。ぱちぱちと弾けるレコードの雑音が聞こえるようになり、物置とも薪《たきぎ》小屋ともつかない小さな離れの中で、蓄音器の前に座る女の着物姿が見えた。

　白地に紫の鮮やかなよろけ縞《じま》は、仲居でも遊女でもない、芸者が着る着物だとすぐにわかった。夜会巻きに結い上げた髪の下に白いうなじが覗き、遊郭では微塵《みじん》も感じなかった衝動が体を駆け抜けて、征人は無意識に余分な一歩を踏み出していた。

　乾ききった枯葉を踏み砕く音が大きく響き、針の飛ぶ耳障りな音とともに曲が途切れた。女の細い肩がこわ張り、わずかに動いた頭が「誰？」と詰問口調を寄越《よこ》した。

「あ、あの……すいません。歌が聞こえてきたもんで、その……」

　なにを取り繕う余裕もなく、征人は答えた。三年あまりの軍隊生活も虚しく、不明瞭で上ずった声しか出せなかった。切れ長の鋭い瞳がこちらに向けられ、怒りと警戒を露《あらわ》にしたのも一瞬、女はすぐ意外そうに目を見開いてみせた。「びっくりした」と発した声は、言葉と裏腹に長閑《のどか》な感じがした。

「水兵さん、将校さんのお供？」

　髪に手をやって居住まいを正しつつ、女は征人の頭からつま先まで素早く目を走らせる。征人は「いえ……」と目を下に向けた。

「ここは若い人が入れるようなお店じゃないけえ、うろうろしちょると目ん玉飛び出るようなお金取られるよ」

　警戒が解ければ、女は辛辣《しんらつ》な口調でたたみかけてきた。大事な時間を邪魔してしまったらしいとわかった征人は、「遊ぶんなら弥生町か畳屋町に……」と続いた女の声を、「あの、謝ります」と、少し大きくした声で遮った。

「歌が聞こえたので……。それ『夜のごとく静かに』でしょう？　……その、ロシアの歌手が唄っている」

　さっさと退散しろと訴える胸のうちを無視して、最後の方は含んだ声で征人は言った。小さく息を呑んだ女の目に、再び警戒の色が宿るのが感じられた。

「うちにも昔、同じレコードがあって……子供の頃、よく聞いてたんです。それで懐かしくって、つい……」

　ロシア——つまり共産主義圏で吹き込まれたばかりに赤盤《あかばん》に指定され、発禁処分を受けたのは十年以上も前のことだが、同時に周囲から急速に失われていったなにか、〝希望〟や〝豊かさ〟といったものの片鱗《へんりん》を甘美な音色の中に見出して、飽かず蓄音器を回していたのも征人の子供時代の思い出のひとつだった。

　それと同じレコードを聞いている人なら……と淡い期待を抱いてはみたものの、口にしてしまえば自己嫌悪の苦みが胸の中を吹き抜けた。軍帽を取り、「すみませんでした」と腰を折り曲げた征人は、女の顔を見ずに回れ右をした。「待ちんさい」と言った女が立ち上がり、離れの縁側から身を乗り出す気配が背中に伝わった。

「変わった子じゃね、あんたぁ。海軍さんのくせに、赤盤なんか聞いちょったの？」

はっきり赤盤と口にして、女は微笑を浮かべた。艶《あで》やかな笑みから女盛りの色香が立ち昇り、殺風景な裏庭をぱっと華やがせて、征人はごくりと飲み込んだ生唾を返事にした。

「たぶん、風のせいじゃね。いつもは表には聞こえんし、店の方は準備で騒がしいけえ、この時間だけは安心してかけていられるんじゃけど」

そう言うと、女は馴れた手つきで蓄音器のハンドルを回し、レコード盤の上にそっと針を落とした。静かなピアノの前奏が流れ、再び空気をさざめかせ始めた。

「そんなとこ突っ立っとらんと、座って聞いたらええが。お茶ぐらいご馳走するけえ」

離れの濡れ縁を指さし、女はにっこりと笑った。聞く人が聞けば憲兵に突き出され、最悪、思想犯の嫌疑で特高（特別高等警察）に取り調べられることだってあり得る。征人はどう応えていいのかわからない顔を女に向けた。女はかまう様子もなく焼き下駄をつっかけ、母屋《おもや》の縁側に上がると内庭に続く廊下をぱたぱたと歩いていってしまった。

征人は仕方なく離れの濡れ縁に腰を下ろした。四畳半の空間には箪笥や鏡台、小さなお膳《ぜん》が置かれ、征人の家にあったものより新しい型の蓄音器が、幾枚かのレコードを収めた小棚の上に鎮座《ちんざ》していた。料亭が専属で雇い入れている内芸者の支度部屋かと想像した征人は、女の部屋を覗き見している気恥しさに駆られて、慌てて顔を庭の方に戻した。

やっぱり帰ろうか。そう思う頭とは裏腹に、体はのびやかなソプラノの声に圧倒され、立ち上がることを拒否して、この国から失われた歌声を征人に聞かせ続けた。

夜のごとく静かに　海のごとく深く
君の愛かくあれかし
我　君を愛するごとく　君　我を愛せば
君がものとならん
鋼《はがね》のように熱く　石のごとく固く
君の愛かくあれかし　かくあれかし

家にあったレコード盤のカバーに、そんな訳詞が手書きで綴《つづ》られていたことを思い出しながら、征人は、あれは父親の筆跡だったのだろうかと十年遅れの疑問を抱き、子供の頃は記号としか感じられなかった詞の中身を今さら反芻《はんすう》して、あまりにも率直なその言葉の連なりに戸惑いを覚えた。それはなんの印象も感慨も持てなかった父という存在に色をつけ、母との間に積み重ねられたのだろう男女の歴史を想像させて、しまいには、そういった事々とはいっさい無縁のまま、明日には死にゆくかもしれない体ひとつの虚しさになって返ってきた。

死ぬ時はどんななんだろう？　生死を超越して任務を遂行せよと説く戦陣訓、勝利も敗北も関係なく、国を守るために命を捧げ、尽くすことこそ男子の本懐《ほんかい》と教える論理には、死地に赴かせるまでの効力はあっても、実際に五体を引き裂かれ、肉体と魂が切断される痛みを救う力があるとは思えない。その瞬間の痛みを緩和するのが、肉親や恋人、この世に自分が生きていたことを証明し、その生存と引き替えに自らの死を容認できる他者の顔なのだろうが、そういう顔をひとつも描き出せない自分は、敵艦に激突する刹那になにを見るのか。とりあえずの義務感に押されて土管のような潜航艇に乗り込み、特攻すべき敵艦を目前にした時、なにを支えに死に繋がる道程を縮めてゆけばいいのか……。

「おケイ姉さん、女将《おかみ》さんが竹宮様のお着きはいつ頃かって」と甲高《かんだか》い女の声が母屋から聞こえ、征人は顔を上げた。「東京のお偉方《えらがた》と会議があるって言うちょったけえ、遅れるんじゃないかねえ」と応じたのは、このレコードの持ち主の声だった。

「あんた、ちょっと呉に電話して聞いてみりゃええのに。竹宮大佐殿はいつごろ会議終わられますかっちゅうて」

「そんな……！　憲兵に連れてかれてまうがね」

本気で怯える甲高い声を背に、おケイと呼ばれた女が廊下を歩いてくるのが見えた。急須《きゅうす》と湯飲み茶碗、それに菓子の皿を載せた盆を手にする鮮やかな着物姿は、窮乏が当たり前になった外界とは別次元の贅沢な光景で、征人はいよいよ場違いなところにいる居心地の悪さを感じた。それを察したのか、おケイは如才《じよさい》のない笑みで「海軍さんにもらったお土産」と言い、征人が取りやすいように盆を差し出してくれた。

皿に盛られた飴羊羹《あめようかん》を見、この店を贔屓《ひいき》にする某大佐の横流し品かと当たりをつけてから、征人は「ありがとうございます。いただきます」と応じて、直径一寸（約三センチ）ほどの飴羊羹を手に取った。爪楊枝《つまようじ》でつつくと表面のゴムが剝がれ、飴玉状の羊羹が出てくる飴羊羹は、キャラメルと並んで海軍が大量購入している菓子だった。

おケイも隣に座り、飴羊羹を手にした。ちらりと見えた長襦袢《ながじゆばん》の朱鷺色《ときいろ》は、三十を越えた芸者が使う色だったが、無心に飴羊羹の皮を剝《む》く横顔はまるで少女のようだった。おそらくは一流どころの芸者と並んで座っていることも、外国の歌を聞きながらお茶を飲んでいることも信じられず、征人は極力、体を動かさないようにして飴羊羹を頰ばり、茶を啜《すす》った。

「船乗りさん？　それとも内地でお勤め？」とおケイが口を開いたのは、二個目の飴羊羹に手をのばした時だった。

「……まだわかりません。これから転属するところなんです」

「へえ。どこから来たんね？」

答えに詰まったのは、茶を口に運びかけていたからではなく、ほとんど隠密行動に近い転属命令の中身を思い出したからだった。おケイの目が伏せられ、「悪い癖じゃ」と苦笑混じりに発した声がピアノの音色に重なった。

「軍人には喋れんことがあるけえ、余計なこと聞くなちゅうて、いつも叱られちょるのに……」

「あの、生まれは鎌倉の近くです」

なにやら申しわけない気分に押されて、征人は付け足した。横須賀鎮守府から来たと白状したも同然だったが、おケイは気づかぬ振りの微笑で、「ええとこじゃね」と返した。

「鎌倉に住んじょって、ボームのレコード聞いて育って……。きっと、分限者《ぶげんしゃ》んとこの子なんじゃやね」

「いえ……。レコードは、父親の形見だから取ってあったんです。赤盤に指定されてからは、お袋は全然聞こうとしなかったけど」

涼やかな横顔が俄《にわ》かに曇り、「お父さん、戦死?」と尋ねる声が耳朶を打った。嘘の痛みが胸に波紋を広げるより早く、征人は「いえ。自分が生まれてすぐに……」と答えた。「そう……」と呟いたおケイの声が、茶の味をひときわ苦くした。

それきり、蓄音器の奏でる音色だけが流れる時間が過ぎた。話せないこと、話したくないことの重みに、せっかくの穏やかな空気が押し潰されてしまった感じだった。茶の残りをひと息に飲み下し、これ以上の嘘を重ねる前に立ち去ろうとした征人は、「このレコードもな、形見じゃけ」と、不意に口を開いたおケイに先の行動を封じられた。

「昔、うちのこと好いてくれた人がおってな。ええ人じゃったけど、お国の考えとは反対のこと考えちょる人でな。思想犯じゃ言われて、特高に連れてかれてしもうたわ」

人相の判別もつかなくなるほど殴られるのは序の口、それでも口を割らない者には爪の間に針を刺し込みもする。特高の取り調べの苛烈《かれつ》さは、征人も噂話で聞いていた。「じゃ……」と言いかけて、征人は口を噤《つぐ》んでおケイの横顔を見た。

「その人がうちに預けていったんじゃ。家に置いとって、うちまでお縄になったら困るけえ、ここに内緒で置かせてもらっちょるんじゃけどな」

小さく笑うと、「……もう四年になるわ」と付け加えておケイも口を噤んだ。それからも芸者として座敷に出、海軍将校の相手を務め、帰らぬ男が残していったレコードを聞き続けた歳月の重みが紡ぎ出す沈黙と思えた。思想犯と断罪された男への想いも、その上で海軍将校の男と繋がれる心境にも想像が及ばず、征人は考えるより前に「辛《つら》くないんですか？」と口を開いてしまった。

「その……これ聞いてると、思い出すんじゃないかって……」

意外そうに目をしばたかせた後、「やさしいんじゃね、あんたぁ」と笑って、おケイは母屋の屋根ごしに夕闇の迫る空を見上げた。

「思い出すよ、そら。なに言うちょるのかさっぱりわからんとこなんか、特に。あの人、よく言論の自由がどうとか話しちょったけど、うちには半分もわからんかったけん……。じゃけんど、これ聞いてると、なんか心が体から離れて、ふわふわ遠いとこに飛んでくような……。普通にしとったら見えんものが、ぼんやり見えるような心持ちになれるけえ、つい聞いてしまうんよ」

　自分の心の中を言い当てられたようで、征人は意味もなく動揺し、なにも入っていない湯飲み茶碗に目のやり場を求めた。

「日本はいま暗いトンネルの中を走っとるけど、目の前にあるものがすべてじゃない。トンネルはいつか必ず終わる時がくる。自分はその出口を見つけるために闘うんじゃって……。あの人の口癖じゃったわ」

　さえざえとしたおケイの声に、征人が感じたのは、そういう人もいるのかという単純な驚きだった。それはすぐに、自分にもその男と同じ意見を唱え、同じ行動を取れるだろうかという自問に変わり、どろりとした敗北感の塊《かたまり》になって胸の中に落ちた。

「この歌を聞いとる間だけ、うちもトンネルから出られたような気になるのかもしれんねえ。……こんなこと、兵隊さんに言うたら怒られるかもしれんけど、うち、あの人は戦死したんじゃって思うようにしとる」

「戦死……？」

「そう。合うとるか間違うとるかはわからんけど、誰に言われたんでもなく、自分で見つけたなにかのために闘うて、ほいで死んだんじゃけえ……。戦死じゃろ？」

　夕陽に染まった頰に晴れやかな笑みが浮かび、このレコードを残していった男の想いを十分に受け止め、充足しているおケイの心を伝えたようだった。自分がひどく卑小な人間に思えてきて、征人は再び視線を逸らした。

「ごめんな。これから戦地にいかにゃいけん水兵さんに、縁起でもない話じゃったわ」

征人の背中をぽんぽんと軽く叩き、おケイはからっとした声で言った。触れられた背中が熱くなるのを感じながら、征人は「自分は……」と搾り出した。

「自分は、皇国を守るためには、いまは国民全員が協力しなきゃいけない時だと思うから……。だから、戦います」

口に出る端から言葉が上滑りするのがわかったが、言いようのない敗北感を慰める手立ては他になかった。「立派じゃね」と言ったおケイの微笑にわずかな影が差し、繋がっていたなにかが切れて落ちるのが感じられた。

「それが男子の本懐じゃけえ、頑張りんさい」

そう言って、暮色の空を見上げたおケイの顔を、征人は見続けることができなかった。託されたレコードを守り、帰らぬ男を待ち続けると決めた女の覚悟を前に、いたずらに流され、目前に迫った死を他人事の面持ちで眺める自分は、軽佻浮薄《けいちょうふはく》という言葉ではまだ足りない。いまここで消えてなくなっても誰も困らない、徹底的に無明ななにかだと思った。

レコードの演奏は終わっていた。征人は丁重に礼を言ってその場を辞した。残った飴羊羹を新聞紙に包み、手渡してくれたおケイの寂しげな笑顔が、瞼《まぶた》に焼きついてなかなか離れなかった。

川原で国民服に着替えてから一時間ほど市内をぶらつき、さらに一時間かけて広島駅に戻った時には、満天の星が空を埋める頃合になっていた。灯火管制の敷かれた町は闇に沈んでおり、電柱に据えられた裸電球の赤茶けた光だけが、駅舎の入口を陰鬱に浮かび上がらせているのが見えた。

汽車の時間までまだ二時間以上ある。待合室で仮眠を取るつもりで駅舎に向かった征人は、電球の光の下、肩をすぼめて立っている大柄な人影に気づいて足を止めた。こちらに気づき、「遅いぞ」と口を尖らせたまる顔は清永のものだった。

七分丈の絣《かすり》の着物に下駄を履き、頭には鳥打帽《とりうちぼう》をかぶっている。寸法の合う国民服の調達を早々にあきらめた清永の私服姿は、丁稚奉公《でっちぼうこう》の小僧が一時帰郷するという風情だった。まだ来ていないとばかり思っていた征人は、「早かったんだな」と応じてそちらに近づいた。清永は恨めしげな一瞥をちらと走らせたきり、うなだれた横顔を上げようとはしなかった。

「なにかあったのか？」と尋ねても「聞くな」。「望みは果たしたんだろ？」と重ねると、地の底からわき出るようなため息を吐き、清永は真剣そのものの顔で征人に向き直った。

「……征人。おまえの言ったことは正しい。相手を選べるかどうかってのは、重要な問題だ」

そう言い、清永は無言で駅舎の入口に向かう。笑い飛ばすには悲愴すぎる背中に、征人は

「……そんなにすごかったのか?」と遠慮がちの声をかけた。「別に」と返ってきた声は、意外に素っ気なかった。

「一応、女には見えたぞ。お袋より老けちゃいたがな」

それでもすることはしてしまったらしい後悔の念が、平静を装った口調から滲み出ていた。征人は思わず立ち止まり、唇を嚙んで吹き出しそうになるのを堪えた。清永は不意に振り返り、「おまえはどうだったんだよ?」と詰問の目を寄越してきた。

瞼に焼きついたままになっている寂しげな笑顔、鮮やかなよろけ縞の着物が自然に浮かび上がり、征人は「すごい美人だった」と言ってみた。ぐっと息を吞み、「……嘘つけ」と言った清永は、余裕の笑みを絶やさない征人を確かめてから、クソ！　と町中に響き渡る大声を出した。

「いいか、おまえの運はここで使い果たされたぞ。後でどうなったって、おれはもう知らないからな」

「大げさだな」

「なにが大げさだ！　ひとりでちゃっかり羽根のばしやがって。のばした羽根をむしられた方の立場になってみろってんだ」

本気で怒り、地団駄を踏む清永を「わかったわかった」といなしつつ、征人は少し気が軽くなる自分を発見していた。外界と隔絶された料亭の空気、そこで食べた飴羊羹の味は、懐かしい異国の歌声ともども、金では買えない貴重な経験であることに間違いはなかった。しかもそれは、誰かに段取られたわけでも、強制されたわけでもなく、自分で行動した結果が偶然引き当てた時間なのだ。

ちょっとした勇気と気まぐれが、思いもよらない世界を引き寄せることもある。流れに身を任すしか能のない頭に新鮮な空気が吹き込まれると、体に沈殿した鬱屈もいくらか溶けて流れて、瞼に残るおケイの笑顔も素直に見返せるようになった。いつか機会があったらまた来よう。同じ時間、同じ場所で、ピアノの前奏が聞こえるのを待ってみよう。万にひとつもない可能性だとわかっていても、そう思える自分に満足して、征人は先刻より明るく見える星空に目をやった。

星のひとつが流れ、漆黒《しっこく》の空に銀色の尾を引くのが見えた。

2

降るような星空からこぼれ落ちたその流れ星は、瞬《まばた》きする間も与えず夜空に消えた。

これまで世界中の海から夜空を見上げ、場所によって星の配置が違うことを確かめてきたが、この国の星空には不思議と肌に馴染むものがある。ここに来てまだ一週間と経っていないのに……と思い、血の記憶という言葉をふと連想したフリッツ・S・エブナーは、そう感じる自分を嫌悪した。

夜空は夜空、太陽が出ていない空というだけのことだ。そう断じて、フリッツは広島湾の天井を覆う無数の光点から目を逸らした。前方には夜陰に馴染んだ暗黒の海面と、その中にひときわ濃い闇を作る大小の島影が点在しており、もっとも大きな影になって横たわる柱島《はしらじま》が、船の動きに合わせてゆっくり上下するのが見えた。

江田島から三十キロほど南下したところにある柱島は、連合艦隊泊地として名を知られた場所だという。差し渡し三キロ少々の本島に小柱島《こばしらじま》、続島《つづきじま》を従え、かつては巨大な空母や戦艦が所狭しと錨《いかり》を下ろす光景があったらしいが、いまは排水量千トンにも満たない海防艦や、老朽化した駆潜艇《くせんてい》がぽつぽつ錨泊《びょうはく》するばかりで、灯火管制が徹底された沿岸の繋留《けいりゅう》設備も暗く静まり返っている。戦時下の緊張感をとうの昔に超え、すでに終末感を漂わせる闇と静寂は、この浚渫船《しゅんせつせん》がいくら波を蹴立てようと微塵《みじん》も揺らがない、圧倒的としか言いようのない虚無の被膜だった。

——早ければ今秋……遅くとも来春までには、連合軍の本土上陸作戦が始まるだろう。頬をなぶる風の音に、数時間前に聞いた浅倉良橘の声が混ざる。フリッツは目を閉じ、その風貌を頭に描こうとしたが、思い出せたのは暗い瞳の印象だけだった。

——一億玉砕を叫ぶ裏で、終戦工作も密かに進められてはいる。だが現状では、連合軍は無条件降伏以外の選択肢を我々に与えないだろう。それを覆《くつがえ》し、少しでも有利な終戦を日本に迎えさせるためには、ローレライをもって帝国海軍の底力を米国に示すしかない。これは一時的な勝利を期待するものではなく、その先の未来……日本という国家の未来を左右する作戦であることを、肝《きも》に銘じておいてもらいたい。

むしろ、浅倉の弁を真摯《しんし》に受け止め、直立不動の姿勢を終始崩さなかった絹見真一という男の顔の方が、より鮮明に脳裏に焼きついている。それなり以上に物覚えがよく、冷静な視点と広範な知識を併せ持つ一方で、無条件にこの国の軍人でもある男。あの後、彼が艦長を務めることになる潜水艦と、ローレライ——ＰｓＭＢ１に関して最低限の説明を行ったフリッツは、絹見の印象をそう分析していた。

その潜水艦の出自より、日本海軍の備品で整備は可能なのか、いつ出撃の目途《めど》が立つのかを気にし、ＰｓＭＢ１に関しても、その兵器的特性より回収作業に必要な情報——どの程度の大きさか、何メートルの海底に沈んでいるのか——を優先して訊いてくる。任務の遂行に必要なことさえわかれば、あとは実行あるのみ。軍人の鑑《かがみ》とでも呼ぶべき実直さと怜悧《れいり》さは、フリッツにしてみれば鼻につくところではあったが、《海の幽霊《ゼーガイスト》》の新艦長としては合格の部類に入ると思っていた。もっとも〝優秀な軍人〟が優秀であるのは、属する国家が健在である期間に限られるから、先はどうなるかわかったものではないが。

ともあれ、浅倉が吟味《ぎんみ》を重ねて選び出した新艦長との接見を終え、日没とともに江田島を離れたフリッツは、いまは第三陣の新乗組員を運ぶ浚渫船に便乗している。柱島に入港して以来、ひたすら艦の修理と整備に明け暮れた身に、江田島行きはこの国の風物に触れる最初で最後の機会だったが、残った印象は静まり返った兵学校の校舎や灯の消えた家々、肌に絡みつく湿気とやかましい蟬の声くらいで、お世辞にも充実した時間だったとは言えない。子供の歓声も若者の声も聞こえず、老人のため息のみが支配する風景に、祖母が寝物語に聞かせてくれた、四季に恵まれた豊かな国の姿はなかった。

陥落《かんらく》直前のベルリンも、あるいはこんなふうだったのかもしれない。全世界があまねく発狂しているいま、どこに行っても結局は同じ。血の記憶が聞いて呆れると自嘲しつつ、フリッツは甲板にうずくまる男たちに目を走らせた。海底に溜まる土砂を取り除き、港湾施設の深度を一定に保つのが役目の浚渫船は、全長二十メートルあまりの船体そのものが泥桶のようなもので、操船台を除けば人の入れる空間はほとんどない。二十六名もの新乗組員たちが船内に収まるはずもなく、彼らは吹きさらしの狭い甲板で肩を寄せあい、寡黙《かもく》な顔を月明かりに浮かび上がらせていた。

第一陣、第二陣がそうだったように、この第三陣の新乗組員たちも玉石混交。自分と同年代の者から、明らかに一線を退いたと思える者まで、それぞれ国民服や労務者風の出で立ちに身を包んだ男たちは、海軍軍人というより日雇い労働者の集団に見える。自分たちがどこに配属されるのか、これからどんな任務に就くのか、まだろくに知らされていない男たちの顔は一様にこわ張っており、一週間前、難民さながらの体たらくで艦を離れていったカール・ヤニングスたちの顔をフリッツに思い出させた。

艦の引き渡しに関する雑務を慌ただしく終えるや、迎えにきた軍令部員の指示に従い、逃げるように柱島を後にした《UF4》の乗員たち。ドイツ国籍を捨て、これまでの人生も捨ててとりあえずの自由を手にした彼らは、おそらくは第三国への出国を希望するのだろうが、それが叶うかどうかは日本側の対応ひとつにかかっている。少なくともいますぐ国外に出るのは難しい。しばらくは在留外国人として、日本国内に留まることになるのだろう。

属する国家を失った軍人は、その優秀さに比例して凋落《ちょうらく》の度合いもひどくなる。保証期間の切れた〝優秀な軍人〟であるヤニングスらを見送った時、あらゆる主義、あらゆる国家に馴染めなかった身が感じたことと言えば、その程度のものだった。この三年あまり、狭い艦内で角《つの》を突き合わせ、ネジやボルトのごとく、彼らが少しずつ錆び、緩み、しまいには壊れてゆくさまを目撃してきたわけだが、それはまさに艦を構成する部品として見ていたのであって、個人的な感想を持ったことは一度もない。支払うべき負債を踏み倒して逃げおおせた彼らが、真実の自由を手にするのか、みじめにのたれ死んでゆくのか。どちらの運命をたどろうと興味はなく、日本国内にはドイツを逃れてきたユダヤ人も少なからずいる、と言っていた浅倉の言葉だけを思い出したフリッツは、その言葉の皮肉にいまさら気づいて小さく苦笑した。在日ユダヤのコミュニティに紛れ込み、第三国への出国を待つ元ナチスドイツの軍人たち。冗談にしても気が利きすぎている……。

ふと視線を感じ、フリッツは顔を上げた。荷物を抱えてじっと甲板にうずくまる男たちの中、丸眼鏡をかけた四十がらみの男がこちらを注視しているのが見えた。目が合うと、なんの腹蔵《ふくぞう》もない顔が満面の笑みになり、話好きの口が躊躇なく声をかける時の形になる。またかと内心に毒づいたフリッツは、急いで苦笑を消し、黒い海に目のやり場を求めた。

時岡纏《ときおかまとい》軍医大尉。軍医長として艦に乗り組むことになる彼は、もともと軍属ではないらしく、東京の医大に勤務していたところを召集されたのだという。聞いてもいないのに自分の来歴をさんざん話した挙句《あげく》、「ドイツではそういう髪型が流行なんですかな？」「日本語はどこで習ったんですかな？」「潜水艦に乗るのは初めてですが、窓がひとつもないなんて息苦しいもんでしょうなあ」などと長閑な質問をくり返して、黙るということを知らない。最初は適当に相手をしていたフリッツも、一時間も続くといい加減辟易《へきえき》してきて、答えるのをやめにしていた。時岡はしぶしぶ黙ったものの、少しでも目を合わせれば、また話しかけてくるのではないかという緊張感はそのままだった。

　時岡ほど能天気でなくとも、新乗組員は多かれ少なかれフリッツに好奇の目を向け、中には敵意に近い目をちらちらと送ってくる者もいる。長髪が気に入らないのか、ナチス親衛隊《SS》の制服が癇《かん》に障るのか、もしくはこちらが抱く敵意と侮蔑を感じ取っているからか。そんなことをぼんやりと考え、なるほど、ナチス式の洗脳教育も伊達ではなかった、おれも一端《いっぱし》の人種差別主義者になっているようだと、これもぼんやりと結論したフリッツは、不意に足もとの甲板が沈み込むような心もとなさを感じた。

　体を流れる四分の三の血に存在を否定され、残る四分の一の血の只中に身を置いてみれば、そこにも同化できないと思い知らされる。はなからその気はないとはいえ、広大な世界のどこにも身の置き場がないと確認するのは、やはり楽しいことではない。自分と同じ肌の色を持つ男たちに背を向け、フリッツはこれから自分がなすべきことに思考を巡らせた。

　あれから一週間と一日。〝時間切れ〟になるまであと三日……ぎりぎり見積もっても四日というところだろう。なんとか回収に成功したとしても、そこから先は不確定な要素があまりにも多く、現段階では具体的な行動計画は立てようがなかったが、それは別に初めての経験ではなかった。

どれほど周到に計画を立てても、いざ始めれば克服しなければならない問題は山と出てくる。これまでもそうして次々に発生する問題に対処し、なんとか生き延びてきた。今度もきっとうまくいく。目的さえはっきり設定されていれば、問題の突破口は必ずどこかに見出せるものだ。内心に呟き、いたずらに焦る胸をなだめてから、フリッツは正面に視線を据えた。小柱島の影を抜けると、柱島の沿岸で瞬く白い光点が見えるようになり、《ゼーガイスト》──《UF4》の修理が夜を徹して続けられていることをフリッツに教えた。

錨泊《びょうはく》に適した深度と底質、広島湾の入口という位置関係から泊地に使われているだけで、柱島自体に大規模な軍施設があるわけではない。中型以下の艦艇が横付けできる桟橋《さんばし》が数本と、備品用の倉庫が月明かりに照らされるばかりの港は、遠目に見た時の印象と変わらないうらぶれようだった。

第三陣の新乗組員を迎え入れるべく、桟橋で待ち構えていた小松秀彦《こまつひでひこ》少尉らに後を任せて、フリッツは舫《もや》い作業が終わらないうちに浚渫船を降りた。海軍兵学校を卒業してようやく二年、潜水学校を卒業してからはまだ二ヵ月も経っていないという小松は、艦内の風紀係とも言うべき甲板士官を任じられた新米士官だ。

備品の整理がなっていないと言っては担当の兵曹を呼びつけて雷を落とし、整備兵が鼻唄でも歌おうものなら容赦なく鉄拳を浴びせかける。興がのってくると「かしこくも天皇陛下におかれては……」と、この任務がいかに重大で尊いものであるかをこんこんと説く始末で、作業の遅滞を招いたのも一度や二度ではない。「かしこくも」の枕詞《まくらことば》を聞いた途端、薬物反応のように直立不動になり、顎を引いて傾聴する兵たちの様子と併せて、この国の洗脳教育にもそれなりの効果があると実証している男だが、フリッツから見れば無能の一語で片付けられる軍人でしかなかった。

神経質そうな瓜実顔《うりざねがお》に不審の念を露にしつつ、桟橋に降り立った元ナチス親衛隊員に形ばかりの敬礼をした小松に、こちらも同じくらい空虚な敬礼を返したフリッツは、足早に《ＵＦ４》の繋留《けいりゅう》されているバースへ向かった。

入港時に待機していた第一陣、その二日後に到着した第二陣を合わせた四十二名に、この第三陣を足して六十四名。明日到着する予定の最終第四陣で、ようやく八十八名の新乗組員が全員そろうことになる。三直交替で人員を回すには百名は欲しいところだが、そこは人手不足の日本海軍のこと、ないものねだりをしても始まらないとフリッツはあきらめていた。《ＵＦ４》の引き渡しを打診して二ヵ月と少し、短期間にこれだけの人員をかき集め、まがりなりにも修理と補給の態勢を整えられたのだから、むしろ感心すべきという思いもないではなかった。

　海岸に突き出た巨大な切り出し石、といった風情の貧弱なバースに横づけにされ、潮に汚れた暗灰色の船体を夜空にさらす《UF4》は、キール軍港の潜水艦繋留設備《ブンカー》に身を休めていた時と違って、ひどく心もとなさそうに見えた。上甲板の大部分はカモフラージュ用の天幕で覆われ、艦橋構造部に設置された二基の対空機銃、潜水艦の備砲としては桁外《けたはず》れに大きい二門の砲身も隠されてはいるものの、気休めになるとすら思えない。この一週間、一瞬たりとも休まずに響き渡っている鉄を打つ音、クレーンの稼働音や作業員の喧噪はともかく、全長百十メートルの船体に二十数人もの整備兵や工作兵が群がり、間断なく高温切断器の焔《ほのお》を閃《ひらめ》かせているのだ。見張り員が居眠りでもしていない限り、高々度飛行中の偵察機からでも容易に発見することができる。頭隠して尻隠さず、とは祖母に習ったこの国の諺《ことわざ》のひとつだが、そのへんの危機感の希薄さというか、どこか一本抜けたところは、人員や物資の窮乏とは関係なく、この国が歴史的に培ってきた国民性の問題で、やはりあきらめるしかないものとフリッツは認識していた。

　四方を海に守られ、他国と接する国境線もなく、大規模な侵略を受けた経験もない。〝他国〟〝他民族〟という言葉が持つ本当の意味から隔離されてきた国民は、人の立ち入らない入り江に棲《す》む魚と同じで、ある日突然、銛《もり》に突き刺されて血を流す時まで、他者との間に横たわる断絶の深さ、不可知の恐怖を想像できないのだろう。停泊中の潜水艦を空襲から守るべく、分厚いコンクリートで天蓋《てんがい》を覆ったブンカーを造るという発想は、他国に蹂躙《じゅうりん》される痛みを知らない者たちには最初から持ちようがなかったに違いない。

国境と民族の軋轢《あつれき》に絶えずさらされ続けた結果、他者はどこまでいっても他者と断定するようになった大陸諸国の感性も、自らの優位性を保障する究極的な手段として、優生学という愚かな学問を利用した国家の思考回路も、日本人は永遠に理解することはない。その行き着く先にある真実の狂気——〝種の完全統一〟を目論んだ科学者たちの腐った頭も、この島国の住人たちにとっては無縁の事柄でしかなく……。

鋭い笛の音が発し、フリッツは遊離しかけた意識を現実に引き戻した。「控《ひか》え索《さく》、離せ！」の号令が続いて響き渡ると、バースに架設された荷物揚げ降ろし用のクレーンが唸りを上げ、《ＵＦ４》の隣に横づけされた物体をゆっくり引き上げてゆく。そこだけ独立構造になっている艦尾旋回式魚雷発射管ごしに、魚雷にしては大きすぎる円筒形の物体が姿を現し、フリッツは不意に胸苦しい感覚にとらわれた。

全長十七メートル強、直径一・三メートルの円筒は、一方の先端が円錐《えんすい》状に尖っており、もう一方には二枚の縦舵とプロペラが備わっている。左右に生えた長さ一メートルの横舵は、船体の比率からするとひどく大きく、潜望鏡を備えたセイルが上方に盛り上がっていなければ、ロケットの類いではないかという印象さえ与える。これが噂の特殊潜航艇《海龍》か。クレーンに持ち上げられ、海水を滴《したた》らせつつ《ＵＦ４》の後部甲板上に移動したその船体を、フリッツはしばらく黙って見つめ続けた。後部甲板上に待機する整備兵曹が艇に巻きついた索を取り、「もうちょい右！　よし、そこだ」とがなる声を聞いて、ようやくそちらに近づくつもりになった。

　船体の左右に一発限りの魚雷発射管を外装した《海龍》は、姿形こそ敗戦間際にドイツで量産された小型潜航艇《ミゼットサブ》、《ゼーフント》や《ヘヒト》に似ているものの、その運用思想は大きく異なる。大型艦より建造や保守の手間がかからず、低コストで量産が効くという開発の発想は同じだが、乗員の帰還を前提とするドイツのミゼットサブに対して、《海龍》を始めとする日本の特殊潜航艇は、最終的にはそれ自体が魚雷になるよう想定されている。いわゆる特攻兵器と呼称される潜航艇で、いま目の前にある《海龍》も、円錐状の艇首に炸薬《さくやく》が装塡されているのかもしれなかったが、フリッツに胸苦しさを味わわせるのはそれとは別の事柄だった。

　本当なら《ナーバル》が収まるべき場所に、日本の特攻兵器が収まろうとしている。幼稚でバカげた妄想だと自覚しながらも、自分と「彼女」だけの聖域が汚されたような不快感は拭いがたく、フリッツは眉間に微かな皺を寄せた。

　クレーンに吊り下げられ、慎重に後部甲板の固縛装置上に置かれた《海龍》のセイルには、後から設置したとわかる探照燈が取りつけられており、船体側面にはやはり溶接の跡も生々しい把手《とって》、給気ケーブル用の接続口がついている。回収作戦用に急きょ改造されたのだとわかったフリッツは、確実に前進はしている事態に一応の納得をして、多少冷静になった目で《海龍》の固定作業を眺めた。

ドイツ本国でも不可能だったＰｓＭＢ１の量産を、この極東の島国が実現できるとも思えないが、少なくともその兵器としての価値に着目した日本海軍は、ＰｓＭＢ１の確保に本腰で乗り出してきた。ドイツ降伏後、帰る国を失った《ＵＦ４》を受け入れ、百名あまりの乗組員たちの身柄引き受けを了承して、日本にたどり着けるよう、なけなしの燃料と糧食を補給してもくれた。そして日本に到着する直前、《ＵＦ４》がよりにもよってＰｓＭＢ１を〝落っことして〟きたと知れば、即座に回収の算段を整えもしたのだ。

その回収作戦に《ＵＦ４》自らを当たらせるのが、窮乏極まった軍の台所事情によるものか、「自分の失敗は自分で贖《あがな》え」というお国柄なのかは定かでないが、ＰｓＭＢ１担当技術士官として、引き続き《ＵＦ４》への乗務を認められたのだから、よしとしなければならない。せいぜい利用させてもらうさと内心に呟き、両の拳を軽く握りしめた瞬間、「フリッツ少尉！」とすぐ近くで声が弾けた。振り向いた先に、バースの上に立つ高須《たかす》成美《なるみ》大尉の姿を認めたフリッツは、内心の不快を押し隠して敬礼をした。

姓が名より先にくる日本人の先入観がそうさせたのか、エブナーではなく、フリッツと呼ばれるのが通例になってしまったのは、ＰｓＭＢ１をローレライと呼ぶことと併せて、現在の《ＵＦ４》に根づいている好ましからざる風潮だった。いちいち訂正するのも億劫なのでそのままにしているが、なれなれしい感じには抵抗を抱き続けている。憮然の表情を崩さずに近づくと、高須はよっと言わんばかりにもういちど手をかざして、フリッツの神経をさらに逆なでした。

先任将校、すなわち副長の地位を任ぜられている高須は、優男《やさおとこ》の顔貌に張りつけた微笑でフリッツの不満顔を受け流し、《海龍》の固縛作業に目を戻した。日本軍人らしからぬ洒脱《しゃだつ》な印象の男で、人受けがよく、艦長よりひと足早い着任を無駄にはせずに、寄せ集めの乗員たちのまとめ役をこなしている。「艦長を父親、副長を母親と思え」とは、どこの国の潜水艦でも言われることだが、額面通りにその言葉を解釈するなら、高須はまさに副長になるために生まれてきたような男だった。

他の乗員と分《わ》け隔《へだ》てなく接してくれるという点では、フリッツにとっても悪い相手ではないのだが、別に親睦を深めるためにここで面《つら》を突き合わせているわけでもない。フリッツは黙して高須の言葉を待った。《海龍》の船体に取りつき、固縛装置の鉄輪をいじっている整備兵曹に「どうだ⁉」と呼びかけた高須は、「ダメです、やっぱり動きません！」と返ってきた声に手を上げて応じてから、おもむろにフリッツに振り返った。

「交通筒の規格は一緒なんだが、船体の大きさが違うんでな。拘束具の嚙み合わせがうまくいかなくてまいってる。固縛装置の手引書を見ると、拘束具の可動範囲を変更できるようなんだが……。いかんせん、ドイツ語で書かれてるんでな」

固縛装置は《ナーバル》の大きさに合わせて設定されているから、二回りは小さい《海龍》と規格が合わないのは当然だった。訳せ、と言外に伝えた高須の意思を汲み取《く》《と》ったフリッツは、「わかった。見てみます」と応じてその場を離れた。魚雷発射管から機関、果ては便所に至るまで、ドイツ語で表記された器具の文字を日本語に訳し、艦内各所に訳語を記した紙を貼りつけるのは、フリッツの仕事になっている。「フリッツ少尉が見てくれる！ 手引書を用意しとけ」と整備兵曹に怒鳴る高須の声を背に、フリッツは艦とバースを繋ぐ係船《けいせん》桁《けた》に足をかけた。

「空襲が始まれば、出撃はさらに早まるかもしれん。少尉の指示に従って、作業は正確かつ迅速にな」

「そんな……！ まだ水密試験もろくに済んでないんです。これ以上の時間短縮なんて冗談じゃありません」

「冗談で戦争ができるか！ 無理でもやるんだ。出撃もせんうちに沈められたんじゃ、《伊507》に申しわけが立たんだろうが」

《伊507》という一語が脳に引っかかり、フリッツは思わず足を止めた。すっかり忘れていた言葉の違和感を噛み締めると同時に、「少尉」と声をかけた高須が、含んだ目をこちらに向けてきた。

「どうだった、艦長との接見は」

「ああ……。優秀な艦長のようです。ドイツ語も多少はわかるらしいので助かりました」

回収後に取るべき行動を思えば、ドイツ語を解する者が艦内にいるのはあまりありがたくないのだが、フリッツはそう返しておいた。不眠不休の一週間を顎の無精髭に忍ばせ、「そうか」と素直に応じた高須は、「いよいよだな」と続けて、上甲板の中央に盛り上がる艦橋構造部の方に視線を移した。

係船桁に足をかけたまま、フリッツも楕円《だえん》の柱になって聳える艦橋を見上げた。高さ十メートルほどの艦橋には梯子《はしご》がかけられ、ペンキ缶を持った整備兵がそこを下っているところだった。梯子の上に残った兵が「剝がすぞ！」と大声を出し、艦橋の脇に貼ってあった塗粧《とそう》用の型枠紙が勢いよく剝がされる。長方形の黒地に「イ５０７」と記された白ペンキの文字が露になり、艦橋付近でわき起こった小さな歓声と拍手が、作業の喧噪に混じってひそやかに響き渡った。

戦利潜水艦――降伏した他国の海軍から接収した潜水艦――の艦名は、伊五百番台で統一され、現在、日本海軍には《伊５０１》から、《伊５０６》までの六隻の戦利潜水艦が艦籍に編入されているのだという。すべてシンガポールやジャカルタに在泊していたドイツ海軍のＵボートで、降伏後、自動的に枢軸国《すうじくこく》である日本海軍に接収された。その経緯に準《なぞら》えれば、ドイツから日本に艦籍を移し、七番目の戦利潜水艦となった《ＵＦ４》が《伊５０７》と改名されたのは当然のなりゆきだったが、四年あまり寝食を共にし、〝家〟同然になっていた艦の名前が変わるというのは、さっぱりするような、なにかしら心もとないような、複雑な気分ではあった。

とにかく、これで名実ともに日帝海軍の艦艇になった《ゼーガイスト》を見渡し、《UF4》と呼ばれた頃にこの艦が浴びてきた血飛沫《ちしぶき》、重油の量を思い描いたフリッツは、ついでにその中で自分が味わった刻苦の数々も呼び出して、まとめて頭から追い払った。その時、その場所に合わせて刻々と名前を変え、変転の道をたどってきた潜水艦。おれたちには似合いの艦だと思い、止めていた足を動かした。

「出世魚って言葉、知ってるか?」

高須の言葉が振りかけられ、フリッツは再び足を止めた。この国で生まれ育った祖母の影響で、ほぼ完璧に日本語は理解できているつもりでも、諺《ことわざ》や熟語となるとまだまだわからない言葉もある。フリッツは首を横に振った。

「成長するに従って呼び名の変わる魚のことだ。ワカシ、イナダ、ワラサ、ブリってな。当然、大きくなった方が値が張るようになるし、脂がのって美味《うま》くもなる。こいつも同じだと思わんか? 《シュルクーフ》から始まって、《ゼーガイスト》こと《UF4》、それに《伊507》だ」

言葉の意味はわかっても、そんな話題を持ちかけてきた高須の意図はわからず、フリッツは無言を返した。高須はなぜだか苦笑し、「笑えよ」と腰に両手を当てた。

「脂ののった戦いぶりを見せてやるって言ってんだ」

清々とした笑みが、白い開襟《かいきん》シャツの略装をスマートに見せていた。どういうわけか、《伊507》に集められた乗組員にはこの種の能天気な手合いが多い。微妙に調子を狂わされた頭で、フリッツは「ああ……」と歯切れ悪く頷いた。

「期待しています」

なんであれ、おれに関係のあることではない。フリッツは今度こそ係船桁をひと息に渡りきった。

※

ひと晩かかって多少は冷やされた空気が、朝露になって葉を濡らす頃だった。遠くから聞こえてくる車のエンジン音に、征人は浅い眠りから引き戻された。

朝露で湿った道をじりじりと這うタイヤの音、切り替えられたギアの音が早朝の静寂を破り、次第に速度を落として近づいてくる車の気配を伝える。咄嗟に懐中時計を取り出し、午前五時半の時間を確かめた征人は、顔に張りついた朝露を拭って周囲を見回した。天井に近い明かり取りから夜明けを告げる光が差し込み、眠りに落ちる前は闇一色だった薪小屋をぼんやり浮かび上がらせている。交代で睡眠を取ろうと言い出して五時間あまり、二度目の当直についているはずの清永を振り返ると、まるい背中は征人に寄りかかったまま、目を覚ます気配もなかった。

肘でつっつき、「おい、起きろよ」と呼びかけても反応はない。その間に車の音が間近に迫り、征人は仕方なく清永を放って立ち上がった。支えを失って頭を床にぶつけ、「アテッ」と呻《うめ》いた清永の声を背に、仮の宿に使わせてもらった薪小屋から外に飛び出した。

海が近いせいか、朝の空気は思ったより冷たかった。線路沿いに生える柵代わりの藪《やぶ》を踏み越え、駅舎の方に向かった征人は、線路と並走する一本道の上に二台のトラックを見つけて、急いで薪小屋に引き返した。寝ぼけ眼《まなこ》ながらも、すでに荷物をまとめ終えていた清永から自分の雑嚢を受け取り、慌てて駅舎の前に戻った。

車体のあちこちを泥で汚した、軍用ですらない大型トラックが徐々に近づいてくる。呉の二つ手前の駅、吉浦で下車したのが昨夜の十一時。事前の指示に従って駅舎周辺で待ちの態勢に入ったものの、密行任務とあっては待合室に居座るわけにもいかず、藪蚊《やぶか》に追い立てられ、駅の薪小屋で浅い眠りを貪《むさぼ》った征人たちにしてみれば、少々頼りないと思える迎えの姿だった。「あれか？」と言う清永に、「多分……」と応じて、征人は踏み固めた畦道《あぜみち》を走るトラックを見つめた。線路の反対側は一面の田圃《たんぼ》で、電線の上に数羽のスズメがいる以外、動くものはなかった。

先頭のトラックが目の前まで近づき、征人は道端に一歩あとずさった。運転席に座る三十がらみの男と目が合ったが、それだけで、トラックは減速もせずに走り去ってしまった。排気ガスの残り香の中、拍子抜けした顔を清永と見合わせた征人は、二台目のトラックがいきなりブレーキを軋ませる音を聞いて、意味もなくひやりとした。

ハンドルを握る痩せぎすの男が、ろくに目も合わさずに片手を突き出し、親指でぐいとうしろを指す。国民服を着ていても、その物腰に漂う特殊な緊張感は疑いようがなく、征人は小さく会釈をして幌《ほろ》のかかった荷台に向かった。幌をめくる音、ざっと土を踏む音がエンジンの震動に混ざり、ずんぐりした男が荷台の陰から姿を現したのは、その時だった。

薄汚れたシャツに紺のはっぴを羽織り、片手を腹巻にかけている。ごま塩頭に捩りはち巻きまで巻いている姿は、建築屋の棟梁《とうりょう》そのものと見えたが、肉厚の顔に埋め込まれた目の鋭さは尋常ではなかった。殺気を孕《はら》んだ目に頭からつま先までを睨みつけられ、征人と清永は期せずして同時に立ち止まった。

「折笠と清永だな?」

野太い、しかし押し殺した声が男の口から発し、反射的に踵を合わせそうになった征人は、敬礼も報告も略すること、という命令の一文を思い出して危うく踏みとどまった。

「……はい」と頷くと、「はっ！　清永……であります」と、思い出すのが少々遅れたらしい清永の声が後に続き、ぎろと動いた男の目が鋭さを増した。

人を殺した目だ。無条件に直観した体が硬直して、征人は太い眉の下で光る男の双眸《そうぼう》を正面から覗き込む羽目になった。清水が凍りつく気配が背中に伝わり、なんの理屈もなく、この場で殺されるのではないかという恐怖が全身を走ったが、それも男が視線を逸らすと解消した。「乗れ」と荷台を顎でしゃくった男の右頬に、火傷《やけど》とも刀傷ともつかない傷痕を見つけた征人は、一も二もなく男の脇をすり抜けた。

荷台に上がると、ずらりと並んだゲートルや長靴の足が左右に見え、ついで十数人の視線が一斉に突き刺さってきた。国民服を着た三十代半ばの男、工事現場から抜け出てきた風情の地下足袋《じかたび》の中年男、ボタンの取れたシャツの胸元を掻いている二十代前半の男。年齢も服装もばらばらな男たちの視線が一様に値踏みする光を孕み、新入り二人の全身を隈《くま》なく精査する。どう反応していいのかわからず、砂埃《すなぼこり》の溜まった床に手をついて立ち上がった征人は、「あ、あの、お邪魔します」と、とにかく頭を下げた。

我ながらマヌケな挨拶だと思う間に、男たちは興味を失ったように目を逸らし、それぞれ寡黙な顔をうつむけていった。ただ右奥に座る四十がらみの作業着姿の男だけが、くたびれた帽子の鍔ごしにじっとこちらを見つめ続けており、征人もやり場のない視線をつかの間そちらに求めた。

疲労に一抹の緊張を宿し、なにかを噛み殺した顔をうつむける男たちの中で、その男は泰然と、どこか投げやりとも思える目を征人に向けていた。軍人精神を説く教班長らの血走った目でもなければ、はっぴを羽織った男の殺気立った目でもない。期待も不安もなく、受光した対象物を淡々と受け止める目。居心地の悪さなどとうの昔に払拭《ふっしょく》して、ただそこにあり続ける無造作な目だった。ざわざわと胸が騒ぎ、男の目をもっとよく見ようとした刹那、清永に続いて荷台に上がってきたはっぴの男が幌を閉ざし、急に訪れた闇が征人の視界を覆った。

誰かの拳が運転席を叩いたのを合図に、トラックは急発進した。体勢を崩したところを、すぐ背後に立っていた清永に危うく支えられた征人は、「ここ、座れ」とかけられた声の方に振り向いた。やはり四十がらみと見える地下足袋の男が席をつめ、長椅子の表面をぽんぽんと叩いていた。痩せてはいるが、骨太な印象を与えるその男に頭を下げて、征人は清永と並んで左側の長椅子のいちばん端に収まった。暗闇に目が慣れた頃を見計らい、右奥に陣取る作業着の男をもういちど窺ってみたが、彼はもう目を合わそうとはせず、組んだ手のひらに顎をのせて、風を孕んではためく幌をどうでもいいというふうに眺めるばかりだった。

はっぴの男はずんぐりとした体を向かいの席の中央に収め、腕を組んで瞑目《めいもく》している。彼がこの集団の長らしいと納得して、征人は態度も体もでかい男に観察の目を注いだ。目を閉じると、馬鈴薯《ばれいしょ》を思わせるその横顔には愛敬がないこともなく、映画で観た『無法松の一生』の主人公の姿が自然に重なって見えた。

博打《ばくち》好きで喧嘩っ早い、だが根は純情な無法松と、正体不明の集団を率いる帝海軍人。思いのほかぴたりと重なった印象が可笑《おか》しく、清永にも教えてやりたかったが、しわぶきひとつ立てない男たちの様子を見れば、口を開くのはためらわれた。

車のエンジン音がいやに大きく足もとに響き、タイヤが石に乗り上げるたびに堅い長椅子が尻を打った。これからどこへ行き、なにをさせられるのか。この男たちはいったい何者なのか。静止した時間の重みが疑念と一緒に胃液を染み出させ、昨夜、清永と分け合った餡羊羹を入れたきりの腹を痛くさせたが、無法松に話しかける勇気を喚起するほどではなかった。清永も同じ思いらしく、「……なあ、本当にこれで間違いねえんだよな？」と小声で囁きかけてきたが、「誰もなにも喋るな」と目を閉じたまま言った無法松に遮られて、慌てて顔を正面に戻していた。

わかるもんか、と内心に言い返して、征人も無言の顔を正面に向けた。そもそも、なぜ転属させられたのかさえ皆目《かいもく》わからないのだ。この四月に大幅な組織改革が行われ、それまで連合艦隊を始めとする外戦部隊と、各鎮守府からなる内戦部隊とに分かれていた海軍の編制が、海軍総隊の指揮下に統合されたというが、横須賀鎮守府所属の水兵を呉鎮守府に異動させる、その余分な手間暇の説明がそれでつくとは思えない。管轄の垣根がある程度取り払われたといっても、いくらでも替えのきく水兵なら現地で調達するのが道理だ。なにかしらの特殊技能を見込まれたというならわかるが、《海龍》の扱いに長《た》けている清永はまだしも、自分が他人より飛び抜けていることといえば素潜りぐらい。それでなにがやれるというのか。海に潜って艦底の修理？　引き揚げ作業？　そんなもの、専門職の兵がいくらだっている……。

これまで意図的に無視してきたさまざまな疑問が押し寄せ、征人は膝上においた手のひらをきつく握りしめた。指先の痺《しび》れをごまかし、腹に力を入れるためだったが、あまり効果はなかった。と、横合いからのびてきた手に不意に手首をつかまれ、驚く間もなく裏に返されるや、小石大の黒い塊が手のひらの上に載せられた。ぎょっと隣を振り返った征人は、骨張った頬を微笑の形に緩めた男と目を合わせた。

「チョコレート。甘いぞ」

そう言った地下足袋の男は、足もとに置いた雑嚢からもうひと欠片《かけら》チョコレートを取り出し、清永にも手渡した。飴羊羹より二回りも大きい黒い塊は、戦争が始まってからはまったく見かけなくなった貴重品だった。先刻までの情けない顔が、見たこともない歓喜の表情になった清永を背に、征人は地下足袋の男の横顔を見、次いで無法松の様子を窺った。目を閉じていても、無法松は眠っているわけではない。宝石と等価の重みを手のひらに感じながらも、礼を言えずにまごまごしていると、先に地下足袋の男が「仲田《なかた》だ」と口を開いた。

「よろしくな」

小声で付け足し、仲田と名乗った男は顔を前に戻した。征人も「ありがとうございます。折笠です」と小声で返した。「ろうも、清永れふ」と続いた声は、すでにチョコレートを頬ばっている様子だった。

話せる相手が見つかった安堵に、つい言葉を重ねようとして、いつの間にか片目を開けていた無法松と目が合ってしまった。口を噤み、目を逸らした征人の隣で、仲田は涼しい顔で唇に指を当て、わかっていると言わんばかりに無法松に頷いてみせた。肉厚の顔を歪め、決まり悪そうに仲田から視線を外した無法松が、再び両方の瞼を閉じるのを征人は横目で確かめた。

無法松を最上級者と思い込んでいたこちらをよそに、もう少し複雑な事情がこの集団にはあるらしい。さらに膨らむ疑念をいったん脇によけて、征人はごつごつしたチョコレートをかじってみた。飴羊羹とは較べものにならない芳醇《ほうじゅん》な甘みが口の中に広がり、思わず涙腺が弛みそうになった。

草いきれは後方に過ぎ去り、沿岸地域特有の湿った空気が幌の隙間から嗅ぎ取れるようになった頃、二台のトラックは停車した。十五分ほど走った末に到着した先は、鉄とコンクリートに塗り固められた呉軍港の真っ只中だった。

呉鎮守府や海軍工廠、航空廠が集中するだけでなく、目と鼻の先にある江田島には海軍兵学校もある。帝国海軍の最重要拠点のひとつであり、《大和》を始めとする戦艦たちの母港でもあった呉は、同時に米軍の最重要攻撃目標のひとつにも数えられている。すでに数回の空襲を受けた港は、焼け焦げた鉄骨と瓦礫《がれき》が散乱する廃墟と化しており、征人と清永は、自らが所属する組織の中枢との初対面を、無残な破壊の光景の中で果たすことになった。

海軍工廠の衛門をくぐってすぐに停車したトラックを降り、一行は無法松の先導に従って工廠の奥へと向かった。最後の空襲があったのはひと月も前だというが、さまざまなものが焼け落ち、渾然一体となった火事場の悪臭は、いまも潮の香りより強く漂ってくる。屋根が落ちて芝居の書き割りのようになった工場棟の焦げた壁も、爆風で吹き飛ばされたトタンがからみつき、奇怪な芸術品めいた姿をさらす鉄塔も。広島市内で見た空襲跡とは規模の違う、徹底的な破壊の濁流に呑み込まれ、辛うじて形を留める建築物の残滓《ざんし》は、平衡感覚を狂わせる毒々しい瘴気《しょうき》を放っていた。征人はなるたけ周囲を見ないようにして足を動かした。

深夜の墓場を歩く足取りで、大柄を縮こまらせた清永が後に続く。無法松と仲田は気にする素振りもなく黙々と歩き、作業着の男に至っては、足もとに転がる瓦礫を蹴り飛ばしたりしながら歩いている。瘴気に耐性があるのか、神経がバカになっているのか。どちらにせよ、足手まといにだけはなりたくないという思いを唯一の力にして、征人も顔をまっすぐ前に向けて歩いた。新兵の気負いをよそに、男たちはおよそ軍隊らしからぬばらばらな足並みで歩き続け、工廠を抜けた先にある桟橋を目指した。

港が近づくにつれ、湿気と潮の香りが勢いを増し、造船用の乾《かん》ドックを囲む鉄骨の林が目立つようになった。かつては大型艦艇の建造と補修に使われていた乾ドックも、いまは長さ二百メートル、幅五十メートルは下らない広大な空間を持て余している。それほど破壊された様子のないドックのひとつを覗き込むと、十数メートル掘り下げられた床面に、無数の特殊潜航艇がずらりと並んでいるのが征人の目に入った。

《蛟龍》型や《甲標的》型。ドックの端から端まで隙間なく並べられた特殊潜航艇は、数えてみると十五隻の列が六列もあった。整備する者も乗り手もなく、鈍色《にびいろ》の船体に黙然と朝日を反射させる潜航艇の群れは、格納されているというより野ざらしになっているという方が正しく、魚の死骸を征人に連想させた。隣に並んでドックを見下ろし、「魚市場みてえだな」と冗談めかした清永の目は、笑っていなかった。あのうちのひとつに乗り、遠からず特攻しなければならない身に、その光景はあまりにも貧しく、惨めでありすぎた。

ドックを抜ける頃には、太陽も真夏本来の力を遺憾《いかん》なく発揮し始めた。晴天下に広がる呉港の海は、場違いな青さを湛えて征人たちを迎えた。停泊する艦艇の姿がほとんど見当たらず、閑散としているのも海の青さを引き立たせる一因だった。戦艦《榛名《はるな》》だけが、全長二百二十メートルの巨体を真正面の桟橋《さんばし》に舫っていたが、それにしても偽装網が施され、対空砲台としてその場に固定されたものと知れた。

黒光りする巨大な艦橋構造部は、真横から見ると両腕のない人の上半身に見えないこともなく、征人はふと、昨日広島で出会った芸者の姿勢のよい立ち姿を思い出した。無骨極まりない戦艦の艦橋に、おケイのふっくらした横顔を重ねるのは失礼な気もしたが、マストや機銃の複雑な凹凸が醸し出す陰影は、どこかで女の造作に通底する、無条件に男を扇情《せんじょう》するなにものかではあった。作業着の男が、例の遠い眼差しで《榛名》を見つめるのを横目に、征人は仲田の後について港の端にある桟橋に向かった。潜水艦はまだ何杯か残っていると聞いたが、出払った後なのか、空襲を警戒して海底に沈座しているのか、見える範囲にその姿はなかった。

　途中ですれ違った何人かの士官や水兵は、一行を港湾労働者とでも思い込んでいるらしく、ろくに顔を合わせもしなかった。「ご苦労さんです」と頭を下げる無法松も、各個に会釈する男たちも、それを平然と受け流して敬礼の素振りも見せない。密行任務にしても、軍施設の中に入ってまで民間人を装い続ける理由の見当がつかず、征人は次第に足が重たくなるのを感じた。これでいいのか？　と訴える不安と疑念は歩くたびに膨らみ、目的の桟橋に舫ってあった船を目にするに至って、いよいよ抑えようのないものになった。

　なんの変哲もない浚渫船が、曳船や小型の油槽船に混じって桟橋に横づけされている。振り向きもせずに乗り込んだ無法松に続いて、年齢も服装もまちまちな男たちがぞろぞろ係船桁を渡ってゆく姿は、現場に向かう労務者集団以外のなにものでもなかった。「おい、やっぱり違うんじゃねえか、これ」と清永が情けない声を出すのを聞きながら、征人もさすがに立ち止まって仲田に助けを求めた。「あの……」と声をかけようとしたものの、うしろからきた別の男に「ぐずぐずするな」と頭を小突かれ、仲田も無言で浚渫船に乗り込んでしまえば、後に従うしかなくなった。

全員が乗船したところで係船桁が外され、舫いも解かれて、浚渫船は一段と強まった蒸気機関の音とともに桟橋を離れた。操船台にいる船長を除けば船員は二人しかおらず、出港に伴う雑事は全員が分担して行わなければならなかった。征人と清永には、予備補習生時代から嫌というほど教え込まれた、舫い綱の仕舞い方が割り当てられた。しばらくはひたすら作業に没頭する時間が続き、その間に浚渫船は凪いだ海面を割って湾内に乗り出していった。作業を終えて後方を振り返った時には、同じ桟橋に横づけする曳船が小指の先ほどの大きさに見えた。

二十数人が一時に乗り込めば、浚渫用機械が船体の大部分を占める船に居場所はほとんどなく、甲板に雑然とたむろする一同の末席につき、最年少の身を小さくするのが征人と清永の次の仕事になった。無法松は出航と同時に操船台に行ったきり戻ってこず、仲田は額に手をかざして照りつける太陽に目を細めている。早々に自分の居場所を確保した作業着の男は、幌に覆われた船尾の浚渫機械の脇にあぐらをかき、なにごとにも無関心といった顔を沖合いに向けていた。

無法松は日雇い仕事の手配師で、仲田と作業着の男は馴染みの労務者。明るい陽光の下で見ると、男たちの誰も彼もが生活に疲れきった労務者としか思えず、征人は穏やかな海面にのびる白い航跡に目のやり場を求めた。唯一の安心材料は、無法松は間違いなく自分たちの名前を知っていたということだが、陸地がいよいよ遠ざかり、港の後方に横たわる休山の全景が見えてくるにつれ、そんな気休めも効力を失ってきた。

「おれら、もしかして人買いに売られちゃったのかなあ。海軍の台所を助けるためにさ……」

もはや考えるのをやめたのか、清永があきらめきった声を出す。ぞっとしながらも、「バカ言え……！」と返した征人は、「みんな聞け！」と出し抜けに轟《とどろ》いた大声に思わず首をすくめた。

いつの間にか操船台から戻ってきた無法松が、掘削《くっさく》用クレーンの柱を背に一同を見下ろしていた。最初に見た時と同じ、生々しい殺気がその目に宿るのを感じ取り、征人は無意識に姿勢を正した。

「自分は田口徳太郎《たぐちとくたろう》兵曹長だ。この中には将校もおられるが、この第四陣の引率は小官に一任されている。現地に到着するまでの間は、引き続き自分を指揮官と思ってもらいたい」

互いに半開きになった口を清永と向け合った後、征人は手配師から一転、歴戦の兵曹長になった無法松を見た。何人かは動揺の気配を見せたが、何人かは先刻承知といった風情で、田口という名前を明かした無法松の顔を注目している。仲田と、作業着の男は後者の方だった。

田口と仲田との間にあった無言の交感、微妙な力関係を窺わせたやりとりを思い出し、おそらくは将校であるのだろう仲田の横顔を盗み見た征人は、にやと笑い、こちらを振り返った仲田と目を合わせて、顔が紅潮するのを自覚した。不安を見透かされていた恥ずかしさを内側に押し込め、呆けきった表情をなんとか引き締めてから、口を閉じて田口に注目し直した。

「我々はこれより柱島に赴き、同地に在泊中の戦利潜水艦《伊５０７》に乗務。以後、軍令部直属の独立戦隊として同艦艦長の指揮下に入り、特別任務に就く。なお本作戦は極秘を要することであるから、出撃後は友軍との交渉も最低限に控え、隠密行動を第一としなければならない。諸君らに軍装の着用を禁じたのもそのためだ。我々の行動内容と所属は、帝国海軍の中でもほんのひと握りの人間しか知らない。諸君らの所属原隊にさえ、現在の諸君らの所在は伝えられていない。そのことを肝に銘じ、柱島に着いた後は同地で作業中の造船技師、整備兵らとの接触は極力避けること。任務内容の詳細は《伊５０７》に乗艦後、艦長からあらためて……」

低く、重いサイレンの音色が風に乗って届き、どすの利いた田口の声を遮った。雪崩《なだれ》のように流れ込んでくる情報を整理すべく、全力稼働していた脳の働きを中断させるのに十分な音だった。一定の調子を保ち、鳴りやまずに鼓膜を刺激するサイレンは、これまでに何度も耳にしてきた音色。敵機の来襲——空襲の始まりを告げる音だ。

仲田の表情が微かにこわ張り、作業着の男が顔を上げる。全員の肩に緊張が走り、素早く身をひるがえした田口が操船台に走ってゆく。まだ早いと知りつつも、征人は南の空を仰ぎ、じき編隊で押し寄せてくる敵機の姿を捜した。入道雲が沸き立つ空には塵《ちり》ひとつなく、江田島の緑を浮かべた水平線は平穏そのもので、これから始まる破壊の予兆は欠片も見つけることはできなかった。

「あんだけぶっ壊しといて、まだやるのかよ……」

清永がかすれた声で呟く。征人は不謹慎を承知で、空襲から逃れられた幸運にとりあえず胸をなで下ろした。出港があと一時間ずれていたら、まともに空襲にさらされていたかもしれない。これから待ち受ける特殊任務、《伊５０７》という潜水艦が実施する作戦がどんなものであれ、いま現在の命が助かった安堵に変わりはなく、空襲で死ぬより、敵艦の一隻と相討ちになって死ぬ方がよいと思える程度には、征人も軍人という生き方に馴染んでいた。が、仲田の表情にそんな安堵の気配はない。作業着の男もじっと甲板に座り込んだまま、事態がどう動こうと即応できる態勢を整えているように見える。自軍の港が攻撃されるという時に、のんびりしていられる者もいないだろうが、彼らの間に走る共通の戦慄《せんりつ》はもっと鋭く、確かな危機感を喚起して征人の胸を共振させた。

「まずいな……」

サイレンが滞留する灰色の港を見渡し、ぽつりと呟かれた仲田の言葉が、蒸気機関と波の音をかいくぐって征人の耳朶を打った。なにがまずいのか聞きたかったが、自分の倍も生き、まだ想像の及ばない戦場の臭いを嗅いできた大人の横顔は堅く、声をかける勇気は持てなかった。

それは、すでに死に体になった老人の腕から、支えの杖をも奪い取る作戦だった。J・S・マッケーン中将率いる第三八任務部隊の航空母艦群は、日本近海に布陣するや、総数八百七十機に及ぶ艦載機を呉軍港に向けて飛び立たせた。その目的は、軍港と瀬戸内海各所に在泊する艦艇をすべて叩き潰し、事実上壊滅状態にある日本海軍を、物理的にも完全に破壊することにあった。

第三八任務部隊は、十隻の空母と六隻の軽空母からなり、もっとも早く瀬戸内海に到達したのは第一群に所属する空母、《ベニントン》と《レキシントン》から飛び立った艦載機部隊だった。それぞれ七十機を超えるF6FヘルキャットとF4Uコルセア、それに六十機のTBFアベンジャー雷爆撃機が西側から瀬戸内海上空に侵攻し、情島《なさけじま》北面に錨泊していた戦艦《日向》と最初の戦端を開いた。

※

艦載機がなくては、船体のうしろ三分の一に設置された飛行甲板は無用の長物でしかなく、そのぶん兵装をそぎ落とした《日向》は不利といえたが、それはたいした問題ではなかった。前後に二基ずつ備えた主砲、三十六センチ砲が航空機に対してはまったく無力であることは、これまでの海戦で実証されている。あとは船体各所に十六門装備した十二・七センチ高角砲と、五十七挺もの二十五ミリ機銃だが、縦横に飛び回る敵機を高角砲で墜《お》とすには僥倖《ぎょうこう》を待つよりなく、機銃は敵機が肉迫攻撃をかけてこない限り、射程が届かないありさまだった。つまり《日向》は、航空戦力が雌雄を決する近代海戦においては時代遅れの艦であり、燃料を失って動けずにいるいまは、どのみち標的艦程度の役にしか立たない代物だったのだ。

それでも、《日向》は持てる火力を尽くして敵機の迎撃に当たり、防空砲台の役目を果敢に果たそうとした。レイテ沖海戦の最中、延べ五百三十機の敵機による波状攻撃をくぐり抜け、無事呉に帰投した実績を持つ《日向》の乗組員には、自分たちの艦は簡単には沈まないという自負もあった。しかし、六月二十二日以来の大規模空襲となる今回の攻撃は、決して簡単なものではなく——打ち上げられた高角砲弾が無数の黒雲を青空に咲かせ、機銃の火線が四方に撃ち散らされる中、空を覆って《日向》に接近した大編隊は、各々の腹に抱えた爆弾を容赦なく投下し始めた。

空気を裂いて落下する四百五十四キロ爆弾が立て続けに水柱を打ち立て、沸騰した海水が《日向》の船体に降りかかる。弾幕をかいくぐって肉迫したコルセアが両翼の十二・七ミリ機銃を閃かせ、銃座についた砲手の体を千々に引き裂く。水風船をぶつけた跡のような血溜まりが甲板のそこここを濡らし、直近で炸裂《さくれつ》した爆弾が船体を揺らすと、瀑布《ばくふ》さながら押し寄せた水飛沫が散らばった肉片を洗い流す。戦闘開始から約三十分、日本陸軍航空部隊の戦闘機・鍾馗《しょうき》が応援に駆けつけ、米戦闘機に対して迎撃の火線を張ったが、事態を好転させるには至らなかった。雲霞《うんか》のごとく押し寄せるヘルキャットの群れに包囲され、火だるまになった鍾馗がつぎつぎ翼を散らせる下で、ついにアベンジャー雷爆撃機の猛爆が《日向》の巨体に襲いかかった。

投下された爆弾の数は、約二百発。このうち至近弾を三十発、直撃弾を十発被《こうむ》った《日向》は、その瞬間、水柱と爆煙に覆われて見えなくなった。艦橋を直撃した爆弾は、艦長らの肉体とともに艦橋構造を引きちぎり、左平面をごっそり持っていかれた艦橋構造部は火の柱と化した。機首に四メートルを超す大直径プロペラを備え、艦載機としては破格の出力と性能を誇るコルセアがその上空を行き過ぎ、だめ押しに投下された爆弾が後部主砲を根こそぎ吹き飛ばしてゆく。じわじわ傾き始めた《日向》の巨軀《きょく》が鋼鉄の軋みを広島湾中に響かせ、裂けた船体からなだれ込む海水が逃げ遅れた兵を溺死させる一方、機関室と弾薬庫で上がった火の手は艦内を灼熱《しゃくねつ》する竈《かまど》に変えた。焼けた鉄板と化した水密戸が鍋蓋《なべぶた》の役割を果たし、ある者は酸欠で倒れ、ある者は荒れ狂う炎に全身を巻かれて、多くの将兵が蒸し焼きにされていった。

昭和二十年、七月二十四日。後に呉沖海戦とも呼ばれる大空襲の始まりだった。二日の時間をかけて沈底、擱座《かくざ》することになる《日向》を尻目に、米艦載機部隊は次の獲物に襲いかかった。

柱島に錨泊する海防艦と駆逐艦は、物の数にも入らなかった。呉港内には戦艦《榛名》がおり、空母の《葛城《かつらぎ》》と《天城《あまぎ》》も在泊している。港外の音戸瀬戸《おんどのせと》には、《日向》の姉妹艦である《伊勢》の姿もあったが、それは東側から侵攻してきた第二群の獲物になるはずだった。第一群は呉に直進し、燃料も艦載機も持たない空母に爆弾の雨を降らせた。

過去数回にわたって無差別爆撃を受け、軍港、都市ともども破壊し尽くされている呉も、さらなる爆撃にさらされた。わずかに残った工廠の建物はしらみ潰しに破壊され、乾ドックの隔壁にも亀裂が入って、《蛟龍》型の特殊潜航艇を百三十隻格納する第四ドックには海水が流入した。何人かの工作兵がドック内に降り、整備途中の《蛟龍》を濁流から守ろうと試みたが、続いて降り注いだ爆弾が側壁を瓦解させ、造船架台の鉄骨を倒壊させると、一様に瓦礫に押し潰される運命をたどった。

爆撃の震動が軍港そのものを揺さぶり、わき上がった粉塵《ふんじん》が桟橋をも包み込む。どの工場も夜勤番と日勤番の交替が行われている時で、近在の主婦と女生徒たちからなる女子挺身隊の女たちは、地下壕に待避する間もなく惨禍《さんか》に巻き込まれた。崩れ落ちた煙突が工場の屋根を突き破り、鉄骨とコンクリートの雨が工場内に降り注ぐ。引率教師の指示で一ヵ所に固まっていた少女たちがその直撃を受け、もうもうと立ちこめる白い粉塵に微かな鮮血の色が混ざる。根元からちぎれ飛んだ細い腕が宙を舞い、作業台に引っかかって指さすような仕種《しぐさ》を見せた先で、爆煙を噴き上げる大日本帝国海軍最大の拠点は断末魔の叫びをあげていた。

「リメンバー・パールハーバー」を合い言葉に始まった対日反攻作戦の、これはひとつの総決算ともいえた。この空襲によって、米軍は所期の目的通り、日本海軍から戦争遂行能力を完全に奪い取ることに成功した。米太平洋艦隊の拠点である真珠湾への奇襲で幕を開けた日米海戦史は、連合艦隊の母港である呉への攻撃をもって、表面的にはその幕を閉じようとしていたのだった。

そして——殲滅《せんめつ》戦という以外に表現しようのない凄惨《せいさん》な空襲の片隅で、もうひとつ、まったく別の作戦がひそかに始動していた。周囲で繰り広げられている戦闘に較べれば、極めて小規模なその作戦を遂行すべく、三機のコルセアが独自の行動に入った。

そのコルセアを駆るパイロットたちは、第三群の旗艦を務める空母《エセックス》の飛行小隊の面々だった。彼らは前夜、最終作戦説明《ブリーフィング》に出席した直後に第三群司令に呼び出されて、はなはだ不可思議な任務の遂行を命じられた。それは譬《たと》えるなら、目の前に並んだ最高級のごちそうを無視して、安っぽいスナック菓子を食えと言われたようなもので、三人のパイロットたちはつまらない任務を割り当てられた我が身の不幸を呪った。が、そのつまらない任務を言い渡したのが海軍情報部《ONI》の士官で、ブリーフィングに立ち合った群司令が黙して語らない様子を見れば、これが質問も失敗も許されない類いの任務であることは承知していた。

他の僚機《りょうき》とともに《エセックス》の飛行甲板から飛び立ち、東側のコースをたどって瀬戸内海上空に侵攻した三機のコルセアは、呉の南方、江田島と並んで大きな面積を誇る倉橋島を視界に入れたところで、編隊から離れた。僚機が戦艦や空母といったごちそうに群がる中、三機のコルセアが彼らだけに与えられた安っぽいスナック菓子——標的《ターゲット》を発見するのに、さほどの時間はかからなかった。戦場の海を渡るにはあまりにも頼りないその浚渫船は、幼児さながら拙《つたな》い船脚《ふなあし》で、広島湾の海面を一路南下しつつあった。

※

気配に最初に気づいたのは、軍港の方角で巨大な黒煙がわき起こり、腹を揺する轟音が湾内に響き渡った時だった。

空中で炸裂した高角砲弾が黒い染みになって青空を汚す下、それらを吹き散らして立ち昇った黒煙は、また新たに艦が轟沈したことを教えていた。空襲開始から一時間弱、港から二十キロ近く離れ、東能美島《ひがしのうみじま》と倉橋島に挟まれた早瀬ノ瀬戸を抜けたばかりの浚渫船からは、友軍の被害状況は噴き上がった黒煙の数から想像する他ない。「《榛名》かな……」と、なんの実感も持てない声で呟いた清永を隣に感じながら、征人はそれよりも重く鋭い、神経を脅かす気配の存在を五官に捉えていた。

幌を被せた船尾の浚渫機械の脇に腰を下ろし、眠っているかのごとく瞑目《めいもく》していた作業着の男が、俄かに瞼を開く。手すりの縄をつかむ仲田の拳に力が入り、その肩がわずかにこわ張る。その正体も中身もわからないまま、征人は確実に迫ってくる気配の源を探して周囲を見回した。左右に横たわる倉橋島と東能美島の島陰ごしに、いくつもの爆煙が立ち昇り、灰色に煙った空を数えきれない数の敵機が横切ってゆく。百ものプロペラが回転する地鳴りのような音は、耳に馴染んで久しく、間断なく轟く爆発音と同様、直接的な脅威を覚えさせるものではなくなっていたが、それに相乗して次第に大きくなる不協和音が、征人の肌をひりつかせた。

操船台の扉を開け、ずんぐりした巨体に似合わぬ軽い身のこなしで甲板に降り立った田口が、清永を押し退けて手すりから身を乗り出す。肉厚の頬に傷を拵《こしら》えた横顔がゆっくり空を見渡し、くぐもった舌打ちの音をその口から漏らした。

「情報が漏れたか……」

そう呟き、田口が手すりを離れようとした刹那、倉橋島の島陰から不意に三機の戦闘機が姿を現した。

ごうごうと鳴り続ける爆音の地鳴りから離れ、まっすぐ浚渫船に近づいてきた不協和音の源は、内側に反《そ》った主翼の形から征人にも機種の判別がついた。ヴォート社製のF４Uコルセア。陸上発進機と同等の性能を保証する巨大なプロペラを備えており、そのために必要な着陸脚の長さを獲得するべく、弓状に反った両翼が斜め下から胴体を持ち上げる形状になっている。たしか逆ガル翼というのだったか……？

特徴的なその機体が、島をかすめるほどの低高度でこちらに接近してくる。どうにかそれだけの状況を理解した頭が真っ白になり、征人はその場に棒立ちになった。複数の息を呑む気配が周囲で起こり、緊張のさざ波が甲板に広がった刹那、コルセアの翼の前面で小さな光が瞬いた。

ヒュン、と空気の裂ける音が一瞬遅れて伝わり、隣に立つ二十代半ばの男が出し抜けにうしろに弾け飛んだ。背後にあるクレーンの支柱にぶつかり、うつ伏せに倒れ込んだ男の頭は、上半分が粉々に砕けてなくなっていた。

割れたスイカみたいだ。なにが起こったのか理解するより早く、そんな感想が自然と胸中に固まり、その間にバケツをひっくり返したように流れ出した血が甲板を汚した。暗い血の色が足もとを濡らし、真っ白になった頭が恐慌に塗り込められる直前、「伏せろっ！」と叫んだ仲田に引き倒され、征人は血溜りに顔を押しつけた。

機銃の音、暴力的なプロペラの爆音が頭上を通り過ぎ、バラバラと大量の小石が金属にぶつかる音、木の折れる音が甲板のあちこちで連続する。銃弾が当たった音だとわかったのは、指先からほんの数センチのところにある甲板に穴が開き、白い硝煙《しょうえん》をたなびかせるのを見た時だった。

思わず腕を引っ込め、夢中で起き上がろうとしたが、背中にのしかかった仲田がそれを許さなかった。「爆弾がくる、備えろっ！」と怒鳴った田口の声が間近に弾け、征人は咄嗟に両手で目と耳を押さえ、口をいっぱいに開いて血溜りに体を押しつけ直した。そうすれば爆風で眼球が飛び出すことも、鼓膜が破れることもないと教え込まれた体が、自動的に行ったことだった。

船体が大きく傾き、次いで五官を圧殺する大音響が左舷側の海面で轟いた。手足を踏んばって船体の傾きに耐えた征人は、反動で反対側に沈み込んだ船体の動揺にもてあそばれ、続いて津波のごとく降りかかってきた海水に全身を洗われた。爆弾によって噴き上げられた水柱が砕け、数トンもの海水を浚渫船に叩きつけたのだった。何人かの男がまともに海水を受け止め、船外に放り出されていったが、助けられる余裕は誰にもなかった。

全員が自分の五体をさすって怪我の有無を確かめ、右舷側に抜けた敵機の影を目で追う中、征人は腹這いになったまま清永の姿を探した。クレーンの根元にうずくまっていた清永は、頭を両手で覆い隠し、めくれ上がった七分丈の着物から丸い尻を覗かせて、有名な諺を体現しているところだった。声をかけようとしたが、恐怖で麻痺した声帯はかすれ声ひとつ出せず、代わりに「応戦準備！」と響き渡った田口の怒声が征人の頭を蹴飛ばすようにした。

武装はもちろん、鉄砲の一挺もないこの浚渫船でなにをどう応戦しろというのか。征人は思わず顔を上げ、田口の方に振り返った。前後左右に激しく揺れる視界に、ずぶ濡れのはっぴをひるがえして船尾に走る田口の背中が映り、浚渫機械の脇に伏せていた作業着の男が、入れ替わりに操船台へと駆け出すのが見えた。

「砲術長、頼みます！」

浚渫機械に被《かぶ》せた幌に手をかけた田口が、腹から声を出す。「はいな！」と応じた声がすぐ耳元で聞こえ、征人はびくりと体を震わせた。仲田の声だとわかるより先に、背中に覆いかぶさっていた体重がすっと軽くなり、厚い手のひらの感触が両肩に触れた。

「死ぬんじゃないぞ」

強く、短く揺さぶられた肩が熱くなり、ぶれていた視界がぴたりと一点に定まった。素早く立ち上がった仲田は、なんとか上半身を起こした征人を待たず、甲板に横たわる死体をまたいで船尾へ走ってゆく。手早く固定索をほどき、幌を取り去ろうとした田口を「待った」と制して、仲田はわずかにまくり上げた幌の中にするりと入り込んだ。

「このままだ。びっくり箱といこうや」

幌の合わせ目から顔を出した仲田の目が、旋回中の敵機に据えられる。にやと応じた田口の顔が、二人の関係をなにより雄弁に物語っていた。間髪入れずに腰を落とし、幌の隙間からハンドルを回し始めた田口の動きに合わせて、小振りなテントに似た幌の形が右に転回する。同時に真上近くを向いていたテントの頂点が下に動き、旋回を終えた敵機の方に向く。風で幌がめくれ、甲板に固定された三点支持脚がちらと覗くのも見た征人は、もうそれを浚渫機械の類いとは思わなかった。

機銃――それも銃身部分の膨らみ具合から判断して、おそらくは二連装の高角機銃だ。制海権のない外洋を渡る商船の中には、旧式の大砲などで応急武装が施されたものもあるが、港湾作業に使われる浚渫船に機銃が搭載されたとは聞いたことがない。本土決戦用に準備されたものか、なにからなにまで秘密づくしのこの作戦のために、わざわざ設置されたものか。考えかけて、再び接近を開始した敵機の爆音に中断させられた征人は、清永に倣《なら》ってクレーンの陰に身を潜めた。

両翼に六挺の機銃を内蔵した三機のコルセアが、V字隊形を取って急接近する。こちらが武装しているとは想像もしていないだろう敵機を見据え、仲田が目測で幌に覆われた機銃の角度を整える。みるみる大きくなる敵機の形と、まだ転回の終わらない機銃を一時に視野に入れ、〝びっくり箱〟と言った仲田の言葉を反芻した征人は、間に合わない、と直観した。

理屈ではなかった。ただ敵機の接近速度と、機銃の旋回速度から、こちらが射撃態勢を整えるより前に、敵機が浚渫船を射程圏内に捉えると予測できたのだ。

「伏せてっ！」

無意識に発した声のあまりの大きさに、自分自身驚かされた。思わず中腰になり、ぎょっと振り向いた男たちの向こうで、咄嗟に従った田口と仲田が機銃の陰にうつ伏せになる。直後に敵機の機銃掃射が始まり、十数本の火線が浚渫船の甲板上を暴れ回った。中腰になった男たちが冗談のようにばたばた倒れてゆく中、征人はクレーンに背中を押しつけて手足を縮こまらせた。

わずかに顔を上げた田口が、きょとんとした顔でこちらを見るのがわかったが、かまってはいられなかった。銃弾を浴びたクレーンの衝撃が背中に伝わり、直上を通過するプロペラの爆音が頭蓋《ずがい》を揺さぶる。ゴトッとなにかが外れる音がその中に混ざり、閉じていた瞼を開けると、翼下に吊り下げられた爆弾を投下し、急上昇するコルセアが遠ざかってゆくのが見えた。

しんと冴え渡った視界に、目の前の海面に落下する爆弾の形は細部まではっきり見て取れた。近すぎる、と理解した体が凍りつき、征人は目を閉じることもできないまま、起爆すれば確実に自分の体を引き裂く爆弾を凝視した。尾部の整流翼を上に、信管を備えた弾頭を下にして、四百五十四キロのTNT爆薬を詰め込んだ爆弾が奇妙にゆっくり落下する。海面との距離が十メートルを切った時、不意に唸りを高めた蒸気機関が甲板を震わせ、鈍重なはずの浚渫船がぐいと針路を変えた。

それまで眠っていたものが目を覚ましたかのような、劇的な転舵《てんだ》だった。船体が大きく傾き、征人はうずくまって動かない清永にのしかかる格好になった。急激に流れ出した視界の片隅で、海面に叩きつけられた爆弾が水柱を打ち立てる。膨大な量の海水が噴き上げられ、炸裂した爆弾の破片が灼熱する刃《やいば》になってまき散らされたが、浚渫船は惰力と推力を巧みに利用してジグザグに動き、船体が致命傷を受けるのを防いでみせた。

気を抜けば振り落とされかねない動揺に翻弄《ほんろう》されながら、征人はクレーンの柱ごしに操船台の様子を窺った。先刻まで舵《かじ》を取っていた船長に代わり、古びた作業着の背中が舵輪を握る姿があった。

落ち着き払ったその背中と、投げやりな目の印象がすぐには繋がらず、呆然と見つめる間に、空気を引き裂く大音響が船尾でわき起こった。機銃の反撃が始まったのだ。幌を破って撃ち出された火線が大きな放物線を描き、最後尾のコルセアをかすめる。上昇過中の機体がぐらりと傾き、その翼から黒い煙の筋がのびる。すでに旋回の途上にあった他の二機は、僚機の被弾を確かめると散開し、前後から挟み撃つ形で浚渫船に襲いかかってきた。

田口が、銃弾の擦過《さっか》で火のついた幌を取り払う。十三・二ミリ口径の銃身二本を備えた九三式連装機銃の姿が露になり、機銃座につく仲田が後方から迫る敵機を狙い撃つ。作業着の男は舵輪を勢いよく右に回して、前方の敵機に対して横腹を向けようとする。進行方向にしか銃撃できない戦闘機の限界をつき、射線からいち早く逃れるつもりなのだろうが、作業着の男の操船技術についていくには、浚渫船はやはり鈍重に過ぎた。右方向への回頭が終わらないうちにコルセアの機銃が火を吹き、海面に細かな水柱を上げて走る火線が、浚渫船の甲板を斜めに舐《な》めてゆく。手すりのロープが切れ、甲板の木板に呆気なく大穴が穿《うが》たれ、顧《かえり》みる者もなく横たわる死体を弾丸の針で甲板に縫いつける。生き残った者は体を小さくして頭を抱えるしかなく、その中のひとりの頭に、クレーンに弾けた跳弾《ちょうだん》が突き刺さるのを征人は見てしまった。

両手で耳を塞ぎ、甲板に顔を押しつけたその男は、後頭部に弾丸が刺さってもぴくりとも動かなかった。顔の下から流れ出した血を甲板に広げ、生きていた時とそっくり同じ姿勢で死んだ。あれでは、自分が死んだということもわからなかったのではないか？　砲声と爆音で痺れた神経にその思いが突き立ち、征人は肌を粟立《あわだ》たせた。なぜ、いつの間に死んだのかもわからず、この世から消えてなくなる。特攻という自発行為の結果で死ぬならまだしも、それには耐えられないと思い、いまさらながら膨れ上がった恐怖が全身を硬直させた。

――死んで護国の鬼になったんじゃぞ！

糸崎の川原で会った少年の声が、額に残る痛みとともに脳裏をかすめた。こんなふうに死ぬことが、か？　不意に冷静になった頭で、征人は血と硝煙《しょうえん》にまみれた甲板を見渡した。脇に控える田口が弾倉を交換するのを待って、仲田は機銃の発射釦《ボタン》を押し続ける。大出力の発動機を備えたコルセアの機体が高度を取り、火線を回避する一方、船首方向から近づくコルセアは低空を直進しつつ、すれ違いざまに爆弾を投下する。間近で起こった爆発が転覆《てんぷく》させる勢いで船体を持ち上げ、「畜生ぉっ！」と叫ぶ清水の声が、バカになりかけた征人の聴覚を刺激した。

「こんなのってねえよ！　おれはまだなにもしてないんだぞ……！」

甲板に額をこすりつけて、丸刈りの頭を覆う清永の手のひらが小刻みに震えていた。まだなにもしてない。ちゃんと生きてさえいない。自分よりよほど軍人気質に馴染み、死ぬ時は敵艦を道連れにしてやると息巻いていたのに、清永は軍服も着られずにただうずくまっている。尻を出した情けない格好《かっこう》のまま、抗《あらが》う術のない機銃掃射で嬲《なぶ》り殺しにされようとしている――。

自分はどうだ？　と征人は自問した。大望もなく、報国の理念も概念としてしか捉えられず、目の前に恐怖を突きつけられなければ、生への執着さえも持てなかった。これといった目的を持ったためしのない身には、清永のように無為な死を悔しがることもできない。戦場で死ぬというのはこういうことなんだろう、と冷めた意識が納得する一方で、恐怖に取《と》り憑《つ》かれた体はだらしなく震えるだけだ。

征人は己の虚無に呆れ、嘆き、しまいには腹を立てた。正体不明の作戦のために呼ばれて、任地にもたどりつけずに死ぬ。いくらなんでも無意味じゃないか。こんなことになるなら、無理をしてでも遊郭に入っておけばよかった。まやかしでもいい、女と肌をふれあわす歓びを知っておけば、それだけで怖さを紛らわせられたかもしれない。その温もりを宝にして、無為な死にもなにがしかの意味を見出せたかもしれない。おケイさんの横顔も、レコードの音色も、死に震える体を慰めるには曖昧すぎる。

確かなものが欲しい。そのためなら死を受け入れてもいいと思える、確かななにかが……！

三枚刃のプロペラを猛然と回転させ、太陽を背に近づく敵機の形が死の輪郭《りんかく》になり、一秒未満の間に紡がれた思考を霧散させた。両翼の前面がちかちかと瞬き、うねる火線が水柱の列を並べて、死神の足跡を海面に刻む。その瞬間には恐怖もなく、一瞬後には引き裂かれる自分の体を他人事のように予測して、征人は漫然とした目をコルセアに向けた。

音とも衝撃ともつかない、重い響きが足もとで発したのは、その時だった。

機銃の瞬きがやみ、太陽を隠すコルセアの機影が唐突に上昇に転じる。いきなり目を射た陽光の眩しさと、怯えた小鳥を思わせるコルセアの不自然な動きに、わずかばかりの正気を取り戻した征人は、機関の振動や爆撃の衝撃とは異なる、小刻みな律動を知覚した。

周囲の海がざわざわと騒ぎ、波に持ち上げられて垂直に動いた船体が、泡立つ海面の上で不安定に揺れる。体勢を崩し、倒れそうになった体を手すりをつかんで支えた征人は、その拍子に巨大な物体が海底を泳ぎ、浚渫船の真下を通過するのを目撃した。

青い海に黒い影を滲《にじ》ませて、圧倒的な質量を持つなにかが船底をかすめるように移動してゆく。先端の尖った細長い形はサメの類いを想像させたが、その大きさは生物の尺度で測れる規模ではなかった。甲板に膝をつき、口を半開きにした征人の眼前で、ひときわ隆起した海面が二つに割れ、明らかに人工物とわかる楕円形の柱が浮上を開始した。

十メートルと離れていない場所に現れ、遠ざかりながら浮上を続ける暗灰色の柱が、太陽の光を隠して海上に屹立《きつりつ》する。その根元に丸みを帯びて膨らむ構造物が浮かび上がった時には、網切鋸《あみきりのこぎり》を備えた艦首が白波を分けて立ち上がり、鰭《ひれ》さながら両舷に生える潜舵の形を陽光の下に露にした。

警戒したコルセアがそろって高度を取り、プロペラの唸りが一時的に遠のく中、仲田も、田口も、作業着の男までもが、驚愕《きょうがく》を顔に張りつかせて浮上を終えた物体を見つめる。物体の巻き起こす引き波が浚渫船を翻弄し、動揺の収まらない甲板に両手をついた征人は、目の前に聳える楕円の柱――艦橋の側面に、「イ507」の文字を読み取っていた。

「《伊507》……」

これが、自分たちをこの海に引き寄せた潜水艦。甲板に這いつくばったまま、征人は忽然《こつぜん》と出現した《伊507》の船体を網膜に焼きつけた。

百メートルを優に超える細身の船体、その中央にそそり立つ楕円形の艦橋と、艦橋の後方に設置された二挺の単装機銃。おそらくは発令所と水上偵察機の格納庫を収めた、露天甲板の三分の一を占めて盛り上がる艦橋構造部。後甲板には特殊潜航艇の《海龍》が固縛装置によって固定され、親亀の背中に孫亀が乗ってという体《てい》をなしている。基本的な船体構造は、帝国海軍の伊号潜水艦と大差ないように見えたが、異様なのは艦橋構造部の先端に突き出た二門の砲身だった。

「潜水……戦艦？」

呆然と呟く清永を背に、征人は艦橋構造部と一体化した連装砲に観察の目を集中させた。

口径は、どう見積もっても二十センチ以上。機銃に毛が生えた程度の潜水艦の備砲とは根本的に異なる、巡洋艦の主砲と同等の規模を誇る二門の大砲が、この潜水艦に異常な印象をもたらしている。目の前にしていても現実感に乏しく、開きっぱなしの口を向けるしかない征人をよそに、《伊507》は海獣の咆哮《ほうこう》に似た機関音を上げ、その巨体を転回させ始めた。

両舷にずらりと並んだ排水口から海水が吐き出され、巻き起こった引き波が浚渫船を揺らす。船体の動揺に合わせて大きく上下する視界に、吸音ゴムで塗粧され、ざらざらした質感を持つ潜水艦の装甲が迫り、《伊507》は浚渫船と舷を触れ合わせる位置に定位した。

助けにきてくれた……？　浚渫船を守るかのように横づけされた暗灰色の船体を見上げ、ようやく思いついた途端、態勢を立て直したコルセアが艦橋の直上を通過し、撃ち散らされた機銃弾が《伊507》と浚渫船に降り注いだ。咄嗟に伏せた征人は、《伊507》の露天甲板が機銃弾の直撃を受け、火花を弾けさせるのを目撃した。

鋼鉄の船体に木製の甲板を張った普通の潜水艦なら、銃弾は甲板を砕くだけで、火花を爆《は》ぜさせることはない。《伊507》は甲板も鋼鉄でできている——つまり二重の装甲で船体が防御されているのだ。いったいどういう潜水艦なんだと驚き、呆れる征人の神経を寸断して、爆弾の水柱が《伊507》の向こうで上がり、傾いた《伊507》の船体が浚渫船を押しひしげた。

征人は再び仰向けに倒れ、機銃の引き金を引き続ける仲田の堅い横顔と、その傍らで弾倉の束を抱える田口の背中を、傾いた視野に捉えた。とうの昔に驚きから立ち直っているらしい二人は、《伊507》の船体を防壁に利用し、敵機を狙撃する戦法を編み出していた。焼けた砲口からのびる火線が《伊507》の艦橋をかすめ、コルセアの腹を引き裂く。黒煙を噴き出した機体が揚力《ようりょく》を失い、海面に叩きつけられる光景が《伊507》の後甲板ごしに見えた。

爆発の閃光が後甲板に鎮座する《海龍》を白く染め、一拍置いて黒い爆煙が立ち昇る。「やった……!?」と叫んだ清水が中腰になった瞬間、「乗り移れ、早く!」という怒声が頭上に発し、征人は三階分の高さはある《伊507》の艦橋を振り仰いだ。二本の潜望鏡が並び立つ艦橋甲板の遮浪壁《しゃろうへき》から身を乗り出し、しきりに手を振る海軍将校が、逆光を背にこちらを見下ろしていた。

全体に丸みを帯びた艦橋構造部の後部、半球状にせり出した格納扉が開くと、中から飛び出してきた数人の水兵が舷側に複数の縄梯子《なわばしご》を垂れ下げる。天上から垂れる蜘蛛《くも》の糸を見た思いで、征人は血でぬるついた甲板を掻《か》くようにして上半身を起こした。他の者も慌てて立ち上がり、累々《るいるい》と横たわる死体をまたいで、《伊507》が接舷する左舷側の甲板に殺到する。一刻も早く地獄から逃れようと、何本もの腕が縄梯子を求めて突き出され、背後で吹き荒れた機銃弾の雨がそれらを粉砕していった。

ある者は開いた手のひらを硬直させ、ある者は空だけをつかんで、いくつもの腕が縄梯子をつかめずに萎れてゆく。暗灰色の船体に大量の血が降りかかり、砕けた頭から飛び散った脳漿（のうしょう）が紫色の汚物になってその上にへばりつく。立ち上がりかけた膝が笑い、征人はその場にへたり込んだ。いったんは遠ざかったと思った死に足もとをすくわれ、抗う間もなくのしかかられて、ぎりぎり保ってきた正気が吹き飛んだようだった。

《伊507》の甲板上で水兵が必死に手招きし、艦橋の上に立つ将校もなにか叫んでいたが、もう指一本動かせなかった。視覚も聴覚も曖昧《あいまい》になり、夢の被膜ごしに見る風景さながら、すべてが現実味を失ってゆく。甲板を削って走る銃弾がクレーンにぶち当たり、飛び散った鉄片が目の前をかすめても、尻もちをついた体は微動だにしない。これで死ぬという感慨すらなく、飛び交う銃弾の只中に静止した征人は、ダン！　と勢いよく甲板を踏み鳴らす足音を聞いて、目の焦点を取り戻した。

爆音と砲声が轟く中、その音が明瞭に聞こえたのは不思議なことだった。すぐ目の前の甲板を踏み鳴らしたゴム長靴の足を見、顔を上げた征人が次に見たのは、雑嚢をたすき掛けにした作業着の男が、銃弾をかい潜《くぐ》って《伊507》に飛び移る姿だった。

縄梯子に取りつき、男はこちらを振り返った。投げやりでも無造作でもない、明確な意志を宿した強い目の光が、まっすぐ征人の瞳孔《どうこう》を捉えた。

「来いっ！　水兵ども！」

裂帛《れっぱく》の声が頭に突き刺さり、五官を覆う夢の被膜が破けた。命令を受け取った体が無条件に反応し、征人は機械的に雑嚢を拾い上げると作業着の男に続いた。清永も風呂敷を首にくくりつけて立ち上がり、銃撃に怯えて動けなくなっていた男たちも、わらわらと舷側に集まり出した。

つぎつぎ縄梯子に取りつき、男たちは我先《われさき》に《伊507》への移乗を開始する。なめし革を思わせる船体の感触を確かめつつ、征人も縄梯子を昇った。仲田が援護の弾幕を張り、ここぞとばかりに狙い撃ってくる敵機を牽制《けんせい》したが、身動きの取れない機銃座ひとつでは自《おの》ずと限界があった。コルセア二機の執拗な銃撃が《伊507》の舷から甲板を舐め、鉄と鉄のぶつかりあう音が連続する。無駄とわかっても首をすくめ、縄梯子にしがみつく体を小さくした征人は、隣の縄梯子を握りしめる清永が、「クソ、なんでこっちの大砲は撃ち返さねぇんだ！」と叫ぶのを聞いた。

大口径の砲身二本を並べる主砲も、艦橋上の単装機銃も、確かに一向に火を噴く気配はない。目と鼻の距離で咲いた火花に首をすくめた征人は、「無理だよ！」と怒鳴り返した。

「浮上してすぐに撃てるほど、便利なもんじゃないはずだ」

主砲の砲身に沿って設置された支持棒と、その先端に取りつけられた遠隔操作式の砲口蓋《ほうこうぶた》を見れば、防水問題が簡単でないことは想像がついた。水上艦艇の砲熕《ほうこう》兵器のように即時射撃が可能とは思えず、一刻も早く救助を終えてこの場を離脱したい《伊507》が、潜航を遅らせてまで砲門を開くことはないと予測できたが、清永は同意も反論も寄越さなかった。

代わりに「早く昇れ！」と足もとで発した声が、征人の相手をした。

同じ縄梯子にぶら下がる田口の目が、ぐずぐずしてるとひっぺがして海に放り込むぞ、と言っていた。征人は思わず浚渫船の方を振り返り、船尾の機銃座を見た。ひとり残った仲田が、縦横に飛び回る敵機を相手に火線を打ち上げる姿を確かめて、ひやりとした感触が胸に走るのを感じた。

田口に追い立てられて一気に縄梯子を昇りきり、征人は《伊507》の後甲板に足をつけた。他の者も続々と流線型の船体表面を覆う甲板に昇り、最大でも幅五メートル足らずの鋼鉄製甲板は、十数人の男たちでごった返すことになった。仲田の撃ち放つ機銃がコルセアを追い散らす隙に、待機していた水兵が艦橋構造部の格納庫に一同を誘導する。本来、水上偵察機を収納する格納庫は、備品の箱が無造作に置かれるだけのがらんどうになっており、とりあえずの待避場所としては十分な広さがあった。

上空からの銃撃にさらされ続けた身に、屋根の下に隠れられる安堵感はなにものにも替えがたい。誘導されるまでもなく、男たちは円形の格納扉に飛び込んでゆく。征人も清永に続いて格納扉をくぐろうとしたが、一同から離れ、鎖を張った手すりの前に立ち尽くす二つの背中を目の端に捉えて、自分でもわからずに足を止めてしまっていた。

作業着の男と田口だった。二人の視線の先には、弾幕を絶やさない機銃があり、孤軍奮闘する仲田の姿がある。ひやりとした感触が確実な不安に変わり、征人も銃座から離れる気配のない仲田を見つめた。《伊507》に近づこうとするコルセアを牽制し、銃座をこちらに転回させた仲田は、自分を見下ろす三つの視線に気づいたのだろう。敵機が射界から外れるわずかな時間に、発射鈕を押し続けていた右手を額に掲げ、年季の入った挙手敬礼をしてみせた。

背筋をぴんとのばし、作業着の男と田口が答礼する。仲田は笑顔らしき表情を浮かべ、征人と視線を交わらせたのも一瞬、すぐに発射鈕に手を戻し、旋回を終えた敵機の牽制を再開した。左手でハンドルを回して銃座を転回させ、弾幕を張るこわ張った顔には、もう笑顔の片鱗も見つけられなかった。

敬礼を解くや、作業着の男と田口は格納庫に待避した。征人はその場に留まり、《伊507》を退避させるべく、独り浚渫船に居残った男を見つめ続けた。網膜に焼きついて離れない一瞬の笑顔を、黙々と機銃を撃ち放つ堅い顔に重ね合わせ、無意識にズボンのポケットに手を差し入れた。溶けかけたチョコレートの感触を指先に確かめ、あの笑顔は前にもいちど見たことがある、と思い出していた。

糸崎駅で見かけた出征兵士。家族や隣人に見送られ、生きて帰れる見込みのない戦場に出立しようとしていた男も、あんな笑顔を通りすがりの征人たちに寄越した。なぜだろう。なぜ笑えるのだろう。仲田も、あの出征兵士も、自分と違って死を受け入れるに足りるなにかを持っているからか？　守るべき家族、妻子。帝国軍人としての尊厳。そうしたものを胸に抱いていれば、死も笑って甘受できるということか？　軍人の本懐を果たし、英霊の一端に加わる己の命を了解できるのか……？

　わからなかった。わかるのは、その笑みがひどく寂しげだったということ。チョコレート、甘いぞ。そう言った時の声と、死ぬんじゃないぞ、と言った時の仲田の声が、まったく同じ調子だったこと。チョコレート甘いぞ、若いんだからおまえ食え。死ぬんじゃないぞ、若いんだからおまえは生きろ。その瞬間には報国の理念も一死奉公の精神も関係なく、ただ当たり前の大人として口にされたのだろう言葉が、爆音を押し退けて頭の中に反響した。腹の底が熱くなり、征人は無意識に両の拳を握りしめた。

　いいのか、それで？　途切れる寸前の理性に最後にそう問いかけられ、答える代わりに征人は走り出していた。「おい、貴様も早く入れ！」と怒鳴る水兵の声を背中に、格納扉の横をすり抜け、艦橋構造部の壁面に設置されたラッタルに手をかけた。

　艦橋の後部、格納庫の真上にある二挺の単装機銃。あれなら、砲口蓋も手で簡単に外せるはずだ。敵機は残り二機で、一機はすでに被弾して翼から煙を吹いている。勝算はないこともない、と根拠のない判断を信じた体が勝手に動き、征人はラッタルを手繰《たぐ》って艦橋構造部の上によじ登った。人とすれ違うのがやっとの狭い機銃甲板に、砲口を上に向けて二挺の単装機銃が並んでいるのを確かめ、手前の機銃にしがみついた。

　日本製ではないようだったが、基本構造は帝海が採用する九六式高角機銃と変わらない。

飛行機の操縦桿《かん》さながら突き出た二本の握り棒を見、海兵団で習った扱い要領を頭に呼び出した征人は、まずは砲口蓋を取り外しにかかった。内側に張ったゴムで二十五ミリ径の砲口を塞ぎ、海水の流入を阻《はば》む砲口蓋に手をかけた途端、首筋に鈍い衝撃が走った。

抵抗する間もなくうしろに引っ張られ、砲口蓋にかけた手が離れた。たたらを踏み、足を踏んばったところで、甲板が艦首方向に傾斜し始めていることに気づいたが、血の昇りきった頭にはその意味も理解できなかった。手すりをつかんで体勢を立て直し、振り返りもせず機銃に手をのばした征人は、今度は背後から羽交《はが》い締《じ》めにされて強引に機銃から引き剝がされた。

鍛えられた胸筋が背中に当たり、さらりとした長髪の感触が頰をくすぐった。ちぐはぐな感触にいくらかの正気を呼び戻され、背後を振り返った征人は、風になびく長髪と、その隙間に覗く鋭い目を同時に視界に入れた。目深《まぶか》にかぶった軍帽の鍔に隠れて片目しか見えず、鍔の上で鈍く輝く髑髏の徽章が、そのぶん征人を睨み返してきた。

「ぐずぐずするな。死にたいのか」

整った細面からは想像できない強力《ごうりき》で、長髪の男は征人を艦橋の方に引っ張ってゆく。遠ざかる機銃の向こうに、押し寄せる波飛沫に洗われる後甲板が見え、《伊507》が急速潜航に入りつつあることを伝えたが、征人の目は次第に距離を開ける浚渫船を追いかけ続けた。舵を取る者もなく、海上にぽつねんと置き去られた浚渫船から、仲田の打ち上げる機銃の号音が虚しく届く。《伊507》を追おうとして火線に阻まれ、いら立ちを露にした二機のコルセアが、獲物にたかるハゲタカのごとく機銃弾の嘴で浚渫船をついばむ。男の手を放そうともがき、征人は「援護しないと……!」と叫んだ。上部指揮所に続くラッタルに征人を叩きつけ、「あきらめろ」と低く怒鳴った男の目が、征人の視界いっぱいに広がった。

「おまえには、まだ死なれるわけにはいかない」

明らかに帝国海軍のものではない黒い制服の上で、濡れた瞳が有無を言わせぬ力を放つ。端正な無表情とは不釣り合いな、切迫した目の色に追い立てられた征人は、我知らず鉄筋のラッタルに手をかけていた。

艦橋の頂上に楕円形の空間を確保する艦橋甲板は、二本の潜望鏡がマストのように並び立つ他、従羅針儀、伝声管、探照燈などを備え、水上航行時の指揮を執るのに必要な機能をそろえている。五メートルあまりのラッタルを昇るうち、沸騰する海面がみるみる船体を押し包んでゆき、艦橋甲板を囲む遮浪壁に手をかけた時には、機銃甲板も白い飛沫に覆われるようになった。跳びはねる水がゲートルを濡らすのを感じつつ、ラッタルを昇りきった征人は、すでに百メートル近く離れた浚渫船にもういちど目を向けた。

機銃からのびる硝煙の筋が、《伊507》の離脱を一義に弾幕を張る仲田の行動を教えた。被弾した方のコルセアに背後から銃撃を加えられても、機銃は《伊507》に近づこうとする敵機の牽制をやめようとしない。自らの防御を後回しにして放たれた火線がコルセアの接近を阻み、直後に被弾機から降り注いだ機銃の雨が浚渫船を打ちのめす。細かな水柱が無数に上がり、機関に銃弾が当たったのか、ぼろぼろになった船体を橙色《だいだいいろ》の炎が舐め、たなびく黒煙が機銃座を隠してゆく。思わず身を乗り出した征人は、後から上がってきた長髪の男に突き飛ばされ、艦橋甲板に穿たれた円形の水密ハッチに押し込まれた。

煙突の中に突き落とされた気分だった。三階分の高さはある連絡筒のラッタルを半ば転がり落ちるように下った征人は、尻から先に着地する羽目になった。ラッタル両脇の支柱に手足を添え、器用に滑り降りてきた長髪の男が後に続く。征人の眼前に降り立ち、視界を塞いだ長身が即座に右に移動すると、さらにひと塊の海水が連絡筒から降りかかってきた。

まともに顔に浴びた海水が気管に入り込み、征人は周囲を見回す余裕もなくむせ返った。咳き込み、荒い呼吸を整えるうちに、喉や鼻腔を刺激する海水の塩辛さは勢いを弱め、人いきれと油、魚の生臭さが渾然一体となった澱んだ空気が、徐々に知覚されるようになった。床についた手のひらにモーターの微かな唸りが伝わり、「深度、二十メートル」「前後水平、縦舵中央」「総員、持ち場に戻れ」と、抑揚のない声が連続するのを聞いた征人は、ようやく顔を上げる気になった。

すらりとした長身を黒い制服に包んだ長髪の男が、すぐ隣でじっとこちらを見下ろしていた。髑髏の徽章の上に羽根を広げた銀鷲の帽章を見つけ、ドイツ軍の制服だと思いついた征人は、次いで天井を這う何本もの配管に目を奪われた。一分の隙もなく天井を埋めつくした配管の蔦《つた》に、赤い開閉ハンドルの花が定間隔に並び、半円を描く正面の隔壁には、これもまた無数の配管と、ひと抱えもある通風開閉ハンドル、速力通信器や舵角計の計器。水密戸の丸いハッチは閉まっており、その手前にある転輪羅針儀らしき円柱状の機械の隣に、同じ大きさほどの奇妙な物体が鎮座しているのが征人の注意を引いた。

円柱の上に半球状のガラスを載せたその物体は、巨大な裸電球を逆さにしたといった形状で、およそ航海装置の類いには見えなかった。暗く沈み込んだガラスの表面には紙片が貼りつけてあり、目を凝らすと〝ロヲレライ　カンシバン〟の文字が、お世辞にも上手とはいえない字で記してあるのが読めた。

ローレライ。軍艦内部で見かけるにはやわらかすぎる文字の連なりに、自分がどこにいるのか一瞬わからなくなり、征人はあらためて《伊507》の発令所であるはずの空間を見回した。幅五メートル、奥行き八メートルほどの蒲鉾型の空間の各所に、同様の紙片が貼りつけてある。〝サンソ〟〝ベント一〟〝主バラスト〟などなど。側壁にある潜舵、横舵の前にはそれぞれ操舵員が座り、先刻、艦橋の上から乗り移れと手を振っていた将校――大尉の襟章をつけている――がその背後に立つ。隔壁の水密戸を開放する田口の横で、「潜望鏡、上げ」と令したのは作業着の男だ。

発令所の中央、前後に三本並ぶ柱の一本が油圧駆動の音を立てて上に滑り、床下に収納されていた潜望鏡が男の目の位置で静止する。左右に開いた旋回把手を一方の手でつかみ、もう一方の腕をからめて体重を預けた作業着の男は、そのままぐるりと潜望鏡を一回転させてみせた。素人目にも堂に入っているとわかる所作に、この人が艦長なのかと考えかけた征人は、重い鐘《かね》の音に似た衝撃音に思考を中断された。

海中を渡って艦内に届いたその音は、金属がひしゃげる悲鳴に似た音を伴って発令所を揺らし、その場にいる全員の胸も揺らした。なんの音かは考えるまでもなく、征人は震える膝を律して立ち上がった。

旋回把手を収納位置に戻し、潜望鏡から目を離した作業着の男が「潜望鏡、下げ」と言うそばで、大尉と田口が確かめる目を注ぐ。「轟沈した」と短く答えて、男は下降する潜望鏡に背中を向けた。

感情の失せた声が、却って沈鬱な空気に拍車をかけた。心持ち姿勢を正し、黙禱《もくとう》をする田口を横目に、征人はポケットに手を差し入れた。溶けかけたチョコレートの感触を頼りに、仲田の顔を思い浮かべようとしたところで、「先任。損害は？」と冷たく響いた声に吹き散らされた。

作業着の男だった。銃火の中で見せた明確な意志の光を消し、投げやりに戻っているその目は、仲田たちの死すら無造作に受け止めて、すでに消化してしまった風情だった。「各部、異状なし」と、先任と呼ばれた大尉が応じる。

「よし。敵機が増援を呼ぶ前に湾を抜ける。針路そのまま、深さ三十」

復誦の声が上がり、発令所に再び活気が舞い戻った。同時に開放された水密戸から複数の水兵が入ってきて、発令所を通り抜けて艦尾側の隔壁をくぐってゆく。急速潜航の一助となるべく、艦首に集まって重石役を務めていた乗員たちだろう。各々の持ち場に戻る彼らのせいで、ただでさえ狭い発令所がますます狭くなり、配管とハンドルに埋め尽くされた壁に背中を押し当てた征人は、所在なさを紛らわす目を長髪の男に向けた。

長髪の男はちらと一瞥をくれただけで、なにも言わずに征人の前から離れていってしまった。黒い制服が視界から消えると、その背後で殺気を孕んだ目を寄越す田口の顔が露になり、征人は反射的に直立不動になった。

爆発寸前の怒りをため込んで、より強くなった険を湛えた目がこちらを直視する。そういう目を向けられても当然の行為をした己を自覚して、征人は観念しつつ目を閉じた。

左の頰に食い込んだ田口の拳は、鉄拳という表現では足らない、顔の間近で手榴弾《しゆりゆうだん》でも炸裂したかのような衝撃だった。覚悟していても受け止めきれるものではなく、征人は文字通り吹き飛ばされた。誰かの体にぶつかり、倒れそうになったところをぐいと引き起こされて、再び田口の面前に突き出される。ぐらぐらする頭を首に力を入れて支え、征人はなんとか直立不動の姿勢を取った。

潜航してから一時間と少し。心配された爆雷搭載機の追撃もなく、無事に広島湾を抜けつつある《伊507》の艦内は、張り詰めた緊張の糸が心持ち緩んだ時だった。総出で行われた水漏れ点検も一段落すれば、着任早々に独断専行をした新兵に一同の目は注がれ、至極当然の鉄拳制裁が征人に見舞われることになった。まだ殴り足らないと言わんばかりの田口の目を正面に受け止め、この一時間ずっとそうしてきたように、気をつけの姿勢を維持し続けなければならないのが征人の立場だった。

「貴様、自分のしたことがどういうことかわかっているのか」

はっぴをぬぎ、白い煙管服《えんかんふく》（作業着）に着替えた田口の太い声が、発令所の澱んだ空気をかき回す。口調こそ兵曹以下の乗員を取りまとめる先任兵曹長だが、内側に容赦なく斬り込んでくる強い目の光は、ヤクザ者の手配師に見えていた時となんら変わっていない。口中に血の味を確かめ、征人は「はい」と搾り出した。

「貴様はこの艦の乗員、全員の命を危険にさらしたんだ！　貴様ひとりのために潜航が遅れて、機銃の一発が艦の装甲を貫通していたらどうなったと思う。そこから重油の筋が漏れ出して、艦の位置を敵に教えることになる。どんなに潜《もぐ》っても追い詰められて、いずれは沈められていたかもしれんのだ。それがわかるから、仲田大尉は浚渫船に残られた。敵機を牽制して、艦が無事に潜航できるようにしてくれたんだ。貴様の行動は、大尉の犠牲を無駄にするところだったんだぞ……！」

胸倉をつかまれ、前後に激しく揺さぶられて、滲んだ涙と鼻水が飛び散った。悔しさと情けなさに胸を塞がれながら、征人はせめて声だけは漏らすまいと歯を食いしばった。「もういいだろう、掌砲長《しょうほうちょう》」と差し挟まれた声が攪拌《かくはん》された脳に届き、田口が突き放すように手を離しても、しばらくは体の揺れを止めることができなかった。

先任——艦長の着任までは、この艦の指揮を執っていた先任将校の高須成美大尉が、一歩前に出て征人を見下ろす。「相手は新兵だ。それくらいで勘弁してやれ」と続けた高須に、田口は睨んだ目を動かさずに征人から離れた。

「だがな、折笠上工（上等工作兵）。これだけは覚えておけ。本来なら、貴様は軍法会議にかけられても文句の言えない立場だ。厳罰に処さねばならんところだが、本艦は人手不足であるし、貴様には大任を果たしてもらわねばならんから、今回は大目に見てやる。次はないものと心得ろ」

優男の外見に相応しい、厳しさの中に一抹《いちまつ》の情をまぶした声音にそう言われて、殴られた頬の痛みが増した気がした。大任という言葉に、まだ死なれるわけにはいかない、と言った長髪の男の声を不意に思い出しつつ、征人は「……はい」とかすれた声を返した。

「そうでなければ、貴様ひとりのために艦が潜航を遅らせるなんてことは金輪際《こんりんざい》ないんだ」

その場の空気を無視して、蒸し返す言葉を吐いたのは艦内の風紀係、甲板士官の小松少尉だ。海兵卒の若手将校らしいが、型にはまりきった物腰と喋り方は、とても年の近い男のものとは思えない。のっぺりした瓜実顔は、ベテラン将校に混じって新兵を小突き回すのも仕事のうち、と信じて疑わない様子だった。

「フリッツ少尉に感謝するんだな。少尉が飛び出していかなければ、貴様はいまごろ土左衛《どざえ》門《もん》になっとったんだから」

刺《とげ》を隠さない小松の声に促《うなが》されて、征人はフリッツと呼ばれた長髪の男に目をやった。そこを自分の居場所と心得ているように、一同から離れて艦尾側の隔壁に背中を預けるフリッツは、視線を避けて微かに顔をうつむけた。

「作戦に必要な道具だと思うから、取りにいっただけだ。礼を言われる筋合いはない」

組んだ腕をほどかずに吐き捨てたフリッツに、小松のみならず、田口も険悪な視線を向ける。どう見ても日本人にしか見えない顔で、流暢《りゅうちょう》な日本語を操る旧ドイツ軍士官は、奇異の目を通り越して反感を向けられるのが常態になっているらしい。いっさいの感情を消し去った横顔に、戸惑い気味の目を凝らした征人は、「以上だ」と割って入った高須に顔を戻した。

「兵員室《パート》で軍服に着替えろ。掌砲長、後は任せる」

「は!」と応じてから、田口はへの字に固めた口をこちらに向け、ぐいと顎をしゃくった。よりにもよって無法松が直属の上官か……と嘆息する内心を隠し、征人は高須に脱帽敬礼をした。そのまま右向け右をして発令所を離れようとした時、ふと背中に視線が突き刺さるのを感じた。

作業着の男――いまは第三種軍装の白い開襟シャツに、少佐の襟章を際立たせる絹見真一艦長が、物言いたげな目をこちらに向けていた。視線を合わせると、なにかを言い澱んで揺れた瞳がすぐに逸らされ、絹見は高須の方に向き直った。「先任、さっきの急速潜航にかかった時間は？」と事務的に言った横顔に、一瞬前の奇妙な交感の気配は微塵もなかった。

「五分三十秒です」

「ひどいものだな……」小さく寄せた眉間の皺《しわ》を唯一の感情にして、絹見は発令所の片隅にある海図台に近づいていった。「せめて三分に縮めたい。湾を抜け次第、潜航訓練をやる」

そう重ねた背中は、自分はもちろん、もう仲田のことさえ意識の外にしている。《伊507》という戦闘単位の中枢になり、艦の運営を司る精密機械になりきった背中と征人には見えた。

各種装置に埋められた壁を見据え、背筋をのばして操舵席に座る兵曹たちも、海図に三角儀を当てて鉛筆を走らせる高須も、〝ロヲレライ〟と記された奇怪な装置に感情のない目を向けるフリッツも。いまだ受け身の立場でしか戦争を捉えられない身に、発令所の一部になった彼らの姿は同じ人間のものとは思えず、征人はあらためて未知の硬質な世界に放り込まれた己を実感した。午前十時を回った懐中時計にちらと目を落とし、この数時間の目まぐるしい変転を思い返す間もなく、田口の背について発令所を後にした。

発令所を出た先には聴音器室があり、ねっとり湿った空気の中、水測長らしい若い将校がじっとレシーバーに耳を傾ける姿があった。一応、空調は作動中のようだが、蓄電池の節約のためか、もともと性能が悪いのか、壁に設置された温度計の目盛りは摂氏三十度を超えている。水測長の額には玉の汗が浮かんでおり、それは目の前を歩く田口にしても、血と海水にまみれ、一向に乾く気配のない国民服の気持ち悪さに耐える征人にしても、同じことだった。

おまけにこの圧迫感。円筒形の耐圧殻内部に造られた艦内は、壁も天井も丸みを帯びていて、気を抜けば天井を這う配管や壁が覆いかぶさってくるような錯覚に襲われる。まるでトンネルの中――いや、臭いと湿気からすれば下水管の中と表現した方が正しい。横須賀で日々《海龍》の狭い操縦席に押し込まれていれば、閉所空間には耐性があるつもりだったが、なまじ身動きが取れる程度の広さがあり、最低限居住できそうな環境が整っているばかりに、どっちつかずの状態に置かれた感覚が軽い恐慌をきたしているのかもしれなかった。

下着のシャツ一枚に鉢巻きという格好で、狭い通路をひっきりなしに往来する乗員たちは、すでにこの環境に慣れているのだろう。缶詰や備品の入った箱を手に手に抱え、ろくに準備も整わないまま出撃してきたらしい艦内を行き来する彼らは、通路を塞いで歩く田口の脇を巧みにすり抜けてゆく。両手の塞がった者は無論のこと、手ぶらの者も軽く頭を下げる程度で、堅苦しい敬礼のやりとりもない。どだい、下着姿では相手の階級も判別のしようがなく、最初はいちいち敬礼をしていた征人も、「ここではそういうのはなしだ」と田口に言われるに至って、会釈するのに留めるようにした。

潜水艦では海軍のしきたりは二の次、水上艦艇とは比較にならない劣悪な環境に鑑み、可能な限り乗員の負担軽減が考慮される――噂は本当らしいとぼんやり思いつつ、征人は行き交う乗員の中に清永の姿を探した。まだ艦橋構造部内の格納庫にいるのか、あるいは下層甲板にでも降りているのか、浚渫船に同乗していた男たちともども、その姿を見つけることはできなかった。

烹炊所《ほうすいじょ》を抜け、機関室の直上に位置する中央補助室に入ると、通路も多少は広くなり、圧迫感もややなりをひそめた。各種制御盤と配電盤が埋め込まれた壁には、スピーカーや艦内電話の受話器も目立つ。日本の潜水艦より格段に発達した通信設備を見、これなら伝令も必要なさそうだと思った征人は、前を歩く田口の背中をあらためて見つめた。

田口は略帽をぬぎ、煙管服の胸元をはだけて風を入れたりしている。この艦で、自分はいったいなんの任務に就かされるのか。先任将校が言う〝大任〟とはなんなのか。無言の問いを投げかけた刹那、「特別に命令がなければ、帽子はかぶらんでいいからな」と、こちらを振り向きもしない田口が不意に口を開いた。その声の意外なやわらかさに、征人は返事を一拍遅らせてしまった。

「貴様、目が早いな」

中央補助室の隔壁をくぐったところで、前触れなく立ち止まった田口が続けた。「は……?」

と咄嗟に応じてから、こちらを見下ろす田口の目を直視した征人は、あとずさりたい衝動を堪えるので精一杯になった。

「自分と仲田大尉が機銃を旋回させていた時、敵機が先に撃ってくるのを読んだろう。それにさっきは、浮上してすぐに砲撃はできないこの艦の性能も言い当てた。なぜわかった?」

「それは……。あんな大きな砲ですから、防水は深刻な問題だとわかりますし、砲口が遠隔操作式の蓋で塞がれてるのも見えましたから。その、簡単には撃てないのではないかと……」

直観を言葉で説明するのは難しかったが、下手な返答をすればもう一発殴られそうな危機感に押されて、征人は必死に言葉を並べた。碁石《ごいし》のような黒い瞳をじっとこちらに注いだ田口は、「それを目が早いと言うんだ」と言って再び歩き出した。

「慣れたり鍛えたりで手に入れられるもんじゃない。大事にしろ。戦場では、その目が生死を分けることもある」

険が凝固した黒い瞳に、いくばくかの人間味を漂わせて田口は続けた。どう応えたらいいのかわからず、征人はとりあえず「はい」と返した。褒《ほ》められたらしいとわかっても、喜ぶ気にはなれず、むしろ型に嵌《は》められた息苦しさが胸の中に滞留した。

天井を見上げれば、そこには円形のハッチがあった。上甲板に搭載した《海龍》に乗り移る交通筒のハッチだろう。前後の隔壁に挟まれ、二メートル四方の広さしかないその区画は、左右に三段式のベッドが備えつけられ、布団の代わりに金属製の長櫃《ながびつ》が置いてある。

〝ロヲレライ　セイビドヲグ〟と書かれた紙がその上に貼られ、末尾には〝ブレルナ〟の文字が記されていた。

異質な言葉を再び目にして、なんなのか確かめたい思いが頭をもたげたが、先を歩く田口の背中を見れば它れも萎《な》えた。艦内の風景に馴染み、その部品となって機能する未知の背中を見つめ、自分もそうなってゆくのだろうかと漫然と考えてから、征人はもういちど交通筒のハッチを見上げてみた。

外界に繋がるハッチを見れば、息苦しさも少しは紛れるかと期待したが、得られた感触は分厚い装甲の冷たさと、その向こうに三十メートルの厚みをもってのしかかる海水の質量――逃げ場のない現実の重みだけだった。初めて経験した実戦の恐怖も、これから始まる任務への不安も、まだなにひとつ消化できない我が身の頼りなさを痛感して、征人は田口の背中を追った。

※

ポケットをまさぐると、一本だけ残ったタバコの感触が指先に伝わった。口にくわえ、金《きん》鵄《し》の銘柄が印刷された包み紙をくしゃくしゃに丸めた大湊三吉《おおみなとさんきち》は、視界の端に白い影が蠢《うごめ》くのを捉えてぎょっとなった。

ライターを取り出しかけた腕の動きを止め、赤煉瓦が目に鮮やかな生徒館の建物を見上げる。二階の窓に、白い詰襟に身を包んだ細身の青年の姿があった。短く刈り整えられた髪と、透けて見えるような白い肌。薄い唇は笑みの形に裂けており、端整な鼻梁を挟んで輝く切れ長の目も、冷たい笑いを含んで大湊を見下ろしていた。

浅倉……？　無意識に動いた口からタバコが落ち、一歩前に出た足でそれを踏み潰してしまった時には、青年の姿はすでになかった。白いカーテンがふわりと風にそよぎ、枯れ尾花より素っ気ない幻影の正体を大湊に伝えた。

長旅の疲れが出たらしい。東京は新橋駅から列車に乗り、呉市内にたどり着くまでにまる一日。空襲の影響で列車が止まり、呉駅より三つ手前の仁方《にがた》駅で降ろされた後、江田島に行く船便をどうにか確保して、この海軍兵学校の門をくぐるまでにさらに半日。出発前に霞ケ関で雑務にかかずらわっていた時間も合わせれば、もうまる三日間まともな睡眠を取っていない。幻覚のひとつも見ようというものだと考え、まずは気を落ち着かせることに専念した大湊は、続いて、あれはいったい何歳の頃の浅倉良橘だったろうと詮ない自問をした。姿形は十代の終わり頃、この校舎で机を並べていた時の浅倉だったが、陶器を連想させる白い肌と、昏い目の光は最近の浅倉――あれ以来《いらい》、ある種の妖艶ささえ漂わすようになった、軍令部一課長の浅倉大佐のものだったのではないか？

いや、と大湊は思い直した。あの男の年齢を外見で判断するのは難しい。四十五の歳相応、腹まわりに余分な肉を蓄え、顔にも皺《しわ》を刻み込んだ自分と違って、浅倉は三十代の時から少しも変わっていない。特にあれからは、むしろ日に日に若返っているのではないかと思わされることもある。華族出のぼんぼんと揶揄《やゆ》されるのをなによりも嫌い、実務も座学も人一倍真剣にこなしていた学生時代の頃とは別人の、それは二十年来の知己である大湊さえ震《しん》撼《かん》させる変貌ぶりで……。

背後に聞こえた足音に、大湊は物思いを中断された。夕陽に染まった生徒館を後に、玄関前の階段を下りてくる白い詰襟の軍服姿は、中村政之助《なかむらまさのすけ》大尉のものだった。霞ケ関の軍令部を発ってからこっち、強行軍の道連れを務めてくれている男だが、いつになく重い足取りが長旅の疲れのせいとは思えなかった。収穫はなしか、と内心に嘆息した大湊は、「どうだ？」と一応聞いてみた。

「昨日の午後二時頃、生徒館の会議室で目撃されたのが最後の消息です。人払いをして会議室を借りたそうですが、夜になってもなんの連絡もないので係の者が様子を見にいくと、すでにもぬけの殻になっていたそうで……」

はきはきとした口調にも一縷《いちる》の疲労を滲ませ、中村は答えた。「あいつらしいな」と我知らず呟き、大湊は生徒館の前に広がる練兵場に視線を飛ばした。

浅倉とはそういう男だ。以前にも、あの男は大胆不敵なやり方で海兵（海軍兵学校）の悪しき伝統を覆し、教官や上級生らの硬直した頭を蹴飛ばしたことがあった。海兵の新入生は、皆一様に上級生たちの暴力制裁にさらされるものだが、中でもとりわけひどいのは総員制裁と呼ばれる集団暴行だ。夜の予習時間後に一年生全員が練兵場に連れ出され、最上級の三年生に入れかわり立ちかわり殴られた挙句、無意味な説教を延々と聞かされる。〝娑婆《しゃば》っけ抜き〟を標榜《ひょうぼう》して毎年くり返される、これは海兵が公然と段取りしたいじめの因習で、当然、大湊たちも新入生当時は標的にされたのだが、その年ばかりは集団制裁は事実上立ち消えとなった。浅倉が医務室から下剤を盗み出し、三年生の夕食に仕込んだからだ。

効果は覿面《てきめん》だった。その夜、一年生は指示通り練兵場に集合したが、三年生はいつまで待っても姿を現さなかった。這うようにしてやってきた数人の者たちも、拳にまったく力が入らず、すぐに便所に駆け込むありさまで、集団制裁は所期の目的を果たせずにお開きとなった。翌日、医務室に備蓄してある下剤がすべて消えていることが判明し、創立以来の不祥事に海兵は上を下への大騒ぎになったが、犯人は挙げられないまま騒動は終息した。アリバイまで準備していた浅倉の周到さが功を奏したせいもあるが、事が公になり、海兵の伝統に傷がつくのを恐れた校長が、事件を闇に葬《ほうむ》ったのがいちばんの理由だった。

それから、もう二十数年。学年一位の成績を維持し続け、首席卒業生として恩賜《おんし》の軍刀も賜《たま》わった浅倉は、海大（海軍大学校）でも抜群の成績を修めてエリート海軍将校の道を歩み、どうにか三十位以内の成績で海兵を卒業した大湊は、同期の活躍をまぶしく思いながら地道に海軍組織の屋台骨を支えてきた。大佐に昇進したのは、浅倉に遅れること二年。さまざまな職務を経て軍令部勤務を命ぜられ、開戦前に駐米武官の補佐を務めた経歴を見込まれたのか、対米情報を所掌する第三部第五課長に就任したのは、いまから半年ほど前のことだった。

実直しか取るところのない男に大役が回ってきたのも、本来その職に就くべき同期が残らず英霊となり、ひと足先に冥土《めいど》に旅立ってしまったからで、大湊自身は帝海の人材の払底ぶりを証明する人事でしかない、と自覚している。そんな自分が、一時は将来の海軍大臣とも謳われた浅倉の所在を追い求め、海兵の校舎でその幻影に惑わされているのだから、四半世紀の流転の結果にしても皮肉に過ぎる話ではあった。

軍令部総長が重い腰を上げ、浅倉の更迭《こうてつ》命令を出したのが三日前。その時には霞ケ関から姿を消していた浅倉は、この江田島で目撃されたのを最後に消息を絶った。警察はもちろん、憲兵隊にも事の次第を明かすわけにはいかず、横の繋がりを通じて情報を集めるしかないとあっては、以後の行方をつかむのは不可能に近い。昨年まで海兵の教官だった中村の人脈がなければ、ここでの目撃情報すら得られなかったかもしれないのだ。

眼鏡面にまだ三十代半ばの生硬さを窺わせる中村は、江田島までのばした足が無駄に終わりそうな気配に落胆を隠そうとしない。柱島を現地調査するのが主な目的で、ここで浅倉の所在をつかめるとは最初から考えていなかった大湊は、「同行者は?」と無表情に重ねた。

「海軍少佐が一名。この暑い盛りにマントを羽織った長髪の青年を見た、という者もひとりだけおりました」

見える範囲に人影はなくとも、中村は声をひそめるのを忘れなかった。今回の事件の核心、一週間前までは《UF4》と呼ばれていた潜水艦の乗員の写真の中に、確かにそういう風貌の青年の顔があった。逃亡中の身にもかかわらず、目立つ長髪の男を引き連れて堂々と海兵の校門をくぐる。浅倉のやりそうなことだと思いながら、大湊は「例の混血児か」と独りごちた。「おそらく」と中村。

「その、海軍少佐の方は？」

「わかりません。とりあえず呉鎮《くれちん》に照会しようと思ったのですが、まだ電話線も復旧していない様子で……」

「そうか。そうだろうな……」

仮に電話線が復旧したところで、電話を受け取る相手がいるとは限らない。大湊はなだらかな稜線を描く古鷹山《ふるたかやま》を生徒館ごしに見上げ、その向こうに立ち昇る黒煙の筋に目を細めた。

軍港を焼き尽くした火の手は、いまだ鎮火していないらしい。あるいは港に在泊中の艦艇が燃えているのか？　江田島に渡る途中に遭遇した光景——舷窓《げんそう》という舷窓から黒煙を噴き上げ、船体を前傾させつつあった戦艦《伊勢》の悲壮な姿を思い出し、大湊はひっそり嘆息した。

艦もあれほど巨大になると、沈底するまでに二、三日はかかる。深度の浅い沿岸に舫われていた《伊勢》は、艦底を海底に押しつけても完全に水没することはなく、醜く焼け焦げた艦橋を海上にさらし続けるのだろう。「ひさかたの、光のどけき春の日に……か」と口中に呟いた大湊は、中村の怪訝な顔は見ずに、無人の生徒館に目のやり場を求めた。

しず心なく花の散るらん――。鮮やかに咲いて鮮やかに散る、桜の花に託して大和魂の本質を説き、身命を捨てて皇国に尽くす軍人精神のありようを教える歌の響きは、巨大な屍《しかばね》をさらす戦艦たちに手向《たむ》けるには辛すぎる。ひと息に死ぬこともできず、手足をもがれた体を持て余して、じわじわ滅してゆく己を傍観する。まるで現在の大日本帝国そのものではないか。早朝から午前中にかけて呉を襲った大空襲が、どれほどの損害をもたらしたのかはまだ定かでないが、おそらく無事な艦艇は残っていまい。そして残っていたとしても、これからも反復して行われるだろう米軍の空襲にさらされ、最後の一隻まで沈められることは、多少なりとも米国の思考回路を解する大湊には自明以前の話だった。

名古屋、大阪、神戸などの六大工業都市はすでに破壊し尽くされ、過去数回にわたって無差別爆撃を受けている呉も、軍港・都市ともども潰滅《かいめつ》状態にある。艦隊と呼べる戦力も、燃料すらもない日本軍に対して、わずかな残存艦艇をもしらみ潰しにする作戦が実行された背景には、戦略という観点だけでは推《お》し量《はか》れない、米国が持つ日本への根深い不信と憎悪があるのだろう。宣戦布告という、戦争を遂行する上で最低限遵守されるべきルールを破り、真珠湾にだまし討ちを仕掛けた日本の行動は、在米日本大使館の怠慢《たいまん》が原因であったとしても、米国民に日本人への激しい憎悪を植えつけた。

非武装の民間人を殺傷する都市爆撃が常套《じょうとう》手段になった近代戦争の風潮。工場のみならず、町場の家内工業も兵器生産に携わっている日本の国内事情。それら複合的な要因によって、憎悪は論理的に裏打ちされ、米国は人口密集地帯への無差別爆撃に踏みきった。神風《かみかぜ》特攻に象徴される日本軍人のなりふりかまわぬ戦いぶり、生残を恥辱と捉える精神性も、彼らには脅威と映ったに違いない。降伏という選択肢を持たず、道義もルールも通用しない蛮族《ばんぞく》を屈伏させるには、こちらもルールを無視した制裁を加えるしかない。戦略上、無駄としか言いようのない今回の殲滅作戦が実行されたのは、手足をすべてもぎ取らなければ終結の目途が立たない、強迫観念に近い米国の対日戦争観があるからに違いなかった。

この海軍兵学校も、次の空襲ではどうなるかわかったものではない。本土上陸作戦に向けて、米国は最終的な準備段階に入ったと見るのが正しい。そのために〝特殊な爆弾〟が開発され、すでに完成したとの情報も五課では入手している。切れ切れの断片であっても、その程度の情報収集能力は軍令部にもあったし、その情報をもとに海軍部内で独自に終戦工作が進行中との噂も聞く。もっとも天皇在権、国体護持を第一条件とする和平工作案は、ドイツが無条件降伏したいま、連合国側に笑止と一蹴《いっしゅう》されるのは必至だ。本土決戦に活路を見出そうとする主戦論者の目もあれば、実現の可能性は皆無と言っても過言ではなかった。

情報は集めただけでは意味がなく、どう活用するかに能力の如何が問われるのだが、その点、日本は——中でも天皇の統帥大権を輔弼《ほひつ》する軍政機関、大本営は——、いまも昔も絶望的な状態にある。大本営海軍部の別称を持つ軍令部に籍を置く者として、大湊はそれを承知していたし、自分などよりよほど純粋に国を愛し、憂えてもいた浅倉が、単に承知する以上の痛みを抱えていただろうことも想像がつく。此度《こたび》の事件が、その痛みを下敷きにしたものであることは疑う余地がないが、いまこの時期に行動を起こした浅倉の真意はどこにあるのか。あれ以来、冷笑の下に他人には窺えないなにかを隠し持つようになった男が、いま見つめるものはいったいなんなのか……。

「消火と救助作業で、生徒たちも大部分駆り出されています。一段落したら、また新しい情報も得られるでしょう」

押し黙ったこちらを気にしてか、中村が明るさを取り繕う声で言った。「ならいいが」と応じて、大湊は軍帽の鍔ごしに眼鏡面の部下を見返した。

「この空襲は、浅倉にとってはまたとない好機になったはずだ。呉にはまだ何機か飛行艇が残っていたが、たとえばそのうちの一機が消えてなくなっていたとして、空襲で破壊されたのか、何処《いずこ》かに飛び去ったのか……。確認が取れるようになるまで数日はかかる」

大きな浮材の脚を海面に浸した九七式飛行艇が二機、軍港に舫われていた光景を思い出しつつ、大湊は言った。遠目には破壊を免れたように見えたが、実際には機銃掃射でぼろぼろになっているに違いない。すぐ側には、沈没して翼端だけ海上に覗かせる二式飛行艇の姿もあった。中村は「まさか」と微かに苦笑した。

「あの空襲の中を無事に突破できたとは……」

「常識的に考えればあり得ん話だ。海軍省と軍令部の目を欺いて、《伊507》を勝手に出撃させたのと同じように、な」

瞬時にこわ張った中村の顔から、苦笑が消えた。崩壊した枢軸国が遺《のこ》した種から発芽し、一度は徒花《あだばな》として散る予定だった艦。いまだ艦籍未登録の艦名を胸中にくり返して、大湊は続けた。

「『断号作戦』が流れて以来、誰も本気で目を向けようとしなかった艦だ。膨大な事務処理の過程にひとりふたりのシンパを配置して、書類上の不備さえなくしておけば、整備と補給を済ますことは不可能ではない。奴の立場なら、乗員を入れ替える細工だってできただろう。ついでに飛行艇の一機を持ち出すくらい、造作もないこととは思わんか？」

反論の口を開きかけた中村に背を向け、大湊は練兵場に視線を据えた。数多《あまた》の士官候補生たちの汗と涙を吸い取ってきたグラウンドは、この時は動くものひとつなく静まり返っていた。

「浅倉は海軍の……いや、大本営の弱点を知り抜いているんだ。確証がなければ指一本動かせない、自分の体を探ることさえできない、いまの大本営の弱点をな。ほんの数日の時間があれば、奴は大陸でも南方でも好きなところに逃げおおせられる。そして表立って行動できん我々には、奴の所在をつかむ術はない」

あの集団制裁の時も——浅倉は、すべて心得た上で行動を起こした。事件は有耶無耶《うやむや》に処理され、下剤を盗み出した犯人捜しも放棄されたが、全員とは言わないまでも、ほとんどの新入生は犯人が誰であるかを察していた。軍人とはこれすなわち武人《もののふ》。指導とはいえ、武人の頭に手を上げる無礼を公然と認め、学校ぐるみで奨励《しょうれい》するとは言語道断、士道不覚悟の謗《そし》りを受けても返す言葉はない。浅倉がそう吹聴するのを聞いた者は少なくなかったし、同部屋の大湊に至っては、事前に本人から計画を聞かされてもいたのだ。

早くに親を亡くし、苦学して海兵に入学した大湊は、自分にとばっちりがくるのを恐れる気持ちもあって、必死に翻意を促した。もし事が露見して放校処分にでもなったら元も子もない、ひと晩我慢すれば済むことなのだから、と。しかし浅倉は頑として聞き入れなかった。ばれるようなヘマはやらないし、体面を重んじる海兵は事件が表沙汰になるのを好まない。結果がどうあれ事件は隠蔽《いんぺい》され、犯人の追及がなされることもない。自信満々の顔で言われると、そうに違いないという気分になってくるから不思議だった。自国の恥ずべき因襲に唯々諾々《いいだくだく》と従って、国際人を自任する海軍将校が務まるものか。まっすぐな目でたたみかける迫力に押され、大湊は結局、浅倉のアリバイ工作に加担して事件の片棒を担ぐ羽目になった。そして事件は浅倉が予言した通りの帰結を迎え——一部の同期生たちから尊敬と畏怖を勝ち得た彼は、以後、二度と華族出のぼんぼんと揶揄されることはなくなった。

規模こそ違え、今回の事件からも似た臭いが漂ってくる。祖国降伏後、行き場を失ったドイツ海軍の秘密実験艦を日本国内に受け入れ、同艦が搭載する特殊兵器の技術供与と引き替えに、乗員たちの保護、もしくは第三国への脱出の手筈を整える。二ヵ月前、ペナンで受信された暗号無電を皮切りに始まった『断号作戦』は、その最初の段階を終えた時点で中止命令が下されたはずだった。だが部内の繁雑な事務処理過程を逆手《さかて》に取り、巧みな欺瞞《ぎまん》工作で関係部員に作戦の再開を信じさせた浅倉は、なけなしの燃料と補給物資をそのドイツ艦に回させ、戦利潜水艦《伊507》として独断で出撃させてしまった。

『断号作戦』が中止に至ったのは、日本に到着する前に特殊兵器を〝紛失〟するという、ドイツ側の信じがたい失態があったからだが、それが理由のすべてではない。中央の目の届かないところで一個中隊に匹敵する人員を動かし、艦の出撃準備を短期間で整えさせた浅倉は、作戦の中止を先から予測していたのだろう。一度は破棄された書類を拾い出し、それぞれの監督部署に回して正規の決裁手続きを得る。軍令部一課長の肩書きが功を奏し、《伊507》の補給と整備は通常業務の皮をかぶったまま、誰の注目も浴びずに遅滞なく進められていった。決裁書類に判を押した責任者の中の何人が単純に騙《だま》され、何人が彼のシンパだったのか。軍令部、海軍省、各鎮守府や根拠地隊の司令たち。膨大な数の将校のうち何人があの瞳に魅入られ、悪魔的な弁舌に引き込まれて、彼の行動に加担したのか。下手に追及すればどんな混乱が起こるかわからず、〝体面を重んじる〟海軍組織になり代わって、毒にも薬にもならない対米情報課長が捜索の矢面に立つ形になった――。

「ですが……。よしんばそれが事実だとしても、敵の制空圏を無事に突破できるとは思えません」

たまたま捜索行の道連れに選ばれただけで、まだ浅倉の人となりも、その謀反《むほん》の大きさも実感できないでいる中村が言う。たしかにそうだと大湊は思った。だがあの男は一度、絶対死の状況を免れている。理性も倫理観も尊厳も、すべて失ってしかるべき地獄を乗り超え、消耗するどころか、以前より強靭《きょうじん》になって帰ってきた。あれ以来、浅倉は変わった。いま自分が捜し求めているのは、海兵の因襲を笑いのめした男ではなく、この国を根底から覆《くつがえ》しかねない人間離れした何者かだ。「そうだが……」と呟いて、大湊は夕闇の迫る東の空を見上げた。

「矢は、放たれたな」

なんの抵抗もなく、その言葉がこぼれ落ちた。それがすでに日本本土にはいないのだろう浅倉を指しているのか、所在も行き先も定かでない《伊507》を指しているのかは、大湊にもわからなかった。

※

パートとも呼ばれる兵員室は、艦尾にほど近い場所にある。幅五メートル、奥行十メートル近い広さは、機械室に次ぐ面積を確保していたが、通路の左右に二列ずつ押し込まれた三段ベッドが、他と変わらない圧迫感を征人に感じさせた。

兵科に所属する約六十人の乗員のうち、四十八人がここで眠り、残りは前部魚雷発射管室で眠る。将校には発令所の下にある士官寝室があてがわれ、機関科、技術科員の寝床は機械室。機関が四六時中唸りを上げる中で眠れというのも酷な話だが、環境の悪さはこのパートも変わらない。予備の魚雷倉庫と空気タンクを挟んで、二本のスクリュー軸《じく》が轟然と回転する振動が絶えず床を鳴らし、同じ区画内に設置された便所からは、目をひりつかせるアンモニアの悪臭が漂ってくる。田口は「専用の寝棚がもらえるなんぞ、贅沢な話なんだぞ。普通はひとつの寝棚を何人かで共有するもんなんだからな」などと自慢げに言っていたが、なにより征人を落胆させたのは、ここには下士官室が存在しないという事実だった。

水上艦艇には先任兵曹室があり、田口のような古参の兵曹はそこで眠るものなのだが、限られた空間を最大限活用しなければならない潜水艦には、そんな気の利いた設備はないらしい。非番の時も寝る時も、無法松から離れられないというわけか。嘆息を堪え、指定されたベッドで荷物をほどく間に、田口はパートの奥にある食糧庫に行ってしまった。入れ替わりに清永が水密戸から顔を覗かせ、征人と視線を合わせると、汗だくの顔を手拭いでぬぐいつつこちらに近づいてきた。

ベッドに背中を押し当てて腹を引っ込め、木箱を担いで通る水兵たちを器用にやり過ごす。早くも艦内の環境に馴染み始めている清永は、痣《あざ》の浮き出た征人の顔を見るや、「平気か?」と神妙な声を出した。見知らぬ場所で見知らぬ大人たちに囲まれていれば、それだけでも胸を熱くするのに十分で、征人はまた目が滲みそうになるのを堪えて頷いた。清永はまじまじとこちらの表情を窺ってから、突然ぷっと吹き出し、「バッカだなあ、おめえは」と遠慮なく破顔してみせた。

まったくありがたい親友だった。ケタケタと笑う清永に応じる気力もなく、征人は国民服をぬいで雑嚢から煙管服を取り出した。他の荷物ともどもびしょびしょに濡れていたが、血で汚れていないだけましと思えた。

「でもよ、見直したよ。おまえにあんな根性があったとはな」

鉢巻きの下でほころび続ける清永の顔は、初めて体験した実戦の恐怖も忘却の彼方という感じだった。清永の神経が特別太いのか、自分が考えすぎなのか。どちらかわからず、とりあえず清永を睨み返そうとした途端、「おい！　無駄口たたいとらんで手を動かせ」と兵曹の怒声が飛んだ。「は！」とすかさず踵を合わせた清永は、兵曹が食糧庫に消えるのを待って、「へへ、エラい艦に乗り込んじまったな」と征人の耳元に囁きかけた。

「だいたいさ、艦が出撃する時ってのは、軍楽隊がパンパカパーンって派手に送り出してくれるもんだろ？　それが敵機の機銃に追い立てられて、そのまんま出航だもんな。ついてねえったら……」

（達する。こちら艦長）と艦内スピーカーが騒ぎ出し、清永の声を遮った。煙管服の袖に通しかけた手を止めて、征人は緩く湾曲する壁に設置されたスピーカーを見上げた。

（本艦はこれより五島列島沖に赴き、特別任務を実行する。内容は、海中に投棄された特殊兵器の回収とだけ説明しておく。関係各員には各部責任者を通じて後ほど詳細を伝えるが、その前に本艦は、錬度向上を目的とする各種訓練を実施する。残念ながら、現在の本艦は帝海潜水艦として規定の錬度に達しているとは言えない。今後は会敵も予想されるが、現状では到底実戦には耐えられないだろう。よって、五島列島沖に到着するまでの間、各員が最善の働きができるよう集中訓練を行う。ついてこれん者は早めにそう言え。空気の節約のために海に放り出す。ひとりひとりが《伊507》の重要な部品であることを自覚し、帝海軍人の名に恥じぬ働きを示してもらいたい。以上）

ぶつりと鳴った雑音の素っ気なさが、絹見艦長の無造作な目を思い起こさせた。艦内の空気が俄かに引き締まり、通路を歩く水兵の肩に緊張が浮かび上がる中、征人も無意識に着替える速度を早めた。そうさせるなにかが、絹見の声音にはあった。

「……本当、エラい艦に乗り込んじまった」

ぼそりと呟いた清永も、もう笑ってはいなかった。わずかに細められた目が別人の光を帯び、ひとつの実戦をくぐり抜け、それなりに化学変化を起こしている親友の内面を伝えたが、清永は確かめる間を与えず作業に戻っていってしまった。

煙管服に着替え終わったところで、通りかかった兵曹に医務室の整理を手伝うよう命じられた。医務室は艦首魚雷発射管室のすぐ後方にある。来た道を戻り、艦首側に向かおうとした征人は、通路の真ん中に立ち尽くす黒い制服に気づいて立ち止まった。

交通筒のハッチの真下だった。長髪を流した横顔を天井のハッチに向けて、フリッツ少尉は彫像のごとく静止していた。なにかを必死に押し留めた瞳に鋭い光が宿り、征人は思わず隔壁の陰に身を隠した。

フリッツはハッチを見上げるのをやめると、背後の棚に置かれた金属の長櫃《ながびつ》に向き直った。〝ロヲレライ　セイビドヲグ〟と書かれた紙をめくり、鍵穴に鍵を差し込んで、開いた長櫃の中から黒い塊を取り出す。そうすることで気を落ち着かせるかのように、その手触りを確かめ、手のひらに馴染ませたフリッツは、艦首側から歩いてくる人の気配を察して、すぐに黒い塊を箱に戻した。

拳銃……？　ちらりと見えた塊の形に、征人がそう自問した時には、長櫃に鍵をかけ直したフリッツが離れる足を踏み出していた。水密戸をくぐり、「やあ、少尉。いよいよ出航ですなあ」と声をかけた丸眼鏡の将校を無視して、フリッツは足早に艦首方向へ去ってゆく。黒い長靴が網格子の床を叩く音を耳に、金属の長櫃に視線を飛ばした征人は、「君が医務室の手伝いをしてくれる水兵さんですかな？」とかけられた間延びした声に、慌てて正面に立つ丸眼鏡の士官を見返した。

「わたし……いや、自分は時岡軍医大尉。潜水艦勤務は初めてなので、なにぶんよろしく」

将校らしからぬというより、いっそ軍人らしからぬ温厚すぎる物腰に、不穏な想像も中和された。また変な大人が出てきた……という思いは胸に隠し、征人は「折笠上工です。自分も艦艇勤務は初めてであります」と敬礼を返した。

さまになってないこと甚《はなは》だしい答礼を返し、「じゃあ初めて同士ですな」と無意味に笑った時岡に続いて、征人は医務室に向かった。長櫃の横を通る時、〝フレルナ〟と書かれた紙の文字が目に入り、なぜだか胃が重たくなるのを感じた。

〈終戦のローレライIIにつづく〉

解説

藤田香織

できることならそんなことは知らずに生きていきたい、と思うことがあります。

「南アフリカの子供たちのＨＩＶ感染率と食糧事情」とか「地球温暖化における地球の未来」や「米国同時多発テロの実態と、国際テロ組織の現状」、「児童虐待及びＤＶの増加率」なんていうことを、私はあまり詳しく知りたくはありません。

知ったところで自分ひとりの力ではどうすることもできず、どうすればいいのかもわからず、そこで起きている事実に圧倒されてただ憂鬱な気分になるぐらいなら、知らないほうがいいと思ってしまうのです。南アフリカの子供たちがどんなに飢えていようと、私は今の生活を捨ててその子たちを救いに行くことはないし、虐待されている子供をひきとって育てることも現実には考えられない。どうせ何もできないのなら、目を瞑《つむ》って、耳を塞《ふさ》いで「知らなかった！」と言っていたい。

　それは何も現在進行形で起きている社会問題に限ったことではなく、歴史的事実についてもまた同じです。歴史年表に載っているデータ以上のことを、わざわざ掘り下げてまで知りたくはない。特にまだ完全に風化していない、第二次世界大戦から太平洋戦争と呼ばれた「戦争」に対しては、なるべく意識して目を逸《そ》らしてきました。教科書で習った〈一九四〇年　三国同盟成立〉と〈一九四五年八月十五日　ポツダム宣言受諾。無条件降伏〉の間に、実はどんなことがあったのか。深く知ったところで、今更何がどうなるわけじゃないし、知らなくたって特別困ることもないわけで。だったら知らずにのほほんと生きていたい。

　もっと正直に告白すると、ただ単に嫌なのです。

深く知ってしまえばきっと、考えずにはいられなくなる。「なぜ」そんなことが起きてしまったのか。どんな思惑があり、なにを目的としてその歴史が刻まれたのか。そのとき、その時代を生きていた人たちは、なにを思い、どんな気持ちでそれを受け止めてきたのか——。知ってしまえば、きっと心が揺れる。気持ちが乱されてしまう。そして自分で自分を責めるでしょう。

　なぜ考えないのか。なぜ動かないのか。なぜわかろうとしないのかと。

だから私は目を逸らし続けていたのです。それは、私だけでしょうか。

さて、今この解説をお読みになっている皆さんは、既にご承知かと思われますが、本書『終戦のローレライ』は、その太平洋戦争末期の物語です。

聞くところによると、日本推理作家協会賞、日本冒険小説協会大賞、大藪春彦賞の三冠を受賞した『亡国のイージス』に感動した映画監督の樋口真嗣氏が、第二次世界大戦を舞台にした潜水艦もので新たな原作を、と熱烈に願ったことに端を発し、最初から映画化を前提に福井晴敏氏が準備を始めたとか。そこから執筆に一年半もの時間を費やし、完成したのは二〇〇二年の秋。刊行は、暮れもおしつまった十二月のことでした。福井さんにとって初の歴史ものであると同時に、原稿用紙にして二千八百枚というこの超大作は、翌年の吉川英治文学新人賞と、再び日本冒険小説協会大賞も受賞。「このミステリーがすごい！」の国内第二位にも選ばれ、まさに二〇〇三年を代表する話題作となったのです。

が、しかし。

今だからこそ言えるのですが、私は本書を読みはじめたとき「なんてやっかいな小説を書いてくれたんだ！」と福井さんを恨《うら》みました。

なにせ「戦争小説」というものをなるべく避けてきた身のこと、もう最初の数ページからなんだかいろいろなことがよくわからない。「水測長」と「航海長」の役割がどう違うのかもわからないし、それどころか、軍隊の階級だってよくわからない。「上等兵」より「少尉」のほうが階級が上なのはわかるけど、「少尉」と「少佐」はどっちが偉いのかは前後の文章で判断しなければ理解できず、「ガトー級潜水艦」とあっても、それがどんなものなのか想像すらつかなかった。

けれど、本当に「やっかい」だったのは、もちろん、そんなことではなかったのです。

時は一九四五年、夏。アメリカ海軍から〈シーゴースト〉と呼ばれ、恐れられていたドイツ潜水艦〈UF4〉。ドイツの降伏後、日本の戦利潜水艦となり〈伊507〉と改名されたこの艦に海軍大佐・浅倉良橘《あさくらりようきつ》は、ある思惑をもって男たちを極秘裏に乗艦させます。彼らにまず課された使命は〈UF4〉が五島列島沖に投棄してきた特殊兵器〈ローレライ〉の回収。

この第一巻では、二ヵ月間アメリカのガトー級潜水艦をかわしつつ、〈UF4〉を日本へと運んできた元ドイツ親衛隊士官フリッツ・S・エブナーがまず登場し、浅倉が、海軍将校として輝かしい経歴をもちながらある事件を機に艦を降り、潜水学校の教官を務め続けている絹見真一《まさみしんいち》を〈伊507〉の艦長に任命。フリッツと引き合わせることから物語はじわりと動き出していきます。

と、同時に、横須賀から呉への転属を命じられた工作兵・折笠征人《おりかさゆきと》と同期の清永喜久雄《きよながきくお》の束の間の休息が語られ〈伊507〉へと乗り込むまでが描かれているのですが、まだほんの幕開け、序章にしかすぎないこの時点でさえ、私はとても平静ではいられなかった。広島の町で征人が目にした『進め一億火の玉だ』『石油の一滴は血の一滴だ』と書かれたポスター。

地面に突き刺さったままの焼夷弾《しょういだん》。遊廓《ゆうかく》と、母の記憶と、名も知らぬ父に繋《つな》がる『夜のごとく静かに』という歌。これから自分たちはどこへ向かうのか、なにをするのか、決して口には出せぬ不安の渦中に、居合わせた仲田から差し出されたひと欠片《かけら》のチョコレート。〈伊507〉へと向かう二十数名が乗り込んだ浚渫船《しゅんせつせん》に襲いかかる三機の戦闘機。血と硝煙にまみれた甲板で、征人が初めて突きつけられる死の恐怖。「こんなのってねえよ！　おれはまだなにもしてないんだぞ……！」と叫ぶ清永の声にも〈確かなものが欲しい。そのためなら死を受け入れてもいいと思える、確かななにかが……！〉という征人の心の叫びにも、「死ぬんじゃないぞ」と言い残して覚悟を決めた仲田の姿にも、いちいち心がもっていかれてしまったのです。

さらに、この心の「揺れ」は、続く第二巻以降、どんどん激しさを増していきました。この後〈伊507〉は〈ローレライ〉を回収し、その秘密が明らかになり、やがて「再生のための死、国家としての切腹」を望む浅倉の思惑も暴かれ〈伊507〉は壮絶な戦いへと挑むことになるのですが、その間、私は征人や、清永や、フリッツや、そして〈ローレライ〉と共に、常に問い続けずにはいられませんでした。「なぜ」。「なぜ」。「なぜ」と。

そしてその問いに対する著者の答えは、ただひたすらに、重ねられた言葉にありました。死に行く男たちが何を思い、何を感じていたのか。生きることを課せられた人間は、それをどう受け入れたのか。驚かされるのは、この物語にはいわゆる「端役《はやく》」が、誰一人登場しないこと。全ての登場人物に血と肉と心を通わせることは、ともすれば小説の形として、美しくはないのかもしれません。けれど、だからこそ、本書は読み始めたらもう目を逸らすことができなくなる。知りたい。もっと知りたい。彼らの想いを、彼らの痛みを、彼らが望んでいたことを、たとえどんなに心が乱れたとしても。それは多分、本書を手にした誰もが渇望せずにはいられないことだと思われます。

できることなら知りたくない、と思っていた「戦争」を舞台にした作品にもかかわらず、こうまでも夢中にさせられてしまったのは、そうした圧倒的な言葉の中に、絶えず見える救いのおかげでした。はじめて見る洋式便所を前にふざける清永の姿。いつ、どこで、誰に対しての言葉なのかは控えますが、征人が「……でも、それでは寂しいですよ」と口にする場面。同じくフリッツ・S・エブナーが、自らその「S」から始まるミドル・ネームを明かす場面にも、「決まっていることなんかなにひとつない。なりたい自分になれ」という言葉にも、〈確かなものが欲しい〉と震えていた征人が〈命と引き替えにしてもいいと思えるだけのなにかが、いまの自分にはある〉と言い切るまでの経緯にも、希望の光が灯されている。そして兵器としてのみ存在していた〈ローレライ〉そのものが、やがて男たちにとっての大きな希望の光となるのを見届けるとき、本書が史実に基づきながらもエンターテインメント小説として「楽しんで」良いのだと思い至るのです。

彼らが命をかけて託した希望の地で、今、私は生きている。最後まで読み終えた後に残ったそんな感慨を、どう受け止めていけばよいのか——。「やっかい」な問題の答えを、私は今も考え続けています。「知りたい」人にはもちろん、「知りたくない」と思う読者の心をもくみとり「戦争」とはなにかを伝え、生きることの意味と、この国のあり方を問いかける超一級のエンターテインメント小説。この先に続く物語は、遠い昔の知らない世界の話ではなく、今のあなたへ（もちろん私にも！）とまっすぐに繋がっているのです。

■

本書は、二〇〇二年十二月小社より刊行された『終戦のローレライ』上下巻を四分冊にした第1巻です。

|著者|福井晴敏　1968年東京都生まれ。私立千葉商科大学中退。'98年『Twelve Y.O.』で第44回江戸川乱歩賞を受賞しデビュー。'99年刊行の『亡国のイージス』で第2回大藪春彦賞、第19回日本冒険小説協会大賞、第53回日本推理作家協会賞をトリプル受賞した。原作者として映画『ローレライ』『亡国のイージス』『戦国自衛隊1549』に参加。他著作に『川の深さは』『月に繭　地には果実』(『∀《ターンエー》ガンダム』改題)がある。

終戦《しゅうせん》のローレライ　I

福井晴敏《ふくいはるとし》

2005年1月15日第1刷発行

発行者——野間佐和子
発行所——株式会社　講談社
東京都文京区音羽2-12-21　〒112-8001
電話　出版部（03）5395-3510
　　　販売部（03）5395-5817
　　　業務部（03）5395-3615
Printed in Japan

講談社文庫
定価はカバーに表示してあります

デザイン—菊地信義
製版———豊国印刷株式会社
印刷———凸版印刷株式会社
製本———有限会社中澤製本所

落丁本・乱丁本は購入書店名を明記のうえ、小社書籍業務部あてにお送りください。送料は小社負担にてお取替えします。なお、この本の内容についてのお問い合わせは文庫出版部あてにお願いいたします。

ISBN4-06-274966-1

講談社文庫刊行の辞

二十一世紀の到来を目睫に望みながら、われわれはいま、人類史上かつて例を見ない巨大な転換期をむかえようとしている。

世界も、日本も、激動の予兆に対する期待とおののきを内に蔵して、未知の時代に歩み入ろうとしている。このときにあたり、創業の人野間清治の「ナショナル・エデュケイター」への志を現代に甦らせようと意図して、われわれはここに古今の文芸作品はいうまでもなく、ひろく人文・社会・自然の諸科学から東西の名著を網羅する、新しい綜合文庫の発刊を決意した。

激動の転換期はまた断絶の時代である。われわれは戦後二十五年間の出版文化のありかたへの深い反省をこめて、この断絶の時代にあえて人間的な持続を求めようとする。いたずらに浮薄な商業主義のあだ花を追い求めることなく、長期にわたって良書に生命をあたえようとつとめるところにしか、今後の出版文化の真の繁栄はあり得ないと信じるからである。

同時にわれわれはこの綜合文庫の刊行を通じて、人文・社会・自然の諸科学が、結局人間の学にほかならないことを立証しようと願っている。かつて知識とは、「汝自身を知る」ことにつきていた。現代社会の瑣末な情報の氾濫のなかから、力強い知識の源泉を掘り起し、技術文明のただなかに、生きた人間の姿を復活させること。それこそわれわれの切なる希求である。

われわれは権威に盲従せず、俗流に媚びることなく、渾然一体となって日本の「草の根」をかたちづくる若く新しい世代の人々に、心をこめてこの新しい綜合文庫をおくり届けたい。それは知識の泉であるとともに感受性のふるさとであり、もっとも有機的に組織され、社会に開かれた万人のための大学をめざしている。大方の支援と協力を衷心より切望してやまない。

一九七一年七月

野間省一

講談社文庫 最新刊

福井晴敏
終戦のローレライ I
昭和20年、夏。戦利潜水艦伊507は、何をなしたのか？ 吉川英治文学新人賞受賞作！

終戦のローレライ II
特殊兵器ローレライがもたらすのは、生か死か？ 二〇〇五年三月全国東宝系映画公開！

太田蘭三
闇の検事
戦時下の拷問で恋人殺しの汚名を着せられた青年。生還への機会は、大空襲の夜に訪れた。

和久峻三
危険な依頼人 告発弁護士・猪狩文助
アクセルを踏んだのは幽霊が襲ってきたから。あくまでも殺意を否定する依頼人に、猪狩は!?

田中芳樹
白い迷宮
欧州から日本に移築された古城に蠢く謎の生物と奇怪な殺人人形！ 超常世界を脱出せよ。

山村美紗
京都・十二単衣《じゅうにひとえ》殺人事件
「ジュウニヒトエの男」殺された女子大生は謎の文言を遺した。名探偵キャサリン傑作集。

本格ミステリ作家クラブ・編
透明な貴婦人の謎〈本格短編ベスト・セレクション〉
美しい謎と華麗な論理。とことん〝本格〟にこだわりぬいた驚天動地のアンソロジー！

笠井潔
ヴァンパイヤー戦争《ウオーズ》 7〈蛮族トゥトゥインガの逆襲〉
不死身の大統領暗殺計画に仕掛けられた罠。宮殿に飛び込む九鬼たちを待ちうけるものは。

皆川ゆか
新機動戦記ガンダムW（ウイング） ～右手に鎌を左手に君を～
テレビアニメで人気シリーズとなった『ガンダムW』の秘話をノベライズ。ファン必読書。

ロバート・K・タネンボーム
菅沼裕乃 訳
さりげない殺人者
麻薬王殺しとレイプが頻発するマンハッタン。富と権力、犯罪と腐敗の中心にメスが入った！

アンドリュー・テイラー
越前敏弥 訳
天使の背徳
新婚間もない牧師の身辺で猟奇的事件が連続する。重厚な恐怖に満ちた戦慄のサスペンス。

大西巨人
五里霧
一九三一年から一九九二年までの、ある年ある月の出来事を手懸りに、当時の時代相を抉り、人間の生を問い直す十二の物語で構成されたオムニバス「十二か月物語」。

椎名麟三
神の道化師・媒妁人
椎名麟三短篇集
家出少年が最底辺で見た庶民の救いのない生を苛烈なリアリズムと突き抜けたユーモアで描く傑作「神の道化師」等、思想的遍歴を重ねた著者中期以降の短篇を精選。

窪田空穂
窪田空穂歌文集
空穂の代表的短歌をはじめ、来し方を記す「母の写真」や、「歌人和泉式部」などの短歌・和歌論、他に日々を綴ったエッセイ「香気」「都市に残る老樹」等を収める。

講談社文庫　目録

藤川桂介　シギラの月
藤原智美　「家をつくる」ということ
藤　水名子　赤壁の宴
藤　水名子　公子曹植の恋
藤　水名子　項羽を殺した男
藤　水名子　風月夢夢　秘曲紅楼夢
藤原伊織　テロリストのパラソル
藤原伊織　ひまわりの祝祭
藤原伊織　雪が降る
藤田紘一郎　笑うカイチュウ
藤田紘一郎　空飛ぶ寄生虫
藤田紘一郎　体にいい寄生虫〈ダイエットから花粉症まで〉
藤田紘一郎　サナダから愛をこめて〈信じられない「海外病」のエトセトラ〉
藤田紘一郎　踊る腹のムシ〈グルメブームの落とし穴〉
藤本ひとみ　時にはロマンティク
藤本ひとみ　聖ヨゼフの惨劇
藤野千夜　少年と少女のポルカ
藤野千夜　おしゃべり怪談
藤野千夜　恋の休日

藤野千夜　夏の約束
藤木美奈子　女子刑務所〈女性看守が見た「泣き笑い」全生活〉
藤木美奈子　ストーカー・夏美
福井晴敏　Twelve《トゥエルブ》 Y.O.《ワイオー》
福井晴敏　亡国のイージス(上)(下)
福井晴敏　川の深さは
藤木　稟　イツロベ
藤木　稟　テンダーワールド
藤波隆之　歌舞伎ってなんだ？〈101のキーワードで読む〉
星　新一　エヌ氏の遊園地
星　新一編　ショートショートの広場①〜⑨
保阪正康　大学医学部の危機
保阪正康　昭和史七つの謎
保阪正康　晩年の研究
保阪正康　昭和史 忘れ得ぬ証言者たち
堀　和久　江戸風流「酔っぱらい」ばなし
堀　和久　江戸風流女ばなし
堀田　力　壁を破って進め(上)(下)〈私記ロッキード事件〉
星野知子　トイレのない旅

星野知子　デンデンむしむし晴れ女
北海道新聞取材班　解明・拓銀を潰した「戦犯」
北海道新聞取材班　検証・「雪印」崩壊〈その時、何がおこったか〉
北海道新聞取材班　追及・北海道警「裏金」疑惑
堀井憲一郎　『巨人の星』に必要なことはすべて人生から学んだ。あ。逆だ。
堀江敏幸　熊の敷石
本格ミステリ作家クラブ編　紅い悪夢の夏〈本格短編ベスト・セレクション〉
松本清張　草の陰刻
松本清張　黄色い風土
松本清張　黒い樹海
松本清張　連環
松本清張　花氷
松本清張　遠くからの声
松本清張　ガラスの城
松本清張　殺人行おくのほそ道(上)(下)
松本清張　塗られた本
松本清張　熱い絹(上)(下)
松本清張　邪馬台国 清張通史①
松本清張　空白の世紀 清張通史②

松本清張　銅の迷路　カミと青　清張通史③
松本清張　天皇と豪族　清張通史④
松本清張　壬申の乱　清張通史⑤
松本清張　古代の終焉　清張通史⑥
松本清張　新装版大奥婦女記
松本清張　新装版増上寺刃傷
松本清張他　日本史七つの謎
丸谷才一　恋と女の日本文学
麻耶雄嵩　翼ある闇〈メルカトル鮎最後の事件〉
麻耶雄嵩　夏と冬の奏鳴曲《ソナタ》
麻耶雄嵩　木製の王子
松浪和夫　摘出
松井今朝子　奴《やっこ》の小万《こまん》と呼ばれた女
松田美智子　だから家に呼びたくなる〈松田流「おもてなし術」〉
町田康　へらへらぼっちゃん
町田康　つるつるの壺
舞城王太郎　煙か土か食い物〈Smoke, Soil or Sacrifices〉
三浦哲郎　曠野の妻
宮城まり子編　としみつ

三浦綾子　ひつじが丘
三浦綾子　自我の構図
三浦綾子　死の彼方までも
三浦綾子　毒麦の季《とき》
三浦綾子　岩に立つ
三浦綾子　青い棘《とげ》
三浦綾子　イエス・キリストの生涯
三浦綾子　あのポプラの上が空
三浦綾子　小さな一歩から
三浦綾子　増補決定版 言葉の花束〈愛といのちの792章〉
三浦綾子　遺された言葉
三浦綾子　愛すること信ずること
三浦光世
三浦綾子　愛に遠くあれど〈夫と妻の対話〉
宮尾登美子　一絃の琴
宮尾登美子　女のあしおと
宮尾登美子　天璋院篤姫(上)(下)
宮尾登美子　東福門院和子《まさこ》の涙
宮本輝　二十歳《はたち》の火影《ほかげ》
宮本輝　命の器

宮本輝　避暑地の猫
宮本輝　ここに地終わり海始まる(上)(下)
宮本輝　花の降る午後
宮本輝　オレンジの壺(上)(下)
宮本輝　朝の歓び(上)(下)
宮本輝　ひとたびはポプラに臥す1～6
峰隆一郎　寝台特急「さくら」死者の罠
峰隆一郎　暗殺密書街道
峰隆一郎　飛驒高山に死す
宮城谷昌光　俠骨記
宮城谷昌光　春の潮
宮城谷昌光　夏姫春秋(上)(下)
宮城谷昌光　花の歳月
宮城谷昌光　重《ちょう》耳《じ》(全三冊)
宮城谷昌光　春秋の色
宮城谷昌光　介《かい》子《し》推《すい》
宮城谷昌光　孟嘗君　全五冊
宮城谷昌光　春秋の名君
宮城谷昌光　子産(上)(下)

講談社文庫　目録

宮城谷昌光他　異色中国短篇傑作大全
水木しげる　コミック昭和史1〈関東大震災～満州事変〉
水木しげる　コミック昭和史2〈満州事変～日中全面戦争〉
水木しげる　コミック昭和史3〈日中全面戦争～太平洋戦争開始〉
水木しげる　コミック昭和史4〈太平洋戦争前半〉
水木しげる　コミック昭和史5〈太平洋戦争後半〉
水木しげる　コミック昭和史6〈終戦から朝鮮戦争〉
水木しげる　コミック昭和史7〈講和から復興〉
水木しげる　コミック昭和史8〈高度成長以降〉
水木しげる　総員玉砕せよ！
宮脇俊三　古代史紀行
宮脇俊三　平安鎌倉史紀行
宮脇俊三　室町戦国史紀行
宮脇俊三　全線開通版・線路のない時刻表
宮脇俊三　徳川家康歴史紀行5000キロ
宮部みゆき　ステップファザー・ステップ
宮部みゆき　震える岩〈霊験お初捕物控〉
宮部みゆき　天狗風〈霊験お初捕物控㈡〉
宮部みゆき　ぼんくら(上)(下)

宮子あずさ　看護婦が見つめた人間が死ぬということ
宮本昌孝　夕立太平記
宮本昌孝　影十手活殺帖
宮城由紀子　部屋を広く使う快適インテリア術
宮脇樹里　コルドン・ブルーの青い空〈女ひとり、ロンドン シェフ修行〉
皆川ゆか　機動戦士ガンダム外伝〈THE BLUE DESTINY〉
村上龍　限りなく透明に近いブルー
村上龍　海の向こうで戦争が始まる
村上龍　コインロッカー・ベイビーズ(上)(下)
村上龍　アメリカン★ドリーム
村上龍　ポップアートのある部屋
村上龍　走れ！タカハシ
村上龍　愛と幻想のファシズム(上)(下)
村上龍　村上龍全エッセイ〈1976～1981〉
村上龍　村上龍全エッセイ〈1982～1986〉
村上龍　村上龍全エッセイ〈1987～1991〉
村上龍　超電導ナイトクラブ
村上龍　イビサ
村上龍　長崎オランダ村

村上龍　フィジーの小人
村上龍　368Y Par4 第2打
村上龍　音楽の海岸
村上龍　村上龍料理小説集
村上龍　ストレンジ・デイズ
村上龍　共生虫
村上龍 坂本龍一　EV.Café——超進化論
村上龍 山岸隆　「超能力」から「能力」へ
向田邦子　眠る盃
向田邦子　夜中の薔薇
村上春樹　風の歌を聴け
村上春樹　1973年のピンボール
村上春樹　羊をめぐる冒険(上)(下)
村上春樹　カンガルー日和
村上春樹　回転木馬のデッド・ヒート
村上春樹　ノルウェイの森(上)(下)
村上春樹　ダンス・ダンス・ダンス(上)(下)
村上春樹　遠い太鼓

2004年12月15日現在